JN137472

てんてこまい

文学は日暮れて道遠し

マイケル・エメリック
Michael Emmerich

五柳叢書
105

五柳書院

てんてこまい——文学は日暮れて道遠し

カバー作品　湯浅克俊
Life is Good & Good for You #1/61cm × 210cm
/Oil-based woodcut on paper

本扉　Between man and matter #2/61cm × 93cm
/Oil-based woodcut on paper

目次

Ⅰ　翻訳論

Ⅱ　文学論

I　翻訳論

マイケル・エメリックでございます

ただいま、ご紹介に預かりましたマイケル・エメリックでございます。どうぞよろしくお願いいたします。このような挨拶を聴衆の前で口にするのは、私には簡単なことではありません。講演のたびに同じ文句を繰り返しているのですが、毎回どうしても緊張してしまうのです。講演が始まる前に待機している間中、声にならない声でずっと練習します。ただいま、ご紹介に預かりました、マイケル・エメリック、でございます、と。ただいま、ご紹介に預かりました、までは問題ありません。でございます、も、どうぞよろしくお願いいたします、も簡単です。問題は、マイケル・エメリック、というところです。つまり、日本語に翻訳された自分の名前の発音が難しいのです。

マイケル・エメリック、という音の組み合わせは、本来、日本語にあったものではありません。日本語は、どの言語でもそうであるように、既存の音と伝来の文字を組み替えて、新しい内容を表現します。今この瞬間、自分が考えていることを日本語に委ねると、ほとんどの場合には特別なことは何も起こらないのですが、ときどき、日本語という言語の可能性を少しだけ広げることができます。あるいは、もっと正確に言うなら、日本語の音と文字が織りなせる言葉の連続のなかに、私たちは、自らの思考や気持ちを形あるものとして発見する、と言うべきでしょうか。日本語のなかに小さな穴を開け、少しずつ掘り下げてゆくと、穴の底から、自分の言おうとしていることが、土にまみれてゆっくりと現れます。言ってみれば考古学を裏返したようなものです。言葉という地形に、深く掘りさげれば掘りさげるほど、現れてくるものはどんどん新しくなるのです。

日本語に翻訳された私の名前、マイケル・エメリックは、ありきたりの日本語の言葉とは少し違います。もっと一般的な日本語である「花」「改札口」「お裾分け」と、「マイケル・エメリック」を並べてみると、どうも馴染みません。

これはどういうことなのでしょうか。私は英語を母語として育ちました。両親は、高校と大学で多少は語学をしたはずですが、基本的に英語しかできず、家では英語しか使いませんでした。その結果、といえるかどうかわかりませんが、子どもの頃から言語に興味をもち、「英語以外の言葉がしゃべれるようになりたい」と強く思っていたのにかかわらず、私は、英語以外の言葉を耳から自然に覚える機会に恵まれませんでした。大学に入ってから、きわめて不自然な形で、つまり語学の授業で日本語の勉強を始めたのです。

大人として語学を始めると、ある言葉を覚える前に、それはどのような言葉か、名詞なのか動詞なのか、丁寧な言い方か俗な言い方か、どんな人がどのような文脈で使えるものかなどを知識として把握します。その言葉は自分が使うのに相応しいかどうかを判断します。使っていいならどんな場合に使うべきかも判断し、使うべきではないと判断した場合、自分の語彙から意識的に排除します。子どもが言語を習得するときに、大人の会話の断片、電車内のアナウンス、テレビの宣伝などを聞いて、なにがなんだかわからないのに、鸚鵡返しに口に出してみて、水飴を舐めるような感じで少しずつ一箇一箇の言葉の味を、舌触りを覚えてゆくのとは正反対です。

私は数年間、京都に留学したことがあります。伊藤さんという方の家にホームステイしていました。伊藤さんとおしゃべりしながらご飯を食べるのが日課でした。伊藤さんは色々知っていて、時間を惜しまずに、仕事で疲れているときでも話してくれたので、私はさまざまな日本語をどんどん吸収し、語彙を増やしていったのをよく覚えています。ただ、気になることがありました。伊藤さんは十年以上も留学生を受け入れてきたからか、カタカナ語を使う割合が多いような気がしました。もっと一般的な日本語があるのに、カタカナが口をついて出てしまうようです。たとえば、大文字《だいもんじ》の夜に、出町柳の橋がごった返しになっていた、という話をするとき、「出町柳の橋に出かかったら、それはもうフィーバーだったのよ」と言う。そこで、自然な標準語で話すように仕込まれてきた私は、異議を申し立てました。伊藤さんはともかく、外国人の私がカタカナ語をめったやたらと使ってしまうと変に思われるというか、「案の定、外国人だから」と思われかねないので、私がまねて妙な癖をつけないように、もっと一般的な日本語で話すように気をつけてくれないか、と頼んだわけです。

このエピソードで強調したいのは、私の名前そのもの、つまり日本語に翻訳された私の名前もまたカタカナ語だということです。私がどんなにカタカナから逃げようと思ったところで、逃げられるはずがありません。ありきたりの言葉が中心になっている、標準語めいた日本語を自分のものにしてきましたが、私が話すとき、話している主体は、一箇のカタカナ語に変わりはありません。

ただいま、ご紹介に預かりました田中太郎でございます。でしたら、スムーズに言える。ただいま、ご紹介に預かりました、マイケル・エメリック、でございます、は、ノット・スムーズです。この発音しにくさは、私を緊張させますが、その緊張感がとてもいいのです。私が話す日本語に「キレイ」と言えるところがあるとすれば、それは「流暢である」とか「訛がない」と言われるところではなく、私には発音しにくい、日本語のなかに深く掘りさげた地層に、土まみれになって潜んでいるカタカナ語に、どうしても頼らないといけないところだと、現在の私には思われるのです。リービ英雄さんは『日本語を書く部屋』というエッセイ集で、「ひらがなが大好きだ」と書いていたと記憶していますが、時が経つにつれて私は少しずつカタカナとカタカナ語に特別な魅力を感じるようになってきたのです。

ところで、日本語に翻訳された自分の名前が私には発音しにくい理由は、もうひとつあります。マイケル・エメリック、という自分の名前の和訳を口にするたびに、その原文である

Michael Emmerich が体に染みついた音として頭をもたげてしまうからです。日本語を母語とする人が、日本語を勉強している人によく「漢字って難しいでしょう」と言いますが、実は、多くの日本語学習者にとっては、カタカナ語の方が、ある意味では難しいのです。漢字は時間さえかければ勉強するのは簡単で、そのうち覚えられるはずです。ですが、カタカナ語の場合は、まず元となっている外国語があればそれを突き止め、次にそのカタカナ語版を暗記する必要があります。手間が二倍かかってしまうわけです。しかも、外来語の多くが英語に由来するのは周知の通りですが、私のように英語を母語とする者が、英語由来のカタカナ語を覚えるには、元となった英語の言葉を意識的に忘れる必要があるのです。そうしないと、カタカナ語を発音するたびに、元の英語が邪魔をします。たとえば英語の cup は、「コップ」ではなく「カップ」に近い。意識して「コップ」と言おうとしているときでも、発音が「コップ」と「カップ」の中間の、通常の日本語とはちょっと違うものになってしまう。というよりも、日本語の「コップ」と「カップ」と英語の「cup」を交えた言葉として出てきてしまうのです。

日本語に翻訳された私の名前を口にするときも、同じ現象が起きます。マイケルの「ケル」には、英語の Michael の母音の音が微かに響いています。自分の日本語の名前を発音するたびに、この会場を満たしている日本語の世界に属さないものが、つまり、もうひとつの私の言葉である英語の響きがしつこく呼びおこされ、まとわりつきます。こんな比喩を使ってもいいかもしれません。マイケル・エメリック、という言葉を発音するたびに、Michael Emmerich という、英語の世界に生きている者が、まるで巫女に呼ばれて舞い降りてくる物の怪のように、私に憑いて名乗りをするのだ、と。

ところで、言葉は不思議なもので、マイケル・エメリックと発音するときに、英語の Michael Emmerich が邪魔をするのと同様に、マイケル・エメリックという日本語の名前を何回か頭で繰り返していると、英語の Michael Emmerich の発音があやふやになってきます。どうも、母音、特に日本語の「ケル」に当たる英語の「chael」が微妙に細くなったり、丸くなったり、平たくなったりする。私の日本語が、私の英語の邪魔をするのです。あるいは、日本語の私が、英語の私の邪魔をすると言うべきでしょうか。「邪魔をする」というのは少し違うかもしれませんが。日本語と英語の自分は、互いに融合しているはずですので。

そもそも私の英語の発音は、日本語を勉強し始める前と、その後とでは、ずいぶん変わったようです。留学を終えて帰国したら、家族をはじめ何人もから「ぶつぶつ言わずにちゃんと発音しなさい、何を言っているかわからないよ」と言われました。ニューヨーク市内のタクシーの運転手にも「どこの国の出身ですか」と訊かれるくらい、発音が変わっていたのです。自分の耳には、日本に滞在してから発音が変わってきたようには聞こえませんし、その時点では、「発音が変わった」と信じたくありませんでしたので、やや皮肉な口調で、言い返しました。ニューヨーク州ロングアイランドです、と。

タクシーの運転手は、え、本当に？　とびっくりします。「絶対ヨーロッパ人だと思ってましたよ、訛からして」、「いいえ、私は正真正銘のロングアイランド人ですよ」。しかし、それは本当でしょうか。今、日本語で講演をしているこの私は、本当にロングアイランドに生まれ育ったと言えるでしょうか。

ところで私は、自分の名前が日本語のなかから発掘されたときのことをよく覚えています。一九九三年九月、ニュージャージー州、プリンストン大学の教室のなかで、前週の金曜日に行われた日本語一年生の最初の授業で「月曜日までに覚えるように」と言われたひらがなとカタカナのクイズを受けた後、七、八人の同級生は、先生に、自分の英語の名前を何度か聞かせて、日本語の名前をもらいました。私に渡されたカードには、青色のマーカーの太い文字でこう書いてありました。日本式に、エメリック・マイケル、と。

今、皆さんの前に立ち、講演をしているマイケル・エメリックはそのときに生まれたと言ったら、嘘になります。日本語の授業を受けはじめて二日しか経っていないのに、すでに日本語の自分が、自我ができていたわけがありません。日本語で自分のことを意識したり、過去を思い出し、現在を語り、将来を思い描いたりすることが出来るようになったのはずっと先のことでした。今振り返ってみると、その日のことはモノリンガルの自分によって記憶されたのですが、マイケル・エメリックという、英語と日本語が融合したバイリンガルな人間が、色々な言語が飛び交うこの世の中に生まれ落ちる準備は、その時点ですでにできていたように思います。

マイケル・エメリックという人は、確かに体としてはニューヨーク州ロングアイランドのストニーブルックという町に生まれ育ったのに違いありません。しかし、今、日本語で話している者は、英語の記憶と日本語の記憶を糸のように絡み合わせつつ、別々に収納している。プリンストン大学の教室に、北陸の小松に、京都に、東京に、ゆっくりと生まれ育ち、今なお成長つづけている英語と日本語の自分が意識のなかに、まるで潮のように寄せては引いたり、引いては寄せたりしている少し得体の知れない者です。

自分の名前をテーマに話すのは、自惚れているからではなく、翻訳という行為を理解するためには、まず「翻訳者とはどういう存在か」という点から出発しなければならないと思っているからです。翻訳研究の専門家を含めて多くの人々は、翻訳文と翻訳書を中心に論じがちです。「ベストセラーになった翻訳書の出版が社会的な現象としてどのような意味をもっているか」とか、「翻訳において原文に忠実であるとはどういうことなのか」等々の問題を論じる人はたくさんいます。そういった研究や議論も重要ですが、それ以前に「原文と訳文の関係」と、「原文の言語と訳文の言語の関係」の根底にあるものとして、翻訳者の言葉との関係を考える必要があるのではないでしょうか。

翻訳者の言葉との関係といった場合、必然的に複数の言語との関係になります。もちろん、一人一人の翻訳者が使っている言語もありますし、一人一人の翻訳者の、それぞれの言語との関係も違ってきます。アフガニスタンでニューヨークタイムズの記者についている地元の通訳者にとって、翻訳がどういう意味をもつか、翻訳とはどのような行為なのか、その人のプライベートな事情や生まれ育った環境や、アフガニスタンとアメリカに対する考え方などを脇において考えようとしても、なにもわかりはしないでしょう。

アフガニスタン人の通訳者にとってだけでなく、翻訳のことを概論的に捉えようとしても、同じことが言えるのではないでしょうか。「世の中で翻訳がどのような役割を果たしているか」、「政治的に歴史的にどんな意味をもち得るか」といった問題は、翻訳者を無視しても論じられますが、「翻訳とは何か」という根本的な問いとなると、そうはいきません。翻訳という行為を考える場合、ある翻訳者自身の個人的な来歴から考えはじめるか、最低でもどの言語からどの言語への翻訳のことを論じようとしているかを明示したところから始める必要があるのです。

ところで、翻訳者を中心に捉えて翻訳という行為を考えると、何が見えてくるのでしょうか。ひとつとても重要なのは、翻訳という行為をどのような比喩をもってイメージするか、ということではないかと思います。アメリカでは、ほとんどの人が翻訳を単純な作業と考えています。翻訳者が原文を見て、そこに出ている言葉を、別の言語に置き換えるだけだ、と思っているようです。たとえば、日本語の「すみません」を英訳するとします。『新和英大辞典』を引けば「すみません」の項目に「I'm sorry」が出ているので、簡単な作業ですよね。ほかに「excuse me」「forgive me」「Hello!」「thank you」など、色々なオプションが出ています。さらに「Yes, sir」「Is anyone there?」など、辞書には載っていないが文脈によって適切と思われる選択肢がいくつもあります。翻訳者は文脈から判断して、もっともふさわしい言葉を選択するだけですから、そんなに難しくないでしょう、と思われているわけです。もちろん、それは違います。

ここで問題になるのは、「すみません」のような単純きわまりない事例の場合でも、言葉の意味を理解し、その意味に当たる英語の表現を選択するときに、翻訳者の頭のなかでいったい何が起きているのか、まったくわからないことです。人間がある言語から別の言語に移るときにどのように意味を持ち越すか、そもそもどのように言葉を理解するかは、非常にベーシックなことでありながら、全然わからないわけです。言語というのはまったくのミステリーです。

こういうミステリーを、人間はごまかしてやりすごします。わからないから、比喩に頼ってわかったつもりになるのです。よくあることです。たとえば、人間は死ぬとどうなるかわかりません。「幽霊になる」とよく言われます。でも幽霊になるのは、具体的にはどのようなプロセスなのか。頭の天辺から始まるのか、まず足が消えるのか、心臓から何やら幽霊に育つ分泌物が滲み出るのか。それとも、体のどこかに隠れていた魂が、息絶える寸前の人間の体格とかどんな洋服を着ていたかなどを事細かく研究して、何らかのメカニズムでそれをコピーするのか――そんなことを考えても始まりません。というよりも、人間が亡くなるとどうなるかという考えてもしようがないことを考えないで済むように、幽霊という比喩が作り出されたわけです。

言語と翻訳の場合でも、同じことが起きています。言語に関しても翻訳に関しても、空間にまつわる比喩を使って、不可解なところをごまかし、わかったつもりになるのです。たとえば「意味が通じる」と言うでしょう。「通じる」の意味を『日本国語大辞典』で引くと、「道路などがある地点まで達する。道筋がつながって、ある地点まで行けるようになる。また、交通機関が通る。とどく、つながる。」とある。「意味が通じる」という言い方は、この空間的な意味の敷衍《ふえん》にほかなりません。話し手から聞き手に意味が「通じた」と言えば、電話が通じたときと同様のことが起きているように聞こえます。電話線の代わりに、目に見えないくらい細い「意味線」とやらが張ってあって、話し手の言おうとしていることがその線をさっと伝わっていく。また、意味を伝えるために私たちは言葉を使うのですが、言葉は「意味をもつ」と言います。郵便配達員が手紙を持ってきてくれるように、言葉は意味をもってきてくれます。ピンポン。「はい?」「あ、すみません、言葉です。意味を届けに参りました」「そうですか、すみませんが、縁側の方に持ってきていただけますか」——というのは大げさかもしれませんが、言語の不可解さを回避するために私たちが用いる空間的な比喩の作用を突き詰めていくと、結局はそのようなことになるかと思います。

英語でも事情はほぼ同じです。言語の基本的な機能を端的に表している communicate は、もともとふたつの部屋などが隣り合っていて、ひとつめの部屋から直接、次の部屋に行けるという意味をもっています。英語の communicate は、日本語の「通じる」と通じるところがあるわけです。

翻訳も「コミュニケーション」の変種として捉えられがちです。翻訳は異言語・異文化間のコミュニケーションであるという言い方をよく耳にします。「こんな翻訳じゃ、意味がぜんぜん通じないじゃないか」とか、「ニュアンスが細部まで伝わる名訳」というように、言語の不可解さを紛らわすために愛用される比喩をそのまま翻訳に当てはめたりもします。

普通に言葉を使うときは話し手と聞き手しかいませんので事は比較的簡単です。不可解なのは言語の働きそのものだけなのですから。その一方で、翻訳では、不可解なものがもうひとつ加わってしまうのです。ほかならぬ、翻訳者です。翻訳のことを考える場合、話し手と聞き手だけではなく、その間に立つ翻訳者もいます。ある翻訳で「意味が通じた」場合、翻訳者を通して通じたということです。もう既に比喩が現れ、私たちの翻訳にまつわる考え方を支配しようとしていますね。「話し手と聞き手だけではなく、その間に立つ翻訳者」と私は何気なく言いましたが、これも比喩です。先ほど「人間がある言語から別の言語に移るときにどのように意味を持ち越すか」という表現も使いました。考えてみれば、「異言語間・異文化間のコミュニケーション」という言い方も、言語と文化を、いわば空間的な領域として把握した上で成り立っている比喩的な表現です。これらの表現も、微妙な形で翻訳者という存在の輪郭を、比喩的に形づくっています。異言語間・異文化間のコミュニケーションといったら、当然ながらそれぞれの言語・文化は別々の領域として存在していることになり、異なるふたつの領域は「間」と言えるものを挟んでいることになります。そして、翻訳者はその「間」に陣取って、翻訳を行うイメージが浮かんできます。

「翻訳者はふたつの文化の間の架け橋である」、「心と心を繋ぐ言葉の架け橋」、「国家間の架け橋」と言われます。「架け橋」は、日本語でも英語でももっとも頻繁に使われる比喩ではないかと思います。

別の角度から眺めると、これらの表現は、単なる比喩というよりも、言語と文化を、現実の地図の上に重ねられるものとして捉える視点が体現しているわけです。世界地図を想像してください。ブルーに彩られている、ソーセージのような形をしたところが日本と呼ばれています。日本は、日本人が住む国です。「言葉が意味をもつ」のと同じように、日本という国は、日本文化をもっています。日本文化を一番よく表しているのは日本語です。日本語も日本文化も、色はブルーで塗られています。こちらにある、オレンジ色であちこち散らかっているのはアメリカです。アメリカ本土の上に、イエローの帽子のように乗っかっているのはカナダで、こちらのピンク色の太いソーセージはイギリスで、日本をちょっと齧《かじ》ったようなパープルのスモール・ソーセージはニュージーランドです。アメリカ、カナダ、イギリス、ニュージーランドはどれも独自の文化をもっているので、文化の色は地図上で塗られている色と同じですが、みな英語を使っていますから、言語的には、ピンクで表しています。日本、アメリカ、カナダ、イギリス、ニュージーランドを繋ぐこの長い線、これはマイケル・エメリックという国家間の架け橋です――なんて言ってしまうと、実におかしな話です。

私は架け橋なんかではありません。日本語の長篇小説や短篇集を十数冊英訳してきましたが、パソコンに向かって翻訳に夢中になっていたら、自分の体がいつの間にか横になって、足の方から日本語の言葉が乗ってきて、タッタッタッと歩いてゆき、ひょいと頭から飛び降りると、なんと英語に変身していた、という経験はたった一度もありません。私の右に日本人を立たせて、左にイギリス人を立たせて、「この二人の心を繋げてくれ」と言われても、どこからどう手をつけたらいいのか見当もつきません。

もちろん架け橋というのはただの比喩です。しかしこの比喩を真に受けることによって、何かがはっきりしてくるように思います。つまり、架け橋の比喩は翻訳という行為の喩えではなく、ましてや翻訳者を喩えるものでもなく、言語と言語、文化と文化、そしてもっとも肝心なのは、国家と国家の関係をこそ、イメージづけるものになっているのです。翻訳と、翻訳者を比喩的に表現するふりをして、実は、翻訳者と翻訳を徹底的に無視した、一箇一箇の国民国家の独自性・自立性・同一性を主張する契機となっているだけなのです。私に言わせると、この世の中でまかり通っている翻訳観、つまり原作を元の言語と文化に属するものとして位置づけ、訳文をその言語と文化に属するものとして位置づける翻訳観や、原作と訳文を地図の上の国を代表するものとして対立させて、その関係を重視する翻訳観はまったくの嘘です。翻訳者でない者の立場から考えると、あるいはモノリンガルな立場から考えると、いかにも当たり前のように見えますが、本当は違うのです。

もう一度問いに戻ります。翻訳者を中心に捉えて翻訳という行為を考えると何が見えてくるでしょうか。一般的な翻訳観に比べて、どういうところが違って見えてくるのか。ただいま、ご紹介に預かりましたマイケル・エメリックでございます、と発音するとき、翻訳者の私には、その文句に、自分を取り巻く日本語に充ちた会場に、どうしても馴染まないところがあると感じてしまうと言いました。しかしまた、英語の学会などで Michael Emmerich と自己紹介した場合でも、やはり同じような感覚を覚えます。日本語でも英語でも自分の名前を口にするたびに、常に、もうひとつの言語に生きる私が、まるで巫女に呼ばれて舞い降りてくる物の怪のように憑いてきて、名乗りをします。いや、それも少し違うでしょう。「物の怪が憑いてくる」という比喩も、翻訳者が、あるひとつの言語で自分の名前を発音するときのことを表すのにいいかもしれませんが、翻訳者という存在を表すのには微妙にずれている気がします。なぜなら、憑いてくる者も憑かれる者も翻訳者なのですから、物の怪というよりは、幽霊でしょう。翻訳者とは、そのまままふたつの自分が融合している、生きた幽霊です。

幽霊とは、どういう存在でしょうか。もう死んでしまっているから、この世のものではないのですが、まだ未練があってこの世を後にすることができません。まだ、私たちと一緒に居残りながらも、同時に、あの世にも存在しています。この世に半分、あの世に半分いるから、この世から幽霊を見ると半透明に映ります。あの世にいる、この世に未練がない健康的な死者から見ても、やはり幽霊は同じように半透明に映るでしょう。

幽霊は、同時にふたつの世界に属します。しかしそのいずれにも完璧に属しているわけではありません。それだけでなく、幽霊は次のことも暗示します。あの世とこの世は、別々の世界として存在すると思われているが、同じ時に同じ場所にあることを暗示するのです。私たちを取り巻いているこの世界は生きていますが、死んだ世界が、同時に私たちを取り巻いている。私たちには見えていないだけです。幽霊には見えます。幽霊の視点からすると、あの世とこの世は、どちらも「この世」でどちらも「あの世」です。ふたつの世界が、半透明に重なり合うように見えています。「幽霊に口を利いてはいけない」と言われるのですが、幽霊の口からもごもごと漏れ聞く言葉に耳を傾けると、この世界とは別の世界の話を聞かせてくれることもあります。今、私たちが生きている世界とは違う、しかし、現に、今、私たちを取り巻いている、あの世の話を。

翻訳者は幽霊のようなものです。翻訳者が翻訳という行為を行うとき、頭のなかではどんなことが起きているのか、それが不可解なことであるのは変わりません。しかし、翻訳者をイメージする比喩を変えるだけで、翻訳という行為がもつ意味が変わります。翻訳者は、国家間の架け橋などではなく、言語や文化の独自性・自立性・同一性を前提とする国民国家という概念に憑いて離れない、愛すべき悪霊です。翻訳者は、世の中のあらゆる言語と文化は、「間」を挟んで、別々のものとして、別々の空間を占める疑似領土ではなく、同じ場所に、同じ時に存在するのだと、もごもご呟いている怪しい半透明の者です。

自分の名前について長々と話しましたが、翻訳者の名前は、翻訳を行う主体を指すものとして、ふたつの世界・言語が、同じ場所と時にあることをよく象徴しているのかもしれません。

しかし、翻訳者の名前は、象徴的という意味では特別かもしれませんが、言葉としては決してユニークなものではありません。翻訳者の視点から見ると、どの言語のどの言葉でも、ほかの言語の言葉に繋がる、というか一緒になる可能性を孕んでいるわけです。私が日本の小説の翻訳に取り組んでいるとき、リラックスしようと思って別の日本語の小説を読んだりすると、ときどき、言葉がページの上で躍りはじめる錯覚が起きます。日本語の文法に添って並べられている言葉が自然に順序を変えはじめ、英語の構文に近づきます。いくつかの言葉が英語に変身してしまうこともあるし、そうでなくとも、英語の言葉が影のようにまとわりついてくることもあります。本格的に訳していたらどんな英文になるか、細部までは見えてこないのですが、大体のことは、予感のようなものとして感じられます。

翻訳者の目には、この言語とあの言語はどこかで常にオーバーラップしています。どんな言葉でもそうです。なかでもひとつだけ、その傾向が強い言葉があります。しかもそれは、翻訳者の視点から見るとそう言えるというのではなく、オーバーラップの傾向が言葉そのものに内在しているようです。ほかならぬ「翻訳」という言葉です。日本語だけでなく、どの言語の場合でも、「翻訳」という意味をもつ言葉は、その言語だけに安住することができず、常に別の言語の言葉に変身しようと待機しているのです。

これは何故でしょうか。仮に、世界にはひとつの言語しか存在しない、と想像してみましょう。その世界では、「翻訳」という言葉には存在意義がありません。「翻訳」が意味をもつには、少なくともふたつの言語が存在しなければならないのです。さらにふたつの言語が、完全に別々のものとしてあるのではなく、どこかで一緒になっているとわかる人、つまり翻訳者も存在しなければなりません。翻訳者という複数の言語に生きる人がいて、初めて「翻訳」という言葉は意味をもつのです。

言い換えれば、こうなります。「翻訳」という日本語の言葉が意味をもつ前提として、それが日本語以外の言葉に翻訳可能である、という条件が必要なのです。ソシュールが言うように、「花」とか「改札口」とか「お裾分け」といった言葉は日本語のほかの言葉と区別されることで意味をもつのに対して、「翻訳」は、必然的に、日本語のほかの言葉と区別されることと、日本語以外の言語の「翻訳」に相当する言葉との類似によって、意味づけられることになるのではないでしょうか。「翻訳」は、translation という英訳、traduction という仏訳、翻译という中国語訳などと紙一重になっているからこそ意味をもつのです。

そこまでは大丈夫です。問題は、「翻訳」の意味が translation、traduction、翻译と重なる部分があるのと同時に、やはり、重ならない部分もあることです。日本語の「翻訳」は、一般に、いわゆる現代語訳は含みません。他方、translation は、現代語訳を含みます。『源氏物語』の現代語訳の研究を、翻訳研究的な立場からやってきた私にとって、これはちょっと面倒です。

translation は、もともとラテン語で「持ち越す」という意味の言葉の過去形から来ていますので、文字通り意味を「持ち越した」ことになり、言葉そのものが、空間的な比喩を内包しているわけです。日本語の翻訳、中国語の翻译の語源を私は知りませんが、察してみるに、文字を翻して、つまり、順序を変えて訳す、というニュアンスではないか。日本語では翻訳のことを「ヨコからタテに置き換える」と言ったりしますが、これもまた紙の上に書かれた文字を翻すイメージです。

そうなると、私が説いてきた「翻訳」にまつわる空間的な比喩は、日本語にも通じますが、英語にはさらに当てはまります。このように、日本語と英語とそのほかの言語の「翻訳」という意味の言葉は、重なったり重ならなかったりしているわけです。

私にとって翻訳とtranslationは、ある程度は区別できても、結局は紙一重の関係にあり、互いに補い合って、ひとつの概念をなしているわけです。もしかすると、私が話しているのは、翻訳のことでもtranslationのことでもなく、トランスレーションとでも名づけるべきものなのかもしれません。私が「翻訳」のことを話すとき、日本語で「翻訳」と言われるものの話をしているわけではないと思います。

翻訳は、根本的に、あらゆる言語が別々のものではないという実感のなかで行われる不思議な行為です。私にとって翻訳をする最大の楽しみは、ひとつの言語だけに形作られない、言葉から切り離されてしまった、「言葉の予感のようなもの」が意識の裏側でもやもやと蠢く不思議な境地に立つことです。しかし、複数の言語が一緒になる場所のことを語ろうと思っても、私たちは、特定の言語でしか話せないのです。特定の言語を通してしか、翻訳を理解することができません。翻訳は、言語そのものと同じくらいに社会に必要なものとしてそこにあるため、どうしても言葉で説明し、理解する必要があります。しかし、特定の言語で捉えようとすると、必然的に、翻訳とは根本的に異なるものについて、いつの間にか語ってしまっていることになりかねないのです。それでも、翻訳は重要なので、語れないからといって、語らないわけにはいきません。どうすべきなのでしょうか。どうしようもないです。それがザ・ジレンマ・オヴ・トランスレーション。それが、the dilemma of translation です。語れないものについて、語りつづけるしかありません。

透明人間、翻訳を語る

翻訳家と会うと、たいてい翻訳の話になる。

二〇一〇年の夏、英語の小説を日本語に訳している人たちと集まる機会があった。世間話のあとで、誰が口火を切ったか、やはり、自然に翻訳のこと、翻訳家であるということに話題が流れていった。まるでおじいさんやおばあさんが持病の近況報告をするかのように、私たちは熱心に自分たちの症状を話し合う。

翻訳家というのは、あるいは、老人とは正反対なのかもしれない。老人が年を取れば取るほど、体が重力を感じるようになるのだとすれば、翻訳家は、翻訳をすればするほど、ますます浮力がついたような状態になってしまう。自分が日常的に話している言語が、実は多くの言語のなかのひとつに過ぎないのだという意識が強まり、言葉と、その言葉が指し示す事物の関係が、薄まってしまう。そんな関係性の希薄な世界に住み慣れてしまった翻訳家同士が、特異な境遇を分かち合う。何か、軽くなるよね、分かるかな、僕が言おうとしていること？　うん、分かるよ。

要するに、こういうことだろう。例えばさ、ここにお猪口があるだろう。お猪口って、日本語ではオチョコというから、ほとんどの人の中で、このお猪口はオチョコという言葉にしっかり結びついていて、安定している。お猪口はオチョコと、物と言葉がきちんと対応しているから、こう、何というのかな、自分もしっかりと安定している。言語という重力がお猪口に働きかけて、オチョコを落ち着かせているのと同様、自分にもそういう重力がきちんと機能しているように感じられる。でも、翻訳家というのは、例えば、私たちなら普段から日本語を英訳したり、英語を日本語に訳したりしているから、日本語のオチョコの外にも、サケカップなんて言葉があるのを、すぐに思い出してしまうんだよね。サケカップでなくとも、関係が流動的に捉えられるだけで日常の言語的重力というやつが、少しだけ緩められてしまう。物事がしっかりと言葉に納まらないから、少しだけ、浮いてきてしまう。それで、自分も、何だかつられて浮ついてしまう。

そうか、この人たちも一緒か、よかった。と私はうなづく。そうなんだよね。浮いてしまうね。浮いて、空に向かって、風船のようにどんどん重力の薄い方へ、薄い方へと、そして、そのうち見えなくなってしまう。だから透明人間になるのかもしれない。あまりにも軽くて、いてもいなくても分からないような。というか、社会が普段使っている言葉の安定感、言葉の確かさによって与えられている安定感を守るために、翻訳家なんてものは透明人間にしてしまった方がいいのかもしれない。翻訳家なんていない、ということにみんなしたがっているんじゃないの。

透明人間にしたがるって？　でも、翻訳家にとっても透明人間になるのが一番の目的なんじゃない。だって、そうだろう。翻訳家が透明人間にされるのではなく、本人がそうなろうとするんじゃない？

はあ、確かに、そういう見方もあるか。私は考え込んで、ふと気が付いた。透明人間にされるか、自らなろうとするか、というのは、もしかして、日本語の小説を英訳する翻訳家と、英語の小説を日本語に訳する翻訳家との大きな違いの一つなのではないか、と。というよりも、それぞれの翻訳家が置かれている立場の違いではないのか。

この数年間、村上春樹が世界中でますます注目を集めている。もちろん村上作品はどこでも読まれているのだが、最近、翻訳家としての村上春樹も外国にまで知られるようになってきつつあるのだ。英語圏で出版されたインタビューのなかに小説ではなくその訳業に焦点を当てたものもあり、例えば村上の『グレート・ギャッツビー』訳のあとがきも英訳されている。英語のウィキペディアだって村上春樹を「日本の小説家、翻訳家」と紹介しているのだ。

もちろん村上春樹の翻訳本は、小説の数倍にも上るので、意外だと思わない方もいるかもしれない。しかし、翻訳家としての村上春樹が英語圏にまで、こんなに目立つ存在として伝わるのは、やはり、日本での翻訳家に対する見方が影響しているのだと思う。『グレート・ギャッツビー』のあとがきに、村上は、翻訳に臨む際、今まではいつも「自分を黒子のように、透明にしたかった」というようなことを書いている。このように、日本の翻訳家が「黒子に徹する」という目標を快く掲げることができるのは、本当は透明人間などではないから、ではないだろうか。日本の翻訳家は、村上春樹ほど可視な存在ではないにせよ、かなり見えているように思う。現実の世界においては、実は透明人間ではないからこそ、訳文のなかにあっては、透明人間になろうとすることができるのではないか。

それに対して、英語圏ではどうか。例えば、村上春樹の英訳本の表紙には翻訳を手がけた人の名前は、どこにも見当たらない。扉に小さく書いてあるだけである。著作権だって、翻訳者にはない。英訳者自身が一生懸命書き、書き直し、また書き直し、何度も推敲していった英訳の、英語で書かれた文章そのものの著作権が、英訳者ではなく、日本語の作者に与えられるケースもある。

そしてまた英語圏の翻訳家は、契約上、印税が一切もらえない場合がほとんどである。出版社が、スーパーでトマトでも買うような感じで、訳文を買い上げる。そして、トマトをどんなふうに料理するかは買い手の自由に任せられるように、出版社が原文とは照らし合わせずに訳文を好きにカットし書き換える場合もある。話題のスウェーデン語の小説『ミレニアム』の英訳を担当したスティヴェン・マレーは、噂によると総計二千七百ページからなる三部作を九ヵ月以内に翻訳せよ、という注文を受けたそうだ。しかも、どうやら訳に編集者が手を入れたのに、それをチェックする時間を充分与えられず、結局、最初の百三十ページしか目を通すことができなかったらしい。これでは、自分の名前を出すわけにはいかない、ということで、マレーは本名ではなく、「レッジ・キーランド」というペンネームを使用することにしたそうだ。もちろんこの名前も表紙には記載されていない。

英語圏の翻訳家は、実際、透明人間にかなり近い。だから、透明人間になろうとはせず、必死に、可視の世界の一員になろうとする。私も、翻訳家としての仕事を果たすために、一生懸命に透明な体を生身に近づけようと努力してきた。

と、そんな話をしていたら、何だか、本当に、みんなよりも私の方が少し薄く、軽いような気がしてきた。目眩がする。大丈夫、慣れているよ。持病だから。

翻訳は言語からの解放　柴田元幸との対談

翻訳者は透明な存在か

柴田　今日は日本文学の代表的な作品を数多く翻訳なさっているマイケル・エメリックさんと、翻訳についていろいろお話ししたいと思います。エメリックさんのこれまでの仕事で僕がとりわけ好きなのは、高橋源一郎さんの『さようなら、ギャングたち』の翻訳『Sayonara, Gangsters』(Vertical, 2004) です。

最近ではJ-Litセンター協力のもと、翻訳なさった作品が二つあって、それが松浦理英子さんの『親指Pの修業時代』の翻訳『The Apprenticeship of Big Toe P』(講談社インターナショナル、二〇〇九) と、川上弘美さんの『真鶴』の翻訳『Manazuru』(Counterpoint, 2010) です。二冊とも表紙にエメリックさんのお名前が載っていますが、英語圏では翻訳者の名前が本の表紙に出ないことも多いですよね。

エメリック　日本では信じられないと思いますが、表紙に出ないどころか、裏表紙のバーコードの下に小さく入っているのは良い方で、本のどこを探しても載っていないことがあります。

柴田　英語圏では前提として、翻訳者に透明性が求められるようですね。

エメリック　先日、アメリカの編集者の講演を日本で聞いたのですが、日本の作品は作者の名前をジョン・スミスに変えて出版したいくらいだと言っていた。つまり、英語圏の出版社は日本の小説を、翻訳作品であること自体隠して、英語で書かれた小説と同じように売りたいんですよ。英語圏の読者は翻訳にアレルギーを持っていると勘違いしている。でも、翻訳作品を読んでいる人は英語圏にもたくさんいるし、翻訳本を出しているスモール・プレスもあるので、本当は違うと思います。

柴田　英語圏では原文からかなり変えて翻訳する場合がありますよね。だから、翻訳者は透明なふりをしているけど実質は透明ではない。編集者が翻訳を変えるよう指示するのでしょうか。

エメリック　レイモンド・カーヴァーの作品を編集者のゴードン・リッシュが大幅に書き換えていたのは有名な話ですが、アメリカでは編集者に作品を書き換える権利があるという考えがあって、翻訳本でも同じなんです。

柴田　それは編集者と作家の力関係の違いからくるんでしょうね。日本では作家が「先生」なんて呼ばれることもあるくらいですが、アメリカでは完全に対等な関係で、むしろ編集者が作品に口を挟むのは当然なのでしょう。

エメリック　アメリカにおいて作家と編集者は、仲の良い友人のような関係が理想とされるんです。

柴田　「先生」といえばドイツ文学の種村季弘さんがエッセイで、こんなエピソードをお書きになっています。飲み屋で女将が、「はい、先生」とお酒を注いでくれたので、「先生なんてよせやい」と言ったら、「金がありそうな客が社長で、金のなさそうな客を先生というんだよ」と怒られた。このエピソードをエメリックさんは翻訳できますか。アメリカではお店の人が客に対して、相手の肩書きや職業を言いながら酒を注ぐことはないだろうし、そもそも酒を注ぐこと自体がなさそうです。

エメリック　ないと思います。翻訳できないことはないですが、相当、奇妙な文章になってしまうでしょうね。飲み屋では社長がいて、先生がいて、編集者は何と呼ばれるのかな（笑）。

原作のヴォイス、翻訳のヴォイス

柴田　エメリックさんの翻訳は、作品によってきちんとヴォイスが違っていて、一つ一つ異なる空気が浮かび上がってくる。原作の雰囲気を再現することは意識していますか。

エメリック　それが一番重要なことだと思います。赤坂真理さんの『ヴァイブレータ』を

『Vibrator』(Soft Skull Press, 2007) に翻訳したときは、主人公の中に湧いてくる様々な声に気をつけました。自分の声であって自分の声ではないものが次々に湧いてきて、しかも自分ではコントロールできない声なんです。山田太一さんの『遠くの声を捜して』を訳した『In Search of a Distant Voice』(Faber & Faber, 2006) では、主人公の青年に突然聞こえてくる謎の女の声に気を配りました。

いろいろな意味での「声」に興味があって、文体もその延長だと思います。自分の中からいろいろな声を引っ張り出すことが、翻訳の最大の楽しみではないでしょうか。柴田さんが翻訳なさったピンチョンの『メイスン&ディクスン』は特に迫力のあるヴォイスを持っていますよね。

柴田　『メイスン&ディクスン』の翻訳を始めたばかりの頃は、小説の語り手がどう語っているのか、登場人物がどんな声でどんなしゃべり方なのか、全く何も分からなかったんです。でも、翻訳を進めていくうちに、この人物はこうしゃべるのかなというのがだんだん分かってきました。声が定まった途端、ぐっと訳しやすくなる。

エメリック　最初は模索しながら翻訳していって、ある時点で「あ、これだ」と摑むわけですね。それは大体どれくらいの時点ですか?

柴田　作品の半分くらい訳したところかな。『メイスン&ディクスン』はタイトルの通り中心となる人物が二人いて、メイスンはインテリの天文学者で根が暗い人だから一人称は「私」だろうと。それに対して、酒飲みで女たらしで庶民的なディクスンは「俺」かな「僕」かなと迷っていたんです。そんなときに高校時代の友達と飲んだのですが、彼が自分のことを「わし」と言うのを聞いて、これだと思いました。ディクスンに「わし」としゃべらせるようになってから翻訳が楽になりました。日本語に翻訳する場合は、語尾や言葉遣いも重要ですが、一人称をどう選ぶかで、翻訳のヴォイスが決まることが多いです。

エメリック　『メイスン&ディクスン』は原文が十八世紀の英語で書かれているので、柴田さんはそれを意識して、当て字にしたり漢語にルビを振ったり、現代の普通の日本語ではない文章に訳しています。でも、もし本当に十八世紀に書かれた小説を翻訳するとしたら、現代の日本語に置き換えるだろうと思うんですよ。十八世紀の小説の原文から感じてしまう距離を、翻訳で感じさせない工夫をしますよね。

柴田　考えたことはなかったですが、その通りだと思います。十八世紀の小説は二十一世紀の読者を意識して書かれてはいないので、翻訳者の仕事は読者を十八世紀に連れて行くことですね。でも、『メイスン&ディクスン』は二十世紀に書かれた十八世紀の文体の小説だから、二十世紀が十八世紀を見つめる目というのが、作品のいろいろな細かいところに埋め込まれている。二十世紀の人間が過去に戻っているという意識を読者に持ってほしかったので、日本でそれを感じさせるなら明治時代だろうと思った。明治時代は大量の西洋語が入ってきて、その一つ一つに漢語をあてていったわけですね。そのプロセスを読者に訳文から追体験してもらいたかったので、漢語にルビを振るといった工夫をしました。

エメリック　擬古文の英語を日本語に置き換えた見事なヴォイスになっています。

柴田　ありがとうございます。で、語り手の階級や人種といった要素でも訳文のヴォイスが変わってくると思うんですが、その最たるものが性差ですよね。僕は小川洋子さんの短篇を英語に訳したことがあるのですが、ただ翻訳すると語り手が男だか女だか分からない。日本語だと「僕」や「私」など一人称が違いますし、男言葉と女言葉がある。言葉自体に性差が埋め込まれているんですね。

エメリック　英語の場合、男性と女性で一人称も使う言葉も基本的に同じです。性差より階級による違いの方が大きいくらい。男女で違うところがあるとすれば、語彙というよりイントネーションですね。でも、アルファベットはスペルであって音そのものを表しているわけではないので、イントネーションを文字で表すのは難しい。南部のしゃべり方なんてフォークナーくらいすごい作家でないと書けないし、ましてや翻訳者はそれをやりたくても許されない。例えば、吉本ばななさんの『TUGUMI』を『Goodbye Tsugumi』(Grove Press, 2002) に翻訳したとき、つぐみの話し方をどう翻訳するかはずいぶん考えました。

柴田　語り手のまりあはおとなしい女の子で、いとこのつぐみはとんがっている女の子なんですよね。

エメリック　つぐみのしゃべり方は非常に男っぽい。特徴的な話し方であることを英語で分かってもらうためには、かなり方法が限定されるんですよ。そこで私は東海岸の人間ですが、西海岸のカリフォルニアの特徴的な話し方をまねて訳してみたんです。そしたらイギリスでは評判が悪かった。

柴田　なるほど（笑）。

エメリック　イギリスの新聞の「ガーディアン」に、「なんだこの俗なアメリカ人のしゃべり方は！　日本の若い女の子がこんなしゃべり方をするはずがないだろう」と書かれた。でも、イギリス人のしゃべり方で訳したら、今度はアメリカ人に伝わらない。ある特定の地域の言葉に訳すことで、ツグミの話し方の特徴は出せたと自分では思っていても、どこかから文句がでるんですよ。

柴田　日本語にはある程度、女の子の話し方、外国人の話し方といった型があるので、翻訳するときにその恩恵は受けていると思います。この人たちはこうしゃべる、という約束事がはっきりしている言語だと翻訳はだいぶ楽ですね。

面白くて寛容な日本語

エメリック　日本語で「行こうかなと思っている。」の「と」は、一種の引用の助詞ですよね。実際に発音された言葉ではないかもしれないけれど、文の中に「行こうかな」という声が入っていて、入れ子構造になっている

柴田　日本語の「と」の機能は、英語だと「that」に近いですよね。でも、「と」のように一文の中にいくつも組み込めない。

エメリック　「that」だと次にくる単語が文脈によって違いますが、引用にはならないんです。「I think that it would be best.」というときに、「it would be best」といま思っていることにはならない。

柴田　「と」は直接話法的で、「that」は間接話法的ということでしょうか。

エメリック　そうですね。日本語のこういう面白さに興味があるので、そこをうまく翻訳できればいいなと思っています。

「『こんにちは』と彼は言った。『最近どう?』」というように、英語みたいに台詞を二つに分けて、間に「と言った」を挿入して訳すことはありますか?

柴田　僕は結構あります。吉田健一さんは翻訳でそれをしませんでしたが、村上春樹さんは翻訳でもご自身の小説でもしている。「『馬鹿らしい』と彼女は言った。『我慢できないわ』」みたいな感じで。

エメリック　翻訳の仕事と小説の仕事がつながるところが良いですね。アメリカでは考えられないです。

柴田　村上さんは特別かもしれません。いずれにせよ英語は日本語よりも、ある語り手が全てを語っているという印象が強い気がします。

エメリック　日本語だと語り手が次々に別の人になっていく場合があって、『源氏物語』がまさにそうですよね。

日本語には時制がないと言われます。完了形が基本で過去形がないので、自由に「〜であった。〜である。」と続けていくことが出来る。

柴田　現在形と過去形を混ぜちゃっていい。

エメリック　それが面白い。英語の場合ははっきり時制がありますが、ジョイスやフォークリーなどのように、作家ならあえて過去形、現在形、現在進行形を混ぜて書くことはよくあるんですが、アメリカでは翻訳者は存在しないことになっているので、なるべく透明人間のようになって翻訳しなければいけない、というプレッシャーがあります。時制を混ぜることなく、目立たないように訳さなくてはならない。私はそれが嫌なので、いろいろな声が湧いてくるように翻訳しますし、時制も混ぜる場合もあります。

柴田　日本の翻訳者もアメリカと同じで透明になろうと心がけていますが、透明になる方法が違いますね。時制をまったく動かさずに訳すと日本語としては不自然になるので、翻訳の下手さが前面に出て、結果的に透明ではなくなってしまう。原文を書いた作家は透明人間ではなく、独自の声を持っている人ですから、それに何も付け加えないで訳すことが透明になることだと思う。そのためには時制も時には動かす必要があります。

エメリック　私もそう思います。例えば、『真鶴』の主人公が回想する過去は、現在形が多く使われています。それを英語にするとき、全て現在形で訳すと読者が違和感を持つので、普通の翻訳者は自分が目立たないように全て過去形で訳す。英語圏で求められるのは、そういう目立たない翻訳を提出することなんです。でも、それでは『真鶴』の面白さは損なわれてしまう。普通の英語、普通の翻訳者という幻想のなかで訳すのではなく、ちょっと変な英語でも私は原文の面白さを優先するようにしています。

作家にとっての逸脱と普遍

柴田　そもそも作家が普通であることからどこまで逸脱できるのかが、日本と英語圏では違う気がします。日本の作家は個性が重視されますが、「ニューヨークタイムズ」などの書評を読んでいると、作家が人間の普遍的な心（truth of the human heart）を描いている、といったほめ言葉が使われたりする。

言葉のルールにおいても、日本語のほうが自由度が高い。「I am tired」という文のどこにもカンマは打てないけれど、日本語だったら「私は疲れている」でも「私は、疲れている」でも良いし、続点の有無で雰囲気が変わります。英語圏の翻訳者は透明になろうとすると、こういう作家の逸脱に寄り添いづらいのではないでしょうか。

エメリック　作家も逸脱より普遍が好まれる傾向がありますが、翻訳者になるとそれが百倍くらい強まりますね。

柴田　翻訳の文章に個性は要求されないですか。

エメリック　むしろ個性を出そうとすると、「翻訳者がだめだ」と言われます。英語圏では読者が「素晴らしい、読んでいて涙が出てきた」と感じる部分は作家のおかげ、「なんだかぎこちない文章だ」と感じる部分は翻訳者のせいなんです。

柴田　となると、どれだけ逸脱できるかは編集者との戦いになりますか。

エメリック　出版社によって違います。有名な話ではクノッフ社は村上春樹さんの『ねじまき鳥クロニクル』を翻訳出版する際、英語圏では長い小説が売れないので、五百ページ以上にならないよう削ってもらわないと困るという契約を結んだそうです。それで、翻訳者のジェイ・ルービンさんが他の人には任せられないと責任を持って翻訳なさった。でも、これはクノッフ社という大手出版社が、村上春樹という作家を最初から非常に意識して出版した場合です。

私のこれまでの経験では、編集者が訳文に手を加えた例はほとんどありません。読んでくれているのかさえ心配になるくらい、あっさりしている（笑）。意思の疎通がなくて物足りないです。日本の文化庁によるＪＬＰＰ（現代日本文学の翻訳・普及事業）で、日本の小説を翻訳したときは、すばらしい編集者と組ませてくれたので全然違いました。やっぱり編集者にはちゃんと読んで意見を言ってほしい。柴田さんの場合はどうですか？

柴田　信用できる編集者は素通りせずにダメ出しをしてくれる人。ダメ出しされるとムッとするんですが（笑）、冷静になるとその通りだなと考え直す場合もあるし、やっぱり直さない場合もある。でもとにかく、読者に届ける前に、編集者の意見は必ず聞きたいですね。

エメリック　私の場合は、両親も妹も私が翻訳したものを読んで、ここが堅苦しいとかこなれてないとか指摘してくれます。特に妹は現代ギリシア文学の翻訳をしているので、翻訳し切れていないところがあると、すぐに気づいてくれるんです。

柴田　奥様は読まないですか。

エメリック　あまり読まないですね。学術的な文章のときは必ず読んでもらいますが。

柴田　学者同士ですもんね。なぜこんな質問をしたかというと、僕が編集している「モンキービジネス」という雑誌で、ロシア人作家ダニイル・ハルムスの作品を連載したんですが、翻訳を担当した二人が夫婦なんです。夫のヴァレリー・グレチュコさんはハルムスと同じロシア人で、日本語はたどたどしい。妻の増本浩子さんはドイツ文学を研究している日本人で、ロシア語はたどたどしい。二人がどうやって翻訳しているのか興味があったので、インタビューをしたんですよ。僕は夫がまず二人の共通語であるドイツ語に訳して、それを妻が日本語に訳すのかな、と予想していました。基本的にはそうらしいのですが、実際はもっと複雑でした。

　まず、夫が原書を見ながらドイツ語に訳して話すのを聞いて、妻がパパパッと日本語に置き換えていく。でも、そこで夫が口にする言語が必ずしもドイツ語とは言えない、日本語もロシア語も取り入れた二人の「共通言語」なんです。夫婦として二十年過ごすうちに、二人の間で独自の言語が出来た。ロシア語で書かれたハルムスの文章を別の言語に置き換える場合、普通なら何らかの制限や歪みがあって原文よりも悪くなってしまう。コピーがオリジナルより悪くなる。でも、彼らの場合は自分たちだけのしなやかな言語を持っているから、ハルムスがロシア語から「解放」されるというんですね。一種の重訳ではあるんですが、本当に素晴らしい翻訳なんですよ。これは特殊な例かもしれませんが、翻訳は常にオリジナルが劣化したものであると考えなくても良いのではないかと思いました。

エメリック　私はフランス語を英語に訳したことがあるんですが、言語としてかなり近いんですよ。もちろん良い翻訳にするにはプラスαが必要ですが、ある程度は機械的に訳せてしまう。でも、日本語から英語に訳すときは全然違う言語同士なので、そのご夫婦ほどではないですが、言語そのものからは解放されている気がします。

重訳の面白さ

柴田　世界の様々な作品の書き出しだけ翻訳するという「文藝」の連載で、日本語から別の言語に翻訳したものをまた日本語に訳したらどうかと思って、有名な英訳が三つある『源氏物語』の冒頭でやってみたんです。

アーサー・ウェイリー（一八八九～一九六六）の英訳は当時でも既に古めかしかったのではと思

われる文章で、技巧的な感じがします。エドワード・サイデンステッカー（一九二一〜二〇〇七）の訳文は、ひっかかりがなくてあっさりしている。ロイヤル・タイラー（一九三六〜）の訳は最も忠実で、「いづれの御時にか」を「In a certain reign（whose can it have been?）」と疑問文にしているあたり相当真面目。

三つの英訳を、それぞれ日本語に訳してみたら思ったより違う文章になって面白かったです。僕は『源氏物語』について詳しくないので、「いづれの御時にか」くらいしか原文が頭に入っていなかったのがかえって良かった。

エメリック　私はウェイリー訳で初めて『源氏物語』を読んで、それから原文と谷崎潤一郎訳、円地文子訳、注釈書を同時に読んで、最後にタイラー訳を読みました。私はタイラー訳が好きですが、サイデンステッカー訳もいいですね。さらにこれからデニス・ウォッシュバーンさんによる訳も出るそうです。

タイラー訳は正確だし、ものすごく実験的です。『源氏物語』の登場人物たちは、実は名前をもっていない。「夕顔」とか「紫の上」と呼ばれていますが、それらは原文では名前として使われていないんです。普通の翻訳者だったら名前で訳さないと分からないと考えるところを、タイラーさんは原文に忠実に、名前を一切使わずに訳した。源氏は昇進すると呼び名が変わっていくので、途中だけ読むと誰のことだか分からないんですが、最初から通して読むときちんと分かる。本当にすごいです。

『源氏物語』冒頭（原文）

いづれの御時にか、女御、更衣あまたさぶらひたまひけるなかに、いとやむごとなき際にはあらぬが、すぐれて時めきたまふありけり。

谷崎潤一郎訳

何という帝《みかど》の御代《みよ》のことでしたか、女御《にょうご》や更衣《こうい》が大勢伺候《しこう》していました中に、たいして重い身分ではなくて、誰《だれ》よりも時めいている方がありました。

谷崎潤一郎訳→マイケル・エメリック訳

Now which reign was it, again?...oh well, be that as it may, this Emperor, whatever his name was, He had any number of Consorts and Intimates in attendance, and among all these women there was one, not a particularly weighty sort of personage, whom He favored above all the rest.

円地文子訳

いつの御代《みよ》のことであったか、女御更衣《にょうごこうい》たちが数多く御所にあがっていられる中に、さして高貴な身分というではなくて、帝《みかど》の御寵愛を一身に鍾《あつ》めているひとがあった。

円地文子訳→マイケル・エメリック訳

In which reign might it have been? Among the numerous Consorts and Intimates in residence at the palace, there was one of a not so very exalted rank who alone enjoyed the Emperor's full favor.

アーサー・ウェイリー訳

At the Court of an Emperor (he lived it matters not when) there was among the many gentlewomen of the Wardrobe and Chamber one, who though she was not of very high rank was favoured far beyond all the rest;

アーサー・ウェイリー訳→柴田元幸訳

ある天皇《エンペラー》の宮廷において（彼がいつ生きたかは問題でない）、衣装と寝室に携わる多くの淑女たちのなかで、地位はさほど高くなかったもののほかの誰よりも深い寵愛を受けた女性がいた。

エドワード・サイデンステッカー訳

In a certain reign there was a lady not of the first rank whom the emperor loved more than any of the others.

エドワード・サイデンステッカー訳→柴田元幸訳

ある治世に、地位は最高ではないもののほかの誰よりも天皇に愛された女性がいた。

ロイヤル・タイラー訳

In a certain reign (whose can it have been?) someone of no very great rank, among all His Majesty's Consorts and Intimates, enjoyed exceptional favor.

ロイヤル・タイラー訳→柴田元幸訳

ある治世に(誰の代だったのだろう？)、陛下《ヒズ・マジエスティ》に親しく仕える女たちのなかで、地位はおよそ高くないが並はずれた寵愛を享受した者がいた。

マイケル・エメリック訳

In the reign of one or another of the Emperors among the many Consorts and Mistresses of the Wardrobe honored to wait upon His Person there was one of a rank less than unassailably exalted whom He favored to an extraordinary degree.

マイケル・エメリック訳→柴田元幸訳

どの天皇《エンペラー》の治世であったか お仕えする栄誉を担う 数多《あまた》の女御や更衣の中で 一人 位は非の打ち所なく高いとは言えぬものの 並外れた寵愛を受けた女がいた。

柴田　今回、エメリックさんにも原文の英訳に加えて、谷崎訳、円地訳を重訳してもらいました。エメリックさんの英訳を読んで、有名な冒頭の納得いく訳がこれで現れたと思いました。特徴的なのはカンマが一つもないことですね。

エメリック　元々、『源氏物語』には句読点も段落も無いんですよ。紫式部の手で書かれた『源氏物語』は残っていないので、写本や江戸時代の版本、注釈書である『湖月抄』などを見てみると、いわゆる連綿体で書かれています。「いづれの」でひと続き、「御時」でひと続きというふうに、文字同士がつながって一つの単語をなしていて、英語みたいなんです。筆で書かれた文字の濃淡が抑揚のようだし、雨が降るように見える文字たちの連なりが、『源氏物語』という作品そのものを表している気がして、その雰囲気を出すためカンマを使わずに訳してみました。

柴田　エメリックさんによる英訳を、僕が更に日本語に翻訳してみたんですが、カンマがないことを生かしたくて、読点を打つかわりに半角をあけました。句点のかわりにも全角あけてみたんですが半角と区別がつかなくて、一・五角あけたらさすがに変なのであきらめました。エメリックさんの英訳は翻訳のし甲斐がありましたよ。谷崎訳のエメリックさんによる重訳も面白い。谷崎の『細雪』の伝聞を伝えるときのうまさを意識した英訳なのかなと思いました。

エメリック　谷崎には具体的にこういう作家だというイメージがあるので、翻訳するときに特定のヴォイスが浮かんできます。ただ、英語にするとやはり違うものにはなってしまうんですが。

柴田　声のアクの強さや、特徴的なヴォイスだなと感じさせる度合いは同じになっていると思いますよ。

意識下のもやもやを翻訳する

エメリック　翻訳ではなく本を読んでいるとき、せっかくワインを飲みながら楽しく小説を読みたいと思うのに、文字がページの上で踊り始めることはありませんか？

柴田　それは無いなぁ（笑）。

エメリック　日本語で本を読んでいると、英語にするとこんな感じになるだろうという文字が勝手に踊り出すんです。医者に診てもらったら「翻訳をやめて海岸で良い空気を吸いなさい」と言われたのですが、どうしようもないので続けています（笑）。

柴田　僕はまだまだ修業が足りないのかな。英語の本を読んでいるとき、日本語を介在させずに読んでいると気づいて嬉しくなることはいまだにありますね。いま外国語を読んでいるのだ、という意識を捨てる境地までやっと辿り着いた感じかな。

エメリック　私は日本語の本を読んでいて、「こんな文字を私が読めるはずがないのに読める！」と思うことがあります。

柴田　あ、それはしょっちゅうですね。読むときより聞くときに、「どうしてこんな言葉が聞き取れるんだろう」って思います。

エメリック　翻訳は私にとって一種の麻薬のようなもので、しばらく離れていると……。

柴田　切れてくる？（笑）

エメリック　震えるような感覚になります（笑）。日本語でも英語でもなく、言語から解放されることが、自分にとっての翻訳の楽しみです。翻訳する場合、まずは作品を読みながら、自分のなかで何が起きているかを細かく観察する。印刷された文字によって引き起こされるものを注意深く見て、自分の意識の水面下にある暗いもやもやとした何かを英語にしていきます。

柴田　小説は言語で成り立っていますが、そこからエメリックさんの中に喚起されるのは、言語以前のものなんでしょうか。

エメリック　私はそうですね。

柴田　僕は手書きで翻訳するのですが、原文が頭の中を通って右手から出て来るときはまずくて、体を通ってから出て来ると良い感じ。

エメリック　翻訳のスピードは速いんですか？

柴田　かなり速いと思います。じっくり考えて良い結果を出す人間と、大した結果ではないけどぱっと出せる人間がいるとすれば、僕は後者なんです。すぐに出て来なければ考えても無駄なので、適当に翻訳して次に進む。文脈が見えてきた頃に戻ってもう一度考えて、入れるべき言葉が湧いてくるのを待ちます。

エメリック　一番重要なことは、ある日本語をどうやって英語に置き換えるかではなく、読んで湧き上がってきたもやもやしたものをどう英語にするべきかなんです。
柴田　翻訳の仕事をしていると、「この言葉は英語でどう言うの?」と聞かれることが多いのですが、いつも困ってしまいます。
エメリック　まさしく先日、私の翻訳した作品について、ある人から「どうしてこの日本語をこの英語に訳したの?」と聞かれて困りました。もちろん日本語と英語の単語を一対一で訳さなくてはならない場合もありますが、一段落対一段落、一章対一章、一作品対一作品、さらにはその作家の書いた全作品も考えながら翻訳しなければならない。
柴田　翻訳だけではなく自分で文章を書くときも同じです。筒井康隆さんが、文末を「である」にするか「だ」にするかは、一番最初から読み直さないと決められないと言っていますが、翻訳もまさにそう。
エメリック　もっと極端な例で言うと、「ここにマジックペンがある」という文だけ見れば大した意味はありませんが、それが推理小説のなかの一文で、前章で誰かがマジックペンで刺されて死んでいたら、途端に怖いマジックペンになる。文脈によって、どんなに簡単な言葉でも、全然違う意味に成り得ます。文脈を意識すると、日本語では普通の文だけど、英語では特別な良い文になるようなケースもたくさんある。
『真鶴』に「まぶしくて、何もみえなくなる。」という文があるんですが、とてもシンプルな普通の文ですよね。それを「So bright, I couldn't see.」と訳したら同じく普通の文なのですが、私は「I can't see for all the light.」と訳しました。この小説のヴォイスを伝えるには、あえて古風で詩的な文に訳した方が良いと思ったんです。

柴田　英訳の方が見得を切った形になっている。でも、実は川上さんの日本語も微妙に見得を切っていますね。

エメリック　そうなんです。この文はある段落の最後に位置していて、普通の文ではあるけれどこの文脈では何かが違う。それを伝えるのが翻訳だと思います。

日本語を読みながら感じたことを英語にしていくプロセスで、日本語と英語に同時に向き合えることが、翻訳をする上で私にとって一番のモチベーションになっています。日本語は長い歴史を持ち、漢字とカタカナとひらがながあり、犬でいえば雑種みたいな言語だと思う。英語も豊かさのある言語ですから、翻訳によってそれぞれの面白さをどんどん掘り下げていきたいですね。

柴田　エメリックさんの翻訳中毒がますます高じて、日本文学の素晴らしい翻訳を続けていただければと思います。

おかえりなさい、ミスター高橋

なるべく丁寧な気持ちで、ワン・ラスト・タイム、再びブザーを押してみた。

道の方をちらっと振り返ると、縦列駐車してあるボルボの運転席で口紅を塗りたくっていた女が、不審な顔つきでこちらを睨んだ。無理もない。私はずいぶん前からここでブザーを押しつづけているのに、ドアが開くどころか、インターホンさえもノー・コメントである。どうしよう。小石を窓に投げ付ける、のは危険すぎるか。

私は公衆電話に救いを求めた。番号をプッシュし、そして待つ。

やがて向こう側にミスター高橋が、聞こえてくる。

いや、4Aという部屋に泊ることになっていたけど、僕が今いる所は5階なんだよね、確かに部屋番号は合っているし、4階の部屋には番号プレートがついていないから5階ながらもここが4Aであることは確かだけど、トの入り口でブザーを押しても通じないようだし、しかもよく見たらドアのプレートはどうも、最近つけ替えられたフゼイだし……　つまり、ここはもともと

「5A」で、何かの事情で「4A」のプレートを宛てがわれたのじゃないかな。今度は4Aじゃなくて5Aのブザーを押してみてくれないかね、マイケル君。

さっそくビルに戻り、5Aを押すと、今度はドアが開いた。

私たちは、「ジョージ・ブッシュJr.」が「ジョン・スミスJr.」のスピーチを盗作しているのに起訴できないのは誠に残念だ、と歎き合い、それから「日本文学」の話に夢中になった。日本文学、日本語文学、在日文学、翻訳日本文学、日本翻訳文学、独語日本文学、英訳独語日本文学、日本文学漫画、一旦口火を切ると無尽蔵の語り種である。しかしその間中、私の脳裏にはある疑問が点滅しつづけていた。

この「4A」って、4Aと5Aとはどう違う？

ここは、一体どこなんだろう……

数十分後、私たちがビルを出ると、ボルボの女はまるで「家《うち》」と「外《そと》」とを混同しているかの如く、人目を憚らず車内でヘアスプレーに励んでいた。

高橋源一郎が『さようなら、ギャングたち』を著した時、それはアフォリズムか散文詩をかき集めたような、「小説なるもの」を目指さないゆえに却って「小説とはどういうものなのか」を考えさせる作品として捉えられたようだ。私も、はじめてこの作品に出会った時、やはりそういった視点から読み解いたように記憶している。

ではGen'ichirō Takahashiが、Vertical Inc.という新しい出版社から来年の春出そうとしているSayonara, Gangstersの場合はどうであろうか。私はその英訳を手がけた者として、ミスター高橋自身を含め誰よりも先にこの新・処女作を読む特権を与えられた。ビッグ・ファンなる私には、最高の楽しみである。ただしここでは我田引水な書評を避けるため、英語版そのものについてはいわゆる「ジャパニーズ」文学に興味をお持ちの方、在外日本文学の愛読者にお任せすることにしたい。

このSayonara, Gangstersを読み終えた後、私は非常な幸運に恵まれた。それは英訳読後に再び原文に向き合い、そこにいままで誰も見たことがない、新たな『さようなら、ギャングたち』を見いだす、という衝撃であった。私は喜悦になって全身を震度2・5に震わせながら、両輩を拡げて青空に高く小さな8を描く、「日本文学」から解き放された「原文」を眺めた。芝生に寝転んだまま、ことばが描く鮮やかなカーブと再び恋に落ちた。

何という美しい、タイムリーな、翻訳的な小説。

もちろん、原文のことばは一種「翻訳的」な雰囲気を最初から漂わせていた。英語から翻訳されたような、礼儀正しく狂った和文。その絶妙な語感を英訳の中に生かさなければならなかった私には、それが手にとるように分かった。また、出典をひとつひとつ調べなければならなかったので、本文中にいわゆる翻訳文学の引用が数多く存在することは百も、いや、二百くらいまでも承知である。氾濫するルビも、ある意味では「翻訳的」と言えるであろう。

しかし、私はここで単にことばの表面レベルの「翻訳性」を指摘したいのではない。ことばを家具のようなものとしてみれば、『さようなら、ギャングたち』の室内は確かにきわめてコスモポリタンな雰囲気に装飾されていると言えよう。これ自体は現代日本語が元来包含している「翻訳文学的」なスタイルを駆使することで、どんな作品の中にも当然生み出される効果であるように思う。しかし高橋源一郎がやってのけたのは、そのような「翻訳文学的」な文体を糸口にしてより深いところ、骨の髄まで「翻訳的」な日本語文学を書くことであった。それはつまり、家具類を並べ変えたりするだけでは到底満足できない、究極のインテリア・デザインを夢見る妙手の「異質なる空間造り」と言えるであろう。

そう、この小説の真に「翻訳的」な所以は、家具ではなく空間を形成する壁そのものの扱いにあったのだ。

たとえば、あるビルの6階に大きな川を流し、その上に何十本ものサーチライトの光線を交錯させ、身長よりもずっと長いまっ白な羽根を背中に生やしてふらふら飛んでゆく女の子を水中に落とす、そのような空間。

たとえば、業務用冷蔵庫に化した詩人のヴェルギリウスが、リフリジレイターはアリゲーターと韻をふむと教えられて勢いよく階段を登ってゆく、その空間。

たとえば、名前をつける習慣の廃れた世界で、いままで名前を持ち得なかった恋人同士が、相手に対する愛情や希望に形を与えたような綽名《あだな》を紙に記して丁寧に渡し交わす。そんな新しい表現が生まれ落ちてくる空間。

最初の川の例では、コンクリート壁にしっかり囲まれた「うち」の中に、どうみても「そと」としか考えられない、異質のスペースが挿入されている。ヴェルギリウスは人と物との間に立ちはだかる概念上の「壁」を崩壊させた、妙ちきりんでチャーミングな逸話である。小説の冒頭から引いた最後の例は、言語「内」に既にあることばを新たに選り合わせることによって、言語の「外」で未だ記号化されていないものに名前を与え、具体化してゆく過程を描く。

英訳読後の『さようなら、ギャングたち』は様々な壁に疑問を投げつける。しかしハンドボールのゴム球と異なり、多くの場合それらの疑問は意外な弾み方をし、手許に戻ってはこない。投げつけられた問いはどこへゆくのか。なるほど、私たちは改めてそこにある景色に目を凝らす。もしかして存在するはずの「壁」はただの蜃気楼に過ぎないのではないか。目の前にそびえているかのような煉瓦のあれは、単に目の錯覚ではなかろうか。

この作品はこれらの疑問を未来に作られうる新たな「壁」、更なる概念上の「うち」と「そと」との境界に向けて常に発信しつづけるであろう。

普段、私たちが「翻訳」と呼んでいる作業は、翻訳者を媒介として二つの全く異なる言語体系を無理にリンクするものとして理解されている。この国とあの国との間に大海が広がるように、国語と外国語との間にも限りなく深い溝が存在するように思われがちである。しかし、現実はそうではない。言語というものに「うち」も「そと」もあり得ないのである。翻訳を本職とする人間なら常に感じることだが、それぞれの言語はみなどこか、互いに重なりあうところと重なりあわない部分を内蔵している。本質的に翻訳とは、つまりある一つの言語で綴られた作品がもう一つの言語と重なる部分を探り当てながら、その重なりを利用して全く繋がらない部分をも別の言語で再生することを意味する。格好よくいえば、言語がもつメタ言語的機能を用いてバーチャルな外国語を「私たち」のことばから成り立たせることである。

『さようなら、ギャングたち』は「小説なるもの」を非小説的空間に移してそこに小説を繰り広げるという意味で、ある言語で書かれた作品を別の言語体系の中に再生する翻訳と通じるものがある。この作品が「小説なるもの」を目指さないから却って「小説とはどういうものなのか」を考えさせる作品であるという評価にも一理ある。しかしこの問題意識を一歩推し進めて、「小説ならざるもの」と一般的に思われているマテリアルの中に「小説性」を見いだし、それを慎重に育む高橋のスタンスに私は注目したい。翻訳が日本語の文学を、英語圏における日本文学作品として流通させるように、かつて小説の存在し得なかった空間に高橋は新たなかたちで「小説」なるものを起動させるのである。その意味で私は高橋のアプローチは方法として翻訳的であると考える。

アフォリズムか散文詩を沢山かき集め汗じみ汗じみ6階まで担ぎ上げておもしろく配置した

後、それらと到底相容れないような「小説」という川を流してみる。あるいはまた、作品が「日本文学」という部屋に陣取りながらも、日本語の可能性を極限まで押し詰めることによって、日本語という輪郭をゴム・バンドの如く自由自在に伸縮させてみせ、従来の「国文学」、「日本文学」の枠を突き破り、つまるところ特異で新鮮な日本語文学とでも呼ぶべき「異質なる空間」を創り出すのである。英訳読後に対面した『さようなら、ギャングたち』はこんな目の眩むほど困難な大仕事をやり遂げていた。

　私のこの読み方は、やや毛色の変わったものなのかもしれない。（尤もブロンドの私の毛色が変わった見方をするのは当然なのかもしれないが。）しかし私がこの作品にある意味翻訳的な要素を見いだすことができたのは、私がただ単に *Sayonara, Gangsters* の英訳を通じて原文と英訳を仕切る「壁」が崩れゆく過程を程近く見てしまったからだけではないと思う。この小説は最初から翻訳の可能性を前提とし、翻訳を待ってさえいたと言えるであろう。どんなに内輪向きにみえる日本語でも、あるいは内輪向きにみえればみえるほど、私たちにバーチャルな「そと」を感じさせてくれる可能性を内包している。この「そと」は結局「うち」の存在そのものを爆発させうる、密かに燃え進む導火線のようなものであるのだ。

　つまり高橋源一郎は私のような毛色の変わった者のためにもこの小説を書いているのであろう。翻訳的なスタンスによって展開される彼の日本語文学は、国境、言語の「壁」を取り壊し、国籍によって定義されない限りなく開かれた文学であるのだ。

ミスター高橋がニューヨークに来た時、5階の「4A」という、どこともしれない部屋に泊まった。そこは一つの翻訳的な、バーチャルな空間であり、いま振り返ってみると*Sayonara, Gangsters*の創造主にはいかにもふさわしい場所であったような気がする。9・11を経てもニューヨークが多くの「そと」の空間のパッチワークから成っていることを改めて考える人は少ないかもしれない。しかしこの大都市には、「4A」のような確定していない、どことも分らない空間が限りなくあるはずである。いつか、ミスター高橋がまたそのうちのあるドアを開けてくれるのではないかと希望しつつ、私はブザーを押し続けてみよう。

二十年後にも美味しくいただける高橋源一郎

アルフレッド・バーンバウムは料理の妙手である。彼の冷蔵庫には世界中から寄せ集められてきたスパイスや食材がずらりと並び、何となく国連総会議場のような賑わいがある。片手で胡麻を乾煎りしながら片手で東南アジアの香辛料を絡み合わせていると思うと、次の瞬間はゴーヤーの種をくり抜いているバーンバウム氏のこなれた調理ぶりは、鮮やかで気持ちがいい。料理と翻訳とを遠い親戚のようなものと考えている私には、この人が一九八〇年代後半から九〇年代初めにかけて英語圏における現代日本文学のイメージを一変させた翻訳者の一人だということに、改めて頷いてしまう。

村上春樹の小説が様々な言語に翻訳され、世界的にビッグブームを巻き起こしているという現象が数年前から頻繁に報道されるようになった。言うまでもなく、村上春樹の作品を一番最初に英訳として出版したのはバーンバウム氏である。包丁をまな板にさくさくと躍らせる氏の手元を眺めながら既に出来上がった数々の珍味に舌鼓を打ちつつ、それでも私は料理の鉄人なる彼に

「村上春樹のバーンバウムさん」を見てしまう。後に *The Elephant Vanishes*（『象の消滅』）という短篇集にまとめられることになる、彼を含めた名翻訳家たちの英訳が九〇年から『ニューヨーカー』誌に掲載される度に、私はリアルタイムで読み、訳文の妙味に陶酔してきた。そこから遡ってバーンバウム氏の英語版『羊をめぐる冒険』と『世界の終りとハードボイルド・ワンダーランド』を発見しさらに衝撃を受けた経験があるので、致し方ないのかもしれない。自分の頭の中には、「村上春樹の」という形容句がバーンバウム氏の名前にずっと付着していた。

村上春樹を英語で読みはじめてから十年後、バーンバウム氏と会って仲良くなる四年前。ある日、神保町の古本屋で先輩に勧められた高橋源一郎著『さようなら、ギャングたち』のサイン入り初版本を入手した。四千円も出して読んだことのない作家のサイン入り初版本を買うのはどうかなとも思ったけれど、勧めてくれた先輩の熱心度と裏表紙を飾る年代感溢れる白黒写真（オーバーオール姿の高橋源一郎）に釣られ、つい購入してしまった。その晩、京都に向かう新幹線の中で『さようなら、ギャングたち』の最初の数頁を読み終えた時点では、「この小説を英訳する」と心を決めた。そうなるとすでに翻訳されていないかが気になる。この本をやりたそうな訳者がいるかな。一人だけ思い当った。アルフレッド・バーンバウム。

実は、一九九一年にバーンバウム氏は *Monkey Brain Sushi:New Tastes in Japanese Fiction*（『猿の脳みそ寿司——日本文学の新しい味わい』）という、題名はあまり美味しそうではないが中味はすごい御馳走のようなアンソロジーを編集していた。中に氏自らの英語版「クリストファー・

コロンブスのアメリカ大陸発見」が所収されている。同じ年に望月稔という方が*New Japanese Voices*（『日本の新しい声』）というアンソロジーの中で『優雅で感傷的な日本野球』の抜粋文を英訳したが、望月氏はその後文学の翻訳に携わっているとは聞いていない。高橋文学を英語に料理しそうなプロは、やはりバーンバウム氏くらいだろう、ということになる。

もちろん、アメリカやイギリスで活躍している日本文学者の中で高橋文学を愛読していた者がいなかったわけではない。島田雅彦の『夢使い』や村上春樹の小説を数篇手がけてきたJ・フィリップ・ガブリエルは実際一九九七年に米国アジア研究学会で『さようなら、ギャングたち』と『優雅で感傷的な日本野球』を取り上げたそうだし、特に現代文学が専門でなくても最近の小説や批評をある程度フォローしている学者は少なくない。だが、アメリカの大学では教授勤めの傍ら翻訳者（何よりもまだ英訳されていない作家を最初に紹介する新進気鋭な翻訳者）をやるのはなかなか難しいという事情もあり、高橋源一郎の長篇を英語圏に出し得るのは、やはり翻訳に専念できるプロで、しかも『猿の脳みそ寿司』に既に短篇を英訳しているバーンバウム氏が紛れもなく第一候補だったのではないかと、今でも私は思う。

しかし、バーンバウム氏は「クリストファー・コロンブスのアメリカ大陸発見」以降、高橋源一郎作品を手がけることはなかった。なぜ翻訳しなかったのだろうか。絶対好きそうなのに。私は「村上春樹のバーンバウムさん」も好きだけど、「高橋源一郎のバーンバウムさん」はもっと見てみたい気がする。かつて海外においては日本文学イコール谷崎、川端、三島のビッグスリーというイメージが強かった。村上春樹の登場は今までのやや偏った、エキゾチックなものを求める嗜好性を一変させたが、しかし彼一人がビッグスリーの後を独走するかたちになった。私は村上春樹文学も大好きだけれども、村上春樹というビッグワンのみが欧米の出版社と読者の脳裏に記憶されてしまうのはちょっとつまらない。

ナンプラーとカフィアライムの葉の香かぐわしいローストチキンサラダを、さり気なくとんでもなく大盛りに自分の皿にもらいながら、私はバーンバウム氏に聞いてみる。

Q：　高橋さんの長篇小説をやってみたいと思ったことはありませんか。

A：　ありますね。『猿の脳みそ寿司』が出た時、わりと反響がよかったので、高橋さんの作品をやるなら今が旬だと思い『ペンギン村に陽は落ちて』のサンプル訳を出版社に持ち込んでみたんですよ。でも「こんなの売れるはずない」と断られてしまいました。筒井康隆の『俗物図鑑』などのプロポーザルも書いてみたのですが、それもダメでしたね。

Q：　その後、高橋さんの作品を英訳する機会はなかったのですか。

A：　私は一九九三、四年頃からしばらく翻訳から遠のいていましたし、高橋さんも一九九〇年の『惑星P-13の秘密』と一九九七年の『ゴーストバスターズ』の間には、批評は書いていたのですが、小説は全く出さなかったものですから。いろいろな意味でタイミングが悪かったですね。

ああ、気紛れな運命の女神。そんなわけで、高橋源一郎を一番英訳しそうな人が、出来なかった。おまけに翻訳そのものからもしばらく身を引くことになったのだ。違う料理の味を探しにビルマに赴き、ビルマ語の勉強をしはじめたそうだ。

石川県美川町に、河豚《ふぐ》の卵巣の糠漬けという珍味がある。周知の如く、河豚の卵巣にはものすごい猛毒があるのだが、一年くらい塩漬けにしてからイワシのエキスと糠で作った魚醤《いしる》というものに漬け、二年ばかり寝かしておく。そうすると、毒が消え、類のない珍肴ができる。

言ってみれば、高橋源一郎は河豚の卵巣の糠漬けの日本文学版のようなものである。少なくとも海外においてはかなり長い発酵期間を経るまで、賞味されることがなかった。常識的に考えれば、彼の作品はもっと早く英訳されてもおかしくなかったはずだ。ドナルド・バーセルミ、ジョン・バース、カート・ヴォネガット・ジュニアなどの作家の作品がまだ一世を風靡していた頃に、それらに触発された『さようなら、ギャングたち』『ジョン・レノン対火星人』『虹の彼方に《オーヴァー・ザ・レインボウ》』の英語版が出版されていたならば、今や英語圏では村上春樹と一緒に高橋源一郎も現代日本文学を代表する作家として読まれていたかもしれない。私は時折そういった楽しい想像に耽る。

しかし、どこか深いところで英語圏の翻訳文学業界の体質に障る猛毒が、高橋源一郎作品にはあったように思う。翻訳文学、少なくとも現代の英語圏における翻訳文学のマーケットにおいては、「エキゾチック」なものを歓迎する面があると同時に、英語の文学の潮流に対して Other（他者）であり、一種の「抵抗」を試みることを翻訳文学に期待する側面もある。翻訳文学には独特の選別基準が存在するのだ。そして、初期の高橋源一郎は米国産のポストモダン文学を熟読していたために、英語圏への進出が難航したように思う。作風が似ていたのみならず、アメリカの読者が、アメリカ文学が最先端を走っている！　との自己陶酔に陥っていたとすれば、それを更に痛快に弄ぶという芸当をやってのけていた。当時、私はまだわずか十歳くらいであったため経験としては何とも言えないのだが、高橋源一郎はそういう意味で一九八〇年代にはやや毒がきつすぎたのではないかと想像する。

高橋源一郎を一番英訳しそうなバーンバウム氏の『ペンギン村に陽は落ちて』のプロポーザルが却下され、彼が翻訳から遠のいたという現実的かつ具体的な理由を重視するか、また英語圏における翻訳文学の在り方という抽象的な理由に高橋作品の長い不在を見るか。その問題はひとまず置いて、私は高橋源一郎の長篇が二〇〇四年に初めて英訳として出版されたのは必ずしも不幸なことだとは見ていない。むしろその方が高橋源一郎らしい展開であったのではないかという気が、漠然とながら、する。

そもそも高橋さん自身が「六〇年代三部作」と呼んだ作品群（『さようなら、ギャングたち』『ジョン・レノン対火星人』『虹の彼方に』）自体が書かれるのにも八〇年代の到来を待たねばならなかった。河豚の卵巣の糠漬けの三年間に比べて、ずいぶんと長い解毒期間である。そして、私が新幹線の中で『さようなら、ギャングたち』の冒頭に頭突きを食らい、「これぞ私が英訳したい小説である」と思ったのは二〇〇〇年の春、英訳を仕上げたのは二〇〇一年の秋なので、『さようなら、ギャングたち』が出てからちょうど二十年くらい経っていた。六〇年代から八〇年代へと、八〇年代から二〇〇〇年代へと、『さようなら、ギャングたち』が発酵し続けていった。

今から振り返ってみると、初期の高橋源一郎が痛快にもじっていたアメリカン・ポストモダン文学の独特な流派は、六〇年代に始まり、八〇年代半ば辺りにはだいたい終りが見えるところに来ていたのではないか。一九八四年にリチャード・ブローティガンは自宅にて44口径ピストルで自殺、八九年にドナルド・バーセルミは癌で亡くなる。カート・ヴォネガット・ジュニアは一九九七年に『タイムクエイク』で・応断筆ということになっているが、その前作の『ホーカス・ポーカス』は九〇年だったし、基本的に彼も八〇年代まで。フィリップ・ロスとジョン・バースはまだ元気にやっているが、当然ながらスタイルはどんどん変化しており、昔とは異なる。

こうしてみると、一九八一年に高橋源一郎が『さようなら、ギャングたち』でビーチボールのように優雅に弄び、戯れていた作風は、アメリカでは人気を保ちつつもそろそろ終焉を迎えようとしていた英語文学に属するものであった。この小説を今読んでもつい最近の新作のような清新な印象を受ける理由の一つは、この古くなりつつあったスタイルをあえて古いものとして新しく生かしたところにあるのではないか、と私は思う。『さようなら、ギャングたち』はとてもチャーミングだが古くなりつつある文学に発酵菌をじゃんじゃん振りかけ、新たな旨味を引き出そうとしていた。

私が大学の卒業論文として川端康成の短篇集『富士の初雪』を英訳した時、作家ジョイス・キャロル・オーツが指導教官の一人としてついてくださった。一度、マイケル君が翻訳ではなく小説を書いたらどんなものを書くだろうか、と聞かれたことがある。何とも言えないけど、ずっとドナルド・バーセルミの小説は大好きだった、という返事をしたら、でもね、今頃、誰もそんなものを出版したくないよ、と穏やかな口調できっぱり言われたのを覚えている。そうなんだ、バーセルミはもう流行遅れなのか。気づいてみると、オーツ先生のおっしゃる通りだった。根強いファンはいるけれど、バーセルミのような作家はどこにも存在しない。高校時代に私が初版本を買い集め、繰り返し読み返した彼の文学は、限りなくチャーミングだがもう古めかしいものとなっていた。

私はリチャード・ブローティガンも、カート・ヴォネガット・ジュニアも、ジョン・バースも、フィリップ・ロスもとても好きだったけれど、現代英語文学の作家で一番好きだったのはやはりバーセルミである。だからこそ『さようなら、ギャングたち』を、英語という言葉の中へ呼び戻すことができたのだと思う。六〇年代の声を八〇年代に響かせ、それを現在に木霊として届けるように。『さようなら、ギャングたち』第二部のⅡの題名にあるように、「おかえりなさい」、と。

それが私の『さようなら、ギャングたち』の英訳を可能にした、現実的かつ具体的な条件だった。そして、英語圏の翻訳業界の体質という抽象的な観点からも、バーセルミのような作家が今やどこにも存在しなくなっていたことも、初期の高橋源一郎作品の英語圏進出にとって好都合だったに違いない。『さようなら、ギャングたち』がアメリカで出版された時、ほとんどの書評は九〇年代にはバーセルミよりも読まれなくなっていた、六〇年代の結晶のような作家であったブローティガンとの類似を指摘したのは、そういう意味ではとても興味深い。新世紀を迎えて『さようなら、ギャングたち』はやっとその独特の新しい古さを別の言語空間の中で発揮しはじめていた。

村上春樹、東アジア、世界文学

今回のフォーラムのテーマは『東アジア文化圏と村上春樹——越境する文学、危機の中の可能性』です。今までお話になった先生の方々は、いわばその東アジア文化圏の内部から、あるいは現時点ではまだ存在しない、これから少しずつ形作られる可能性のある東アジア文化圏のなかで、教鞭を執られております。その意味で、東アジア文化圏における村上春樹を語るに、大変相応しいと言えるでしょう。私は、アメリカのカリフォルニア州で日本文学を教えている人間ですので、少し事情が違っております。カリフォルニア州は、当然東アジアではないので、東アジア文化圏の外側から東アジア文化圏と村上春樹のことを語ることしか、私にはできないだろう、と、そんなふうに考えるのが常識でしょう。しかし、実際はそうではありません。確かに、カリフォルニア州は東アジアという地域の外部にあるのは間違いないのですが、そもそも「東アジア文化圏」と、地域としての「東アジア」がそのまま重なる、という理解は正しいのでしょうか。文化圏というものは一体何なのか、その内部と外部とを明確に線引きできるのか、これはそう簡単な問題ではないと、私は考えております。カリフォルニア州は東アジアの外部にある。しかし、東アジア文化圏の外部にあるかといえば、必ずしもそうではないわけです。

具体的な例を挙げて説明いたします。先週まで、私の所属しているUCLAという大学で村上春樹の長編小説を英訳で読むというゼミを教えておりました。これは学部生と院生の両方を対象とした授業だったのですが、総計二〇人の聴講者のうち中国からの留学生が三人、韓国からの留学生が五人、そして日本人の大学院生もひとりだけ参加しておりました。つまり、二〇人のうち、九人は東アジア国籍であり、それぞれ中国語、韓国語、日本語を母語として育った方々でした。そのなかにはそのまま米国で就職したり、米国の大学院に進学するなどして、ずっと永住することになる人もいるかもしれませんし、あるいは卒業してすぐ生まれ育った国に帰国する人もいるかもしれません。いずれにせよ、生まれ育ったのは中国、韓国、日本だけれども、ロサンゼルスの大学で学ぶために飛行機で国境を越えてきた学生たちが、それぞれが国の空域を離れた瞬間から「東アジア文化圏」から切り離されると考えるのは、無理があります。文化というものを定義づけるのはきわめて難しいですが、少なくともそれは土地、空間に限定されるものではないはずです。文化とは、生きている人間が絶え間なく作り上げてゆく、一人ひとりが自分の中に受け入れて主観的に作り直していくようなものなのではないでしょうか。国境を越えることでその領域を中心に展開されてきた文化を、蛇が脱皮するように脱ぎ捨てるわけではありません。あるいは、将来は「東アジア文化圏」を後にすることになる学生、もしくは今すでに少しずつ別の文化圏に所属しはじめている学生に関しても、どこかグレーゾーンのような場所に位置していると言えるのではないでしょうか。実際、ゼミの最初の日、すべての学生に、村上作品を読んだことがあるかどうかとは関係なく、どのようなイメージを村上春樹に対してもっているのかと質問をしたのですが、一人の中国人学生が、千野拓政氏の論文「村上春樹と東アジア文化圏―その越境が意味するもの―」を読んできたのではないかと思うくらい、的確に孤独、癒しなどのキーワードを挙げておりました。他のアジアからの学生は、あまり村上春樹の小説を読んでいなかったらしく、はっきりとした印象をもっていなかったのと、その孤独や癒しを村上ワールドの特徴とした学生が、その次の週から出て来られなくなってしまいましたので、残念ながら千野先生がお話された「東アジア文化圏の村上春樹像」がその後、ゼミでのディスカッションに目立った影響を与えたわけではありません。しかし、少なくとも、私のゼミを受講したアジアからの学生たちは、米国出身の学生がゼミに参加するまで抱いていた村上春樹像というものを共有していたわけではない、ということはいえるかと思います。米国で生まれ育った学生が村上作品にどんなイメージをもっていたかというと、意外にも「リアリスティック」、つまり「現実的」と、「難解」という言葉をもっとも頻繁に口にしておりました。

そういうわけで、カリフォルニアで日本文学を教えている私は、東アジアの外側にいながら、東アジア文化圏の周縁的グレーゾーンという内側にも身を置いているといえると思います。その意味で、東アジア文化圏の中心に位置する東アジアという地域を拠点に活躍されている先生方が語る「東アジア文化圏における村上春樹」、つまり東アジア文化圏を形成する文化とは何なのか、ということをお話しできる立場にはおりません。しかし、村上春樹作品から出発して東アジア文化圏とは何なのか、東アジアという文学空間が「世界文学」という概念とどのような関係にあるのか、あるいは世界文学というもの自体をどのように考えるべきなのか、そういう問題を突き詰めて考えるのには絶好の立場におります。何せ、私の大学では学年によっては学生の六人に一人が留学生で、しかもひとつのエスニシティとして認識されている、いわゆるアジア系・太平洋諸島系の学生が、学生総数の三五パーセントを占め、白人の二八パーセントをはるかに上回っております。また、私が担当する日本文学の授業に集まる聴講者の大多数がアジア人かアジア系アメリカ人です。妙なことをいうようですが、もし二十一世紀というものをひとつの、空間的ではなく時間的に定義づけられる文化圏として捉えることができるのであれば、「二十一世紀文化圏」というものの特徴のひとつはグローバリゼーションであり、その「二十一世紀文化圏」の一端に存在する「東アジア文化圏」にとって、非常に重要な、これからますます重要となるものが、東アジアという地域の外側にあるのではないかと考えております。まさに私が教えているような環境、学生の半数を占めるアジア人が、それぞれの視点から村上春樹作品に接し、自らのパースペクティヴを米国出身の学生、またその他の国々の学生と対話しながら掘り下げて行く、そのような環境こそ東アジア文化圏の現在と未来を理解するうえで、村上春樹がよく使う言葉で表現するなら、「うってつけ」だと言えるのではないかと思います。東アジア文化圏と呼べるものがもし実際に成立している、あるいは成立しかけているのだとすれば、それは決して東アジアの内部だけで自己完結し流通しているわけではないのです。

しかし、ここでひとつ大きな問題にぶつかってしまいます。先ほども申し上げましたように、私が先週まで教えていたゼミは村上春樹の長編小説を英訳で読むというものでした。実際問題として、アジア人の学生のなかには『風の歌を聴け』から『ノルウェイの森』までは英訳で読んでいたけれども、『ねじまき鳥クロニクル』と『1Q84』という大長編をそれぞれ二週間で読まなければならないとなると、途中で諦めて中国語訳や韓国語訳で読んできた人たちもおりました。それでも、基本的に、ゼミは英訳をテキストとしたものでした。ここで、翻訳の問題を考えてみたいと思います。村上春樹の作品はどの言語で読んでも、まあ村上春樹の作品に変わりはない、という考え方はある程度成り立つのでしょうが、しかし、実際はそう簡単ではありません。それを理解するために、ゼミに参加した一人の大学院生、この方は韓国系アメリカ人ですが、紹介してくれたちょっと面白い資料を、ここで皆さんにご紹介したいと思います。これは、米国の著名な新聞『ニューヨークタイムズ』の二〇一二年六月一日の日曜日の書評セクションに掲載されたイラストです。題名は「ハルキ・ムラカミ・ビンゴ」です。皆様ご存知だと思いますが、ビンゴとはコマに描かれているもの――たいていは数字ですが、ここではハルキ・ムラカミの小説に頻出するテーマが絵になっているのですが―進行役が呼んだコマにマーカーを置いて、縦、横、斜めのいずれか一列を揃えるゲームです。普通は、それぞれのプレーヤーが違う配列のビン

『ニューヨークタイムズ』(2012年6月1日)に掲載された「ハルキ・ムラカミ・ビンゴ」

ゴ・カードをもっているわけですが、この「ハルキ・ムラカミ・ビンゴ」は一人で村上春樹の小説を読みながらできるようになっています。コマに描かれたテーマやら小道具やらが小説のなかにでてきたら、そのコマにマーカーを置くというもので、いうまでもなくこれは村上春樹の小説には繰り返し同じような仕掛けが組み込まれていますよ、という親しみを込めたチャカシにもなっております。

ビンゴ・カードには、村上春樹の読者なら誰でも馴染みのあるテーマが並んでおります。耳フェチ、料理、変わった名前、東京の夜景、パラレルワールド、歴史的フラッシュバック、予期しない電話、顔のない悪人、猫、猫と話すこと、消える猫、不思議な女性。すぐに村上春樹の小説の定石だとお気づきになるかと思います。しかし、このビンゴ・カードには、ひとつだけやや特殊なものが含まれております。それがいちばん左下の「チップ・キッドによる表紙」というコマです。ご存知の方もいらっしゃるかと思いますが、チップ・キッドとは、短編集『象の消滅』以来、ずっと村上春樹の小説をアメリカで出版しているクノプフ社のブックデザイナーです。現在、アメリカで活躍されているブックデザイナーの中でもトップクラスで、小説を深く読み込んだうえで、独創的な、それこそ小説の構成そのものを、視覚的に立体的に生かしたような表紙を手がけることのできるデザイナーです。そして、このチップ・キッドというブックデザイナーが作り上げた、村上春樹ではなく、ローマ字のHaruki Murakamiという作家独自の、小説の書物としての雰囲気が、ハルキ・ムラカミの作品を英訳で読むという読書経験のとても重要な一部を成しているど言えるわけです。私自身、たとえば『ねじまき鳥クロニクル』を日本語で読んだときのことを思い出しますと、文章に引っぱられて次々とページをめくっていく、(鳥が出て来るだけに)何かに取り憑かれるように読んだという記憶があるのですが、英訳の *The Wind-up Bird Chronicle* を読んだときのことを思い出しますと、文章・文体以前に、まず表紙と、表紙を外したその下のハードカバー、コピーライト・ページや扉のレイアウトなどが、鮮明に目に浮かびます。言い換えれば、原文と英訳を両方読んでいる私にとって村上春樹とハルキ・ムラカミとは、もちろん同じ人間ではあるのですが、雰囲気やイメージとしては、あるいは読書経験を通じてイメージされる作家としては、はっきりと区別されております。そして、その違いは英訳の表紙によるところが大きいように思います。

村上春樹のように世界的に愛読されている作家を語ろうとするとき、その世界的な人気をどう説明すればいいか、何らかの普遍性を見いだそうとする傾向があるように思います。しかし、米国の英訳の読者にとってチップ・キッドの表紙がパラレル・ワールドや耳フェチなどと同じくらいハルキ・ムラカミ文学を特徴づける重要な要素となっていることが雄弁に物語るように、世界中の、いろいろな国の読者が愛読している村上春樹の小説は、非常にベーシックなレベルで、モノとして違っているわけです。そういう意味で、たとえば世界中の村上春樹愛読者のコミュニティーを想定する以前に、あるいは東アジア文化圏における村上春樹像を語る前提として、まずは特定の翻訳が、特定の本という形態で流通するという、物質的条件から成り立つ「翻訳空間」の存在を認知する必要があるように思います。あるいは、もう少し押し広げて考えれば、具体的な書物の流通という土台の上に成立する言説、たとえば書評とか、ブログとか、ビンゴ・カードなどと言ったものも含めた、一種の制度としての「文学空間」、スペースだけではなく時間も考慮に入れれば「文学時空」とでも表現すべきものの存在を想定する必要があるかもしれません。

もう一度、具体的な例を挙げましょう。先ほど、自分にとっては村上春樹とハルキ・ムラカミとは、雰囲気的にかなり違うと申し上げました。それはいわば主観的な印象なのですが、もう少し客観的に見ても、つまり書物の流通、翻訳の内容から考えてみても、村上春樹とハルキ・ムラカミとはまったく違っております。たとえば村上春樹が一九七九年に、デビュー作として出版した『風の歌を聴け』も、翌年の『1973年のピンボール』も、どちらも現時点（二〇一四）では英語圏では流通しておりません。英訳は存在するのですが、日本でしか発売されることがありませんでした。また、日本では『ダンス・ダンス・ダンス』『国境の南、太陽の西』『ねじまき鳥クロニクル』に先立って、村上春樹の初の大ベストセラー『ノルウェイの森』が一九八七年に出版されておりますが、英訳は一九八九年に日本国内で出版されていたのにかかわらず、英語圏では二〇〇〇年に新訳が出版されるまで読みたくても手に入れることができませんでした。つまり、英訳読者にとっては『ノルウェイの森』は『ダンス・ダンス・ダンス』『国境の南、太陽の西』『ねじまき鳥クロニクル』より先に出た作品ではなく、これらの後に位置づけられるのです。これでは、村上春樹とハルキ・ムラカミが作家として歩んできた道が、だいぶ違ってきます。しかも、周知の通り、ハルキ・ムラカミの英訳では、訳文の内容がそうとう原文離れしている場合が多いです。『ねじまき鳥クロニクル』がもっとも有名なケースですが、英訳から、およそ2万5千語が削られております。そのなかには、たとえば第二部の最後に、主人公が泳ぎに出かけ、これまで何度も電話をかけてきて、テレフォンセックスのようなことを仕掛けてくる不思議な女性とは、実は自分の妻だ、と気づく場面ですとか、主人公が電車のなかでワタヤノボルに解雇された牛河に再会する場面などが含まれます。あるいは、もうひとつ、今回のフォーラムのテーマに即した例を挙げると、たとえば熱烈なアメリカのハルキ・ムラカミのファンが高いお金を払い、デビュー作の『風の歌を聴け』の英訳を日本の古本屋から取り寄せて読んでみたとしても、バーテンのジェーが中国人だということに気づかない可能性があります。なぜかというと、原文には「彼は中国人だが、僕よりずっと上手い日本語を話す」と明言する文が、英訳からはすっかり削られているからです。訳文ではジェーが「あと数年したら、一度だけ中国に帰りたいと思っているんだ。行ったことがないんだよね、実は」というようなことを言う場面がありますが、かなり丁寧に読まない限り、「帰る」という言葉から、ジェーが実は中国人だった、というニュアンスを読み取れる読者は少ないのではないでしょうか。

私の、ハルキ・ムラカミの長編小説を英訳で読むという授業に話を戻しましょう。東アジア文化圏と呼べるようなものがもし成立しているとしたら、聴講者の半分弱を占めていたアジア人の学生も、その文化圏のなかに所属しているはずだと最初に申し上げました。しかし、授業では基本的に皆が英訳を読んでおりましたので、これらの学生は同時に二十一世紀米国の「文学空間」「文学時空」にも参加しておりました。東アジア文化圏に参加しながら、米国の文学空間にも参加する。このように考えてきますと、ひとつ問題となることがあるのではないでしょうか。それは、文学のこと、具体的にはこの場で村上春樹の小説を問題にする際、なぜ東アジア文化圏という言葉を使うのか、ということです。確かに私がこのお話のなかで提示してきた視点からは、むしろ文学空間といった方がふさわしいのかもしれません。私のゼミを受けたアジア人の学生は「東アジア文学空間」と「米国文学空間」とに、同時に所属していたわけです。さらにいえば、東アジア文学空間のなかの、もっと緻密に区分された文学空間にも同時に参加していたはずです。韓国の留学生なら、韓国の文学空間に。台湾の留学生なら、台湾の文学空間に。日本人の留学生なら、日本の文学空間に。そして、それぞれの文学空間には、独自の文学史があり、文学をめぐる独自の言説があり、また実際にモノとして流通する翻訳を通じてイメージされる、それぞれの村上春樹というものが存在しているわけです。米国では『風の歌を聴け』がまだ出版されていないと申し上げましたが、台湾では一九九五年に、韓国では一九九六年に、そして中国では二〇〇一年にちゃんと翻訳が出ており、これらの言語圏の村上春樹像を形作っているわけです。

こう考えてみると、とても面白いことが見えてくるのではないかと思います。私が「文学空間」あるいは「文学時空」と呼んでいるものは、一方では、独立し、自己完結していると考えられます。ハルキ・ムラカミを英訳で読む人々のほとんどは、英語の新聞の書評を読んだり、ブログを読んだり、そしてハルキ・ムラカミ以外の日本文学も英訳で読みます。彼らにとって「文学」というものは基本的に英語を通して理解されるものです。しかし、文学空間とは、このようにある程度自己完結したものでありながら、また一方では自在に複数の文学空間が重なりあう、というのも往々にしてあるということです。たとえば、前近代の日本にも独自の文学空間がありましたが、その文学空間はまた前近代の中国を中心とした、東アジア文学空間の中に組み込まれておりました。そして近代に入ると、西洋を中心とした新しい文学空間がどんどん広がっていき、日本の文学空間も、東アジアの文学空間も、見方によっては、その流れに飲み込まれるのですが、その飲み込まれ方というのは、けっして日本の、あるいは東アジアの長い歴史を塗り潰すようなものではありませんでした。ちょうどハルキ・ムラカミの長編小説を英訳で読むゼミのアジア人の学生たちが、生まれ育った場所のその文学空間、韓国の文学空間であったり、中国の文学空間であったり、そして同時に東アジアの文学空間であったりするその文学空間のなかに足を踏みとどめながら、米国の文学空間、または西洋を中心として発達した、今やほぼ全世界を覆う文学空間にも、参加するのとそれは同じことです。

最後に、この視点を、近年さまざまなところで議論されております「世界文学」という概念とからめて、考えたいと思います。少なくとも米国とヨーロッパでは、「世界文学」という考え方に、ふたつの対照的なアプローチが存在しております。ひとつは、デーヴィッド・ダムロッシュの力作『世界文学とは何か』という本に代表されており、もうひとつはフランコ・モレッティとパスカル・カサノヴァの研究に代表されるものです。ダムロッシュは基本的に、世界文学をひとつの読書法、世界中の文学作品への関与の方法論として捉え、ある特定の場所、文学空間に足場を置く一人ひとりの読者、または研究者の主観性のなかに「世界文学」が存在するもの、と定義しております。これに対し、モレッティとカサノヴァは世界文学を「世界文学空間」という客観的システムとして捉え、その構造と歴史的発生、展開を解明しようとしてきました。モレッティとカサノヴァにとって「世界文学空間」というのはひとつしか存在しません。簡単に説明しますと、世界文学とは西欧から発生し、どんどん広がり、世界各地にもともとあった伝統的な文学を完全に壊滅させてしまった、という西洋中心主義の見解です。しかし、今日、私が村上春樹を通じて提示させていただいた視点は、ダムロッシュの考え方とモレッティとカサノヴァの考え方を組み合わせることによって、それぞれの盲点を補う、新しい「世界文学」への理解を提案する試みにほかありません。つまり、世界文学というのは、モレッティとカサノヴァが主張するようにひとつだということはあり得ない、世界文学というのが客観的なシステムなのであれば、そのシステムというのは、西欧を中心に発達した文学空間も含め、世界中にいくつも存在し、そのそれぞれの「文学空間」が幾重にも重なり合い、せめぎ合いを続けているものだという考え方です。

世界文学というものをこのように考えますと、今回のフォーラムのテーマになっている東アジア文化圏、あるいは文学に限定していえば東アジア文学空間とは、村上春樹から生まれた、あるいは生まれようとしている、まったく新しいものだとは私には思えません。むしろそれははるか昔に形作られ、絶え間なく輪郭を変えつつ、ずっと存在しつづけてきた文化空間のように思います。ときには大東亜共栄圏のような暗いものに変貌したり、ときには西欧を中心として発展してきた文学空間への参入を要求されながらも、ずっと存続してきたものです。もし村上春樹の作品がいま東アジアの若者のあいだで同じように読まれ、親しまれているとしたら、それ自体は新しい現象なのかもしれませんが、同時に、近代というものが、けっしてそれ以前の歴史を塗り潰してしまったわけではない、ということをも物語っているのではないでしょうか。村上春樹の東アジアにおける流通、認識は、そういう、第二次世界大戦、日清戦争、朝鮮侵略をも含めた、しかしそれらをさらに溯る東アジア文学空間、東アジア文化圏としての長い歴史を振り返り、改めて考えるきっかけを与えてくれるように思っております。

Ⅱ　文学論

能にとって詩とは何か

二〇〇七年十二月中旬の法政大学能楽研究所主催、国際研究集会「能の翻訳を考える」において、謡曲に限らず英語圏の日本文学研究と、実践としての文学の翻訳に携わっている者として、本稿を発表しました。本論文は、能研究の視点というより、翻訳研究の側から謡曲という特殊なテキストを考えたものであります。

謡曲を別の言語に翻訳することがどんなに難しいか、自ら試みていない方でも、ある程度察しがつくと思われますが、今回はこの原稿を準備するにあたり、謡曲の外国語翻訳について、日本語で語るということも、徹底的に難しいと実感させられました。それは、言ってみれば、二重の翻訳になるからです（この場合、日本語から英語になった段階で既に変化を遂げてしまったもの、あるいは日本語の謡曲に対する印象を英語で綴った文章を、逆に日本語に翻訳するからです）。その意味においても、本論文で展開される論議が果たしてどこまで伝達可能なのか、少し不安でもあります。ちなみに、十二月の研究集会の副題は、「文化の翻訳はいかにして可能か」

でした。それは、謡曲の外国語への翻訳のことを指しているだけではなく、この論文、この論文集で行われている試み、つまり外国語に翻訳された謡曲のことを、逆に日本語で語り・考えてみるという、その行為自体にも投げかけられる問いだと思われます。「能の翻訳を考える」ということは、内なる原文が外でどのように享受されたかを考える、いわば一方通行の探求には限定されません。「能の翻訳を日本語で考える」、そのこと自体もまた「文化の翻訳」と言わざるを得ないわけです。

本論文は謡曲の英訳受容史を視野に入れながら、これから「いかにして」謡曲が英訳されるべきか、という質問に対する答えを探るものなのですが、やや抽象的な結論から先に述べますと、翻訳に絶対の規則があるわけはなく、それは常に翻訳される言語やジャンル概念と戦い、新たな形を模索することに他ならないように思います。居心地がよい、既存の戯曲や文学の言語を拒み、謡曲が存在するに相応しい場所を創造していくこと、それこそ、文化の翻訳ではないかと考えるのです。

研究者として翻訳を考える場合、対象言語の中で作品がどんなジャンルに属するか、ということが非常に重要になります。翻訳作品が選ばれる基準として、対象言語・対象文化において、原文とされる作品が属することができるジャンル・受け皿、あるいはそれに近いものが存在するかどうかが、とても重要な決め手となるのです。本論文で取り上げられる日本語から英語への翻訳を例にすると、物語、小説などの日本文学の散文ジャンルは、英語では novel という受け皿があるため、比較的翻訳対象となりやすいのですが、随筆、エッセー、落語などは受け皿がないため、個々の作品は面白くても、あまり翻訳されないという状況があります。能の英訳の場合はどうなのかというと、謡曲が本格的に翻訳されはじめた二〇世紀初頭以来、古代ギリシャ演劇に比較されてきたことからも分かるように、playという受け皿が存在していました。それゆえ英語圏では、謡曲はplayあるいはclassical theaterとして英訳されてきたわけです。英語の謡曲集の題名を見ても、これは明らかです。例えば、一九一三年に出版されたMarie C. StopesとJoji SakuraiのPlays of Old Japan: The 'Nō'、一九二一年のArthur WaleyのThe Nō Plays of Japan、一九七〇年のDonald Keene編の20 Plays of the Nō Theater。いずれも日本語の謡曲を英語のPlayというジャンルに分類され得るものと見なしています。ところで、日本ではplayが「芝居」という意味で理解される場合が多いかと思うのですが、その他に「上演する」「脚本」などという意味もありますので、本稿では「芝居」と「脚本」という二つの意味で使用することをお断りしておきます。

　能・謡曲をplayと見なすのは今では当たり前になっていますが、しかし少し立ち止まって、歴史的に考えると、この分類は完全には自明のものでもないように思われます。例えば、明治二十三年、一八九〇年に出版された『小説史考』では、関根正直がこんなことを言っています。

「爰《ここ》に亦言別《ことわ》きて云ふ事あり。そは當時最も流行せし。謡曲《うたひ》といふものも。一種の小説として論ずる事是なり。抑々謡曲は演劇の濫觴《らんしょう》にこそいふべけれ。小説といはんには。必ず不審に思はる、人もあるべし。然《さ》りとも。余は演劇も脚本は。猶小説の一種と定むるなり。」つまり、謡曲を小説と考えるべきだと主張するのである。少し変わった視点ではありますが、もちろんこのような解釈も可能です。

さて、英語圏で謡曲は当然のようにplayの仲間入りをしましたが、これによってやや不思議な現象が生じます。謡曲がplayとして翻訳され、出版されはじめると、その訳文の出現が英語圏のplayという既成概念に揺さぶりをかけ、その概念を考え直すきっかけを作ったのである。日本国内においては「お能」は長い歴史を持つ伝統芸能で、現代なお伝統芸能として鑑賞され続けていても、基本的には現代劇ではないということができるかと思います。これに対して、謡曲が英訳されはじめた当時、古典だという意識はありつつも、それでも英語圏の現行のplayを改めて捉え直させてくれるきっかけになりました。翻訳を通じて、謡曲が伝統芸能から一種の前衛的芸能、少なくとも新進的芸能に生まれ変わった、とさえ言えるような気がします。Arthur WaleyのThe Nō Plays of Japanの初版の序文を見れば、それがよく分かるでしょう。Waleyは、西洋におけるplayのあり方を問題にし、新進の戯曲家や演出家などに、十九世紀の古くさい写実主義から脱出する新しい道標として、能への注目を促しています。

西洋の演劇は、写実主義の最後の牙城である。絵画や音楽などを単なる人生の模写と見なす人はもはや誰もいない。しかしこと演劇に関しては、フランスやドイツの演劇改良運動の最先端を走る者も、演劇が芸術ではなく、人生という領域に属するものであると考えているようだ。戯曲というものは、所詮は構成された人生という体験であり、観衆は俳優を通じて、その人生を可能なかぎり共有できなければならないと考えられている。

アメリカでもヨーロッパでも、少数ながらこの傾向に逆らおうとしている者たちがいる。彼等は、十九世紀の演劇空間の、気取りに満ちたがらくたを完全に取払い、大胆な様式化と簡略化を志す演劇を目指しているのである。日本にはそのような芸能がずっと昔から存在し、そして現在も存続しているということは、以前から周知のことである。しかし、今までその文学的な価値が西洋の読者にちゃんと伝わるような翻訳は、とても少なかった。

Waley のこの序文は全体として能を芸能として語っているが、まず英訳能がまだ黎明期にあるため大変新鮮である。Play の一種として受け入れられながらも、従来の西洋の play と異なるため、play というジャンルそのものを改変させる力を持ち得る、と受け止められています。そして、ここでは触れませんが、William Butler Yates や Benjamin Britten などが、実際能に触発され、play や opera を著していることを考えると、Waley の説得は大変的を得ていたと言えそうです。日本では新作能が能のレパートリーを広げ、能の芸能としての可能性をさらに拡大していくのに対し、Yates や Britten の作品は明らかに play と opera というような英語圏のジャンルに働きかけていったと言えるでしょう。

ここでこの現象を少し別の角度から捉え直して考えたいと思います。謡曲がplayとして翻訳され、紹介されることでplayというジャンルの新たな原動力になり得たのはお分かりいただけたかと思うのですが、それは同時に、謡曲がどこか英語圏の既存のジャンルであったplayにないものをもっていたことを意味します。ここで先程挙げた英訳謡曲集の題名に戻り、注目していただきたいのが、Nō playという言葉の使用です。いずれもplayという英語の言葉を用いながらも、そこにNōという日本語のジャンル名をも、そのまま導入しています。これは、実は謡曲英訳の歴史において、非常に面白いひとつの特徴ではないかと思う。英語のplayの枠に当てはまるように翻訳される一方で、謡曲はやはりどこかで区別されるものとして意識されていた、ということです。つまり、謡曲にはplayというジャンルのなかのやや独立したサブジャンルとして確立された、という意識が伺えます。翻訳文学の中でこれは、希なケースです。例えば、『源氏物語』などの物語は英語圏ではnovelとして読まれるのであって、ローマ字のmonogatariとして広く認識されているわけではありません。短歌も俳句も英語圏では、それぞれpoetryの一形式となっており、能のように、独立したサブジャンルとして成立している感は少ないと思われます。

もう少し付け加えると、物語、短歌、俳句などの英訳を読む場合、原作が日本でどのような書誌学的形態を取ったか、どのように享受されてきたかということは、大学の日本文学に関する専門的な授業などでない限り、さほど重視されていません。最初から英語で書かれた文学、英語で書かれた novels と poetry と同様な感覚で鑑賞されるわけです。ところが、謡曲に関しては、事情がいささか異なっており、例えば、英訳謡曲集には、長い序文が付き物となっており、その序文のほとんどは、能の芸能としての特徴、能の演出を説明しています。またしても Waley の The Nō Plays of Japan を例に引かせていただくが、序文において以下の項目が挙げられています。能舞台、演出者、役者、地謡、囃子方、装束、小道具、舞踊と演技、謡曲、能の起源、幽玄、パトロン、物学《ものまね》、幽霊、子ども能、控えめであること、である。さらに序文の前に「一四六四年、京都の河原に建てられた劇場」と「現代の能舞台」の図が掲載されており、謡曲の訳文の間にいくつかの能面の写真も掲載されています。一九五〇年に第二版が出ているのだが、その序文はこれよりさらに長く、詳しくなっているのです。

一般的に、英語圏ではいわゆる学術的な翻訳でない限り、あまり詳しい解説などを付けるのは読者を恐れさせるので、よろしくないということになっていますが、謡曲の英訳の場合、一般読者を対象とした作品集でも Waley のと同じくらい詳しい、もしくはそれよりも詳しい解説、能舞台の図、能面や装束の写真などが付いている場合がほとんどです。英語圏の翻訳文学において、謡曲はきわめて特異な存在だと言えるでしょう。

この詳しい舞台図や能面などの説明が付されているもののうち、読み物・文学として訳されている作品も多いということをお断りしておきます。ここまで何度も言及してきた Waley もそうなのですが、実際序文で「今まで謡曲の文学的な価値が西洋の読者にちゃんと伝わるような翻訳は、とても少なかった」と書いており、自らの英訳を文学的に優れたものに仕上げようとしている姿勢が伺えます。一般的な傾向としては、訳文は文学作品として小段や演出をほのめかす記述を盛り込まないものでも、能が本来芸能であり、舞台で演じられて初めて成立する芸術であるという意識は、序文などの詳しい解説に現れていると言えます。つまり、同じテキスト上にふたつの視点が交錯しているわけです。ひとつは能を文学と捉える視点、そしてもうひとつは文学と位置づけながらも、やはり舞台で上演されてこその作品だという視点です。

ここまで考えて来ますと、英訳謡曲は play であり、また従来の英語圏の play に対して演劇の別の「新しい」あり方、可能性を示すものだと書きましたが、それと同時に、日本語の「能」という言葉を取り入れた Nō play として、従来の play とかけ離れた、遠い国の伝統芸能とも意識されてきたのです。そして、謡曲を play の系譜の中で見るか、違う文化圏の古典としての Nō play として捉えるかによって、そこには大きな尺度の違いが生まれます。二つの異なる視点は、英語圏における能のイメージを、非常に多様な、しかし同時に非常に定義しづらいものにしてきたのです。

さて、ここであえて文学として、芸能として、というそれぞれの軸を強調した翻訳をふたつ検討したいと思います。綺麗に二分割できるわけではないのですが、それでもある程度区別することはできると思います。私の知る限り、鑑賞ガイドは別として、一番、徹底した芸能系の英訳は Chifumi Shimazaki 氏によるものである。Shimazaki 氏の英訳は、いわゆる逐語訳で、本人はそれをline-by-line renderingとしています。これは後でもっと詳しく説明しますが、五七五を英語の概念のlineに置き換えたもので、逐行訳とでも言ったらいいのでしょう。Shimazaki氏は、その理由を左のように説明しています。

能の音楽性、それから音楽にのせられ、きわめて的確に展開される動きに合わせられる、台詞の一行一行の視覚的な美しさは、原文の語順に細かく従う翻訳によって、より観衆に意味深く伝わるのである。

ここで大事なのは、自らの英訳の対象となる読者を「観衆」と読んでいることです。これは訳文が上演と不可分であるという意識を表している、非常に象徴的な例です。

読み物・文学としての意識を強調した英訳に関しては、既にいくつかの題名を挙げているので深入りはしませんが、その意識を代表するものとしてDonald Keeneの四巻にわたる日本文学史の一巻であるSeeds of the Heartの能のセクションの冒頭から少し引用させていただきます。

Nō playは単なる書かれたテキストではなく、(芸能として) 大変な広がりを持つものだ、と認識されるようになった。しかしこの認識は、文学としてplaysを捉えることを妨げるべきものではない。それは、古代ギリシア演劇から音楽的、戯曲的要素が失われたとはいえ、読者がそこにある人間存在の表現に深く感動するのを妨げられないのと同様のことであるのだ。ゆえに、本作における分析においても、私は plays を文学的テキストとしてのみ扱うことにした。

と述べて、文学作品として検証することを主張しています。

さて、Donald Keene のこの文章の中で、どうも私には Nō play と play という言葉が微妙に区別されているように思われます。絶対的区分ではないのだが、これは一般的傾向として言えることです。play と言及した時には、テキスト、つまり文学としての謡曲を指す場合が多く、Nō play と Nō を明記している時には芸能としての可能性を含めての「能」を指す傾向が見られます。

さて、謡曲がなぜ英語圏において、このような二つの意識、つまり文学と芸能という軸だかを抱え込むことになったかを、英訳謡曲の翻訳の形式自体から考えてみます。その大きな理由として、ほとんどの謡曲翻訳に共通する、散文の部分と詩の部分を取り混ぜた翻訳の基本様式、慣習があると考えています。いうまでもなく、この区分は日本語の謡曲にある、詞の部分と節のある部分に該当する。その違いを英語圏では、このような形態で反映しようとしているのでしょう。しかし、日本語の詞を英語の散文に変えるのはともかく、日本語で節がついている箇所を英訳において詩として訳出する慣習には、少し疑問を感じずにはいられません。

ようやく「謡曲にとって詩とは何か」という本論文の核心に近づくことができそうですが、まず、英訳謡曲にとって散文と詩とを混交させた方法がいかに定着しているか、というよりも英語圏においては日本語の謡曲そのものの構成が詞と節との区分によってではなく、散文と詩の併用によって把握されているということを確認させてください。このことを雄弁に物語る面白い資料がある。日本学専門の研究者 Frederick Victor Dickins が一九〇六年に出版した Primitive & Mediaeval Japanese Texts という二巻から成る本です。第一巻は『万葉集』『竹取物語』『古今和歌集』の序文、そして『高砂』をそれぞれローマ字に翻字して、脚注をつけて載せており、第二巻にはそれぞれの作品の解説と英訳を設けています。第二巻の『高砂』の解説では、能という言葉についてこのように言及しています。「日本を論じた Captain Brinkley 氏のあの大著では、能を accomplishment（技能）というふうに訳している。それは、play もしくは drama と十分置き換えられるものである。」実際、Dickins の英訳は、まさに英語の play の典型的な様式に乗っ取って、第一巻のローマ字テキストにはない序幕、第一幕、第二幕という区切りを加えたり、各幕の始めに場面設定の説明、登場人物の紹介を入れたりしています。しかし、ここで特に注目したいのはこの英訳ではなく、ローマ字のテキストの方です。図1（次ページ）を見ていただければすぐにお分かりいただけるかと思うが、Dickins のローマ字謡曲では、節のある箇所は英語の詩と同様な感覚で改行されている。英語の韻文、つまり verse を特徴づける line（行）というものは、日本語の韻文にも潜在する、と見なしているかのようである。

そこで、Dickins の方法論を考えるのに、line とは何かを押さえておきましょう。ここで

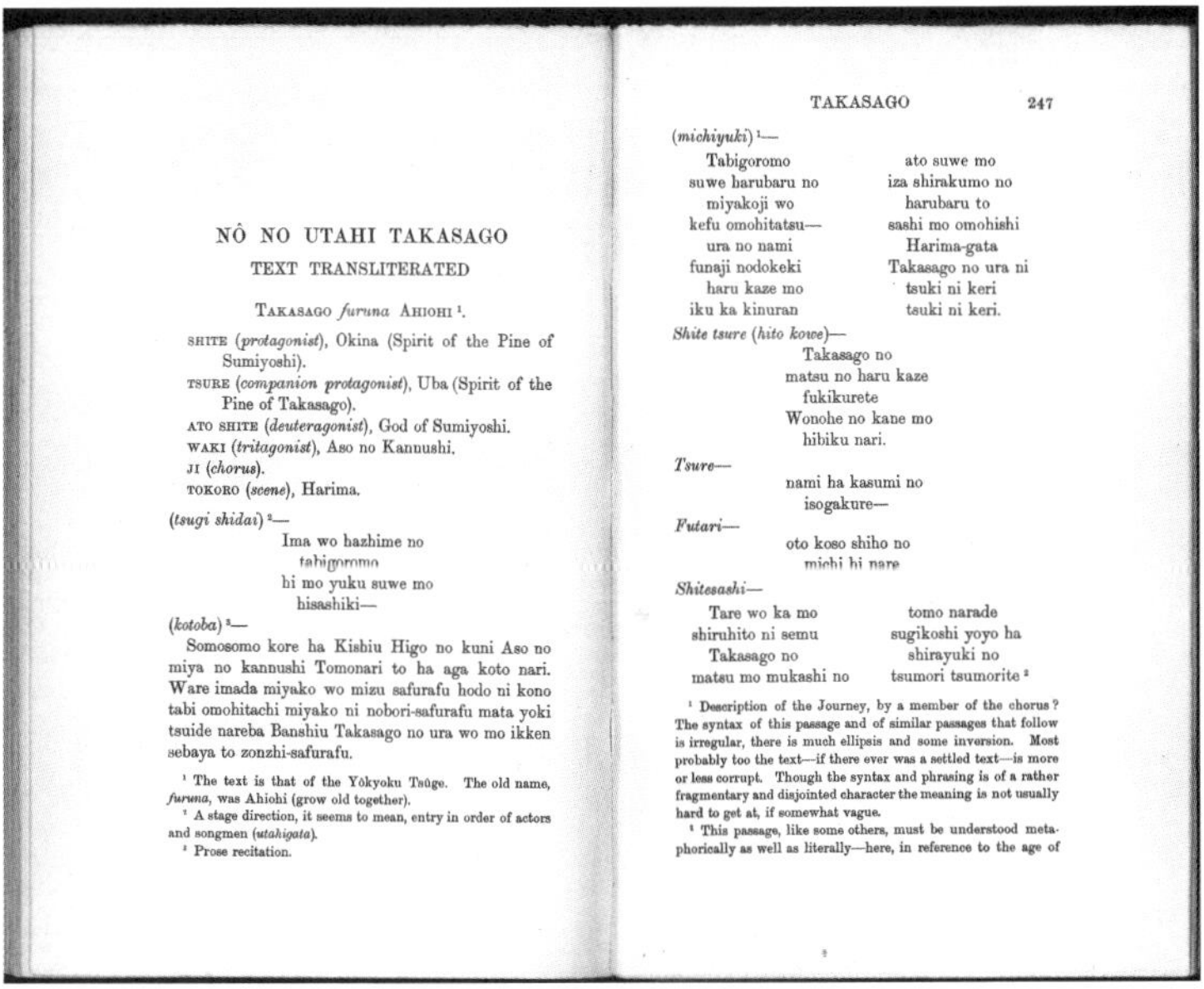

NÔ NO UTAHI TAKASAGO

TEXT TRANSLITERATED

TAKASAGO *furuna* AHIOHI [1].

SHITE (*protagonist*), Okina (Spirit of the Pine of Sumiyoshi).
TSURE (*companion protagonist*), Uba (Spirit of the Pine of Takasago).
ATO SHITE (*deuteragonist*), God of Sumiyoshi.
WAKI (*tritagonist*), Aso no Kannushi.
JI (*chorus*).
TOKORO (*scene*), Harima.

(*tsugi shidai*) [2]—

Ima wo hazhime no
tabigoromo
hi mo yuku suwe mo
hisashiki—

(*kotoba*) [3]—

Somosomo kore ha Kishiu Higo no kuni Aso no miya no kannushi Tomonari to ha aga koto nari. Ware imada miyako wo mizu safurafu hodo ni kono tabi omohitachi miyako ni nobori-safurafu mata yoki tsuide nareba Banshiu Takasago no ura wo mo ikken sebaya to zonzhi-safurafu.

[1] The text is that of the Yôkyoku Tsûge. The old name, *furuna*, was Ahiohi (grow old together).

[2] A stage direction, it seems to mean, entry in order of actors and songmen (*utahigata*).

[3] Prose recitation.

TAKASAGO 247

(*michiyuki*) [1]—

Tabigoromo
suwe harubaru no
miyakoji wo
kefu omohitatsu—
ura no nami
funaji nodokeki
haru kaze mo
iku ka kinuran
ato suwe mo
iza shirakumo no
harubaru to
sashi mo omohishi
Harima-gata
Takasago no ura ni
tsuki ni keri
tsuki ni keri.

Shite tsure (*hito kowe*)—

Takasago no
matsu no haru kaze
fukikurete
Wonohe no kane mo
hibiku nari.

Tsure—

nami ha kasumi no
isogakure—

Futari—

oto koso shiho no
michi hi nare

Shitesashi—

Tare wo ka mo
shiruhito ni semu
Takasago no
matsu mo mukashi no
tomo narade
sugikoshi yoyo ha
shirayuki no
tsumori tsumorite [2]

[1] Description of the Journey, by a member of the chorus? The syntax of this passage and of similar passages that follow is irregular, there is much ellipsis and some inversion. Most probably too the text—if there ever was a settled text—is more or less corrupt. Though the syntax and phrasing is of a rather fragmentary and disjointed character the meaning is not usually hard to get at, if somewhat vague.

[2] This passage, like some others, must be understood metaphorically as well as literally—here, in reference to the age of

図1

Princeton 大学出版局から出ている The New Princeton Handbook of Poetic Terms から Line の項目の冒頭を引用させていただきます。

> 行（line）とは、韻文と散文を区別する唯一のもので、詩の根本的概念である。記録に残されている歴史において、詩は韻文として認《したた》められ、その韻文は行という形式を取ってきた。つまり、韻文は文章と行、散文は文章と段落という形を取る。散文では文が滞りなく進むのに対して、行韻では意味が常に分断される。この分断は伝達される情報の密度を高め、構文を際立たせる役割を果たす。行の形式をとらない韻文はあり得ない。

私の知っている限り、日本語では韻文と詩をこのように区別しません。「行の形を取らない韻文はあり得ない」というのは、日本語には当てはまりません。Dickins の試みは、行の配列と無関係の日本語の韻文を、行の配列によって散文でなくなる英語の韻文に変身させているということです。つまり、英語詩の形式を通じて日本語の謡曲を読んでいる、ということになります。

もちろん、謡曲の韻文を行の概念から英訳したのは Dickins だけではありません。Arthur Waley は The Nō Plays of Japan で「この plays は散文と韻文とに分かれて書かれている」と説いてますし、先程も触れたように Chifumi Shimazaki 氏が自らの英訳を逐語訳ではなくて line-by-line rendering 逐行訳というふうに呼んでいます。そして、繰り返しになりますが、ほとんどの英訳謡曲は「文章と段落」からなる散文と「文章と行という形を取る」韻文という形式で踏襲しています。

散文・韻文の翻訳の方法論に関わることですが、一九八〇年代後半、和歌の英訳における行の問題を巡る論争がアメリカやイギリスの日本文学者のあいだに繰り広げられました。その展開を詳しく追う余裕はありませんが、何が何でも短歌は一行で英訳すべきだと主張するHiroaki Sato氏に対して、William LaFleur氏は行の形式を取る韻文の話をするなら、最低二行は必要だ。二行連句とか対句とか、そういうのはあるが、一行の詩なんてあり得ない、そんなものは無行の詩だ、と反論しました。Sato氏がこれに対してまた単行詩monostichという詩形の存在を指摘し、議論が展開したわけです。私は一行でも複数の行でもいい、和歌には、ひとつだけの正しい訳し方があるとは到底思えないのですが、あえて言えば、和歌は正にLaFleur氏が否定的な意味を込めて「無行の詩」と呼んだ、そのようなものだと私は考えています。更に言えば、七五調と五七調を基本とする日本語の韻文は、すべてそうではないかと思うのです。当たり前のことですが、日本語の韻文は行ではなく、句が根底にあるのですから。視覚的違いではなく、それは聴覚に訴えるリズムです。日本語の韻文の場合、改行が問題になってくるのは書道の世界においてだけではないだろうか。

そこで問題提起したいのですが、謡曲を英訳する場合、散文と韻文が交互に出てくるという、今や完全に定着してしまっている様式は果たして最適なのでしょうか。先述した通り、唯一の正確な、正しい訳し方というのは本来あり得ないし、従来の英語的な散文と韻文を組み合わせてきた英訳謡曲の長い歴史においても、多くの読者を魅了してきた、素晴らしい名訳は多く存在します。しかし、従来の散文と韻文の英訳があまりにも定着しすぎて、まるでそれが唯一の形式、自明で正しい訳し方であるかのような印象を与えている現在の状況には、私は少し満足できないところがあります。たとえその様式を完全に脱することが不可能でも、抵抗し、実験し、訳者自身不安と戦わなければならないような英訳を試みることで、いささか分離してしまった文学としての、そして芸能としての英訳謡曲、play と Nō Play というフィールドをなんとか近づけることができるのではないでしょうか。具体的に言えば、英語の韻文を形作っている「行」という規則を脱し、それによって、実際能が上演されたときの言語美を裏付ける、ゆっくりとした時間の流れを汲むような、スローな英訳を綴ることはできないものか、と私は考えています。

英訳謡曲の歴史はかなり長いので、このような実験的な英訳も、また現代の基準ではあまり実験的とは言えない英訳であっても、行の思想に囚われない能論を展開させてみせる訳者も既に何人か現れています。個人的に、私は Marie C. Stopes が Plays of Old Japan: The 'Nō' のために書いた解説がとても好きです。Stopes はこんなことを言っています。

謡曲の全体的な印象は、言ってみれば、詩が半分散文に溶けてしまったようなものではないだろうか。別の喩えで言えば、散文の海に詩という小さな島がぽつんぽつんと並び列島をなし、海水に溶け込みかけている砂浜によってそれぞれの島が縁取られ、また島と島とが繋がれているような感じだ。

Stopesが韻文に対して韻律に注目し、謡曲を「詩が半分散文に解けてしまったようなもの」だというところが面白いのですが、Stopesの英訳を見てみますと、いろいろな様式を実験的に試してみていることが分かります。例えば、『景清』は原文の詞と節のある部分を区別せず、すべて韻文にしている。序文ではこの英訳のスタイルを選んだ理由を、実際「能が上演されるのを聞くと、詞がどこで終わり歌がどこから始まるかよくわからない」と言い、そして能の「散文は我々の散文とまったく違う」というふうに述べています。

Stopesの謡曲に対する理解をさらに押し進めたと思われるのは、他でもない、今回の国際研究集会で基調講演をしてくださるRoyall Tyler先生です。従来の散文と韻文という英訳形式に疑問を投げかけながら、従来の英訳では決して味わうことができなかった、日本語の謡曲を読むのにとてもよく似た、必然的にスローな読書経験をさせてくれる英訳として、私はTyler先生のPining Wind: A Cycle of Nō PlaysとGranny Mountains: A Second Cycle of Nō Playsに注目したいと思います。まず、その序文も、素晴らしく、謡曲を英訳したいと思っている者には、必読の文章だと思います。本当はたくさん引用させていただきたいのですが、スペースの関係で一箇所だけに留めさせていただきます。

今回の訳文では、詩の行の配置をも、新しいスタイルに変えてみた。謡曲では、散文が徐々に韻文に移り変わることがよくある。私が思うに、日本語の書かれ方において、ぱっと見て韻文と散文とを区別できるはずもなく、謡曲のテキストをどの点から詩のように一行一行、改行しはじめるべきか、そんなことに捕われるのも不要に思う。ゆえに私は日本語でのあり方を、英語でも真似てみようと決めたのである。

本論文は英訳謡曲の受け皿となったplayというジャンルの問題から論じはじめ、また享受の傾向に、従来の英語の戯曲の文脈において、文学的な作品として鑑賞されるか、Nō playとして英語圏のそれまでのplayとまったく交渉のない日本固有の芸能として鑑賞されるか、そのふたつの視点があったことを指摘しました。そして、この分裂の背景には、英語の散文と韻文の区別を無理矢理日本語の謡曲に当てはめてしまったことに、ある程度原因があることに言及しました。Tyler先生が「日本語の配置の仕方」を「英語でも真似てみようと決め」、一九七八年に出版されたPining Windでは、ずっと踏襲されてきた英訳謡曲の慣習から離れて、英語の読者に、日本語の謡曲がもたらす、文学的でありながら芸能的でもある、言葉そのものの妙味を感じさせてくれました。

Pining Windの英訳は決して読みやすいものではありません。他の英訳では絶対に味わえない、いかにも謡曲的な体験をさせてくれると同時に、やはりこれは一体何なのだろうかと考えさせられる箇所もあると言わざるを得ません。しかし、それがこの英訳の強みだと思っています。読者が翻訳を読んでいて、少し把握しにくさを感じて、不安になるのもいいのではないでしょうか。Tyler先生自身も、訳文を練り上げる過程において、何度も、果たしてこの表現が読者に通じるだろうかと不安になったはずです。訳者の不安と、読者の不安が（現代の英語圏の人間にすら通じるものでないからこそ）、Pining Windの英訳謡曲をより深い、よりいい翻訳にしているのだと思います。私にはどうして、従来の英訳謡曲の定まった形式を見捨てて、それ以後にTyler先生のような方向を目指す翻訳者が登場しなかったか、不思議なくらいです。もう少し実験的な英訳謡曲を、また誰かにぜひ試みて欲しいと思っています。

もちろん、従来の英訳謡曲の形式にある程度歩みよった、Tyler先生が一九九二年に出版したJapanese Nō Dramasの英訳も見事です。しかし、両方に採用された謡曲の訳文を比べてみると、例えば言葉そのものはほとんど変わらない場合でも、言葉の配置によって、ずいぶんと印象が変わっています。最後に、Japanese Nō DramasとPining Windのそれぞれの『松風』の一節を並べて、その効果の違いを確認したいと思います。英文そのものの妙味に注目してほしいので、あえて和訳なしで提示しました。Pining Windがいかに日本語の謡曲の雰囲気に近いか、英語がそれほど得意でない方でも、ある程度分かっていただけるのではないでしょうか。

Royall Tyler, "Matsukaze," in *Japanese Nō Dramas* (1992)

(*noriji*) Yonder, Inaba's far mountain pines;
CHORUS here, my longing, my beloved lord
here on Suma shore pines: Yukihira
back with me once more, while I,
beside the tree, rise now, draw near:
so dear, the, the wind-bent pine —
I love him still!

Royall Tyler, "Matsukaze," in *Pining Wind: A Cycle of No Plays* (1978)

NORIJI
onori-w
Doer
Yonde, Inaba's far mountain pines

Chorus

here my longing   my beloved Lord here   on Suma's curved shore   pines
Ykihira   back with me   while by the tree   I rise now, draw near   so
dear   the wind bent pine,   I love him still!

漱石ロココ

1

本を見た目で判断してはいけない、とはいうけれど、まことに奇妙な装訂である。函には、牡丹模様の地に、昔の和本の題簽《だいせん》のようなものが貼ってあり、そこに二重線で囲まれた亀甲獣骨《きっこうじゅうこつ》文字とでもいうのか、洒落た、しかし解読できない文字と思しき線が描かれている。表紙が本の顔だとすれば、この小説の表情は窺いがたい。函の背を見て、初めて解る。お馴染みの楷書体で「心　夏目漱石著」と書かれた題簽が貼ってある。本自体の背には「こゝろ」「漱石著」と別々の題簽が二つ。本当はどちらなのだろうか。「心」か「こゝろ」か。岩波文庫は「こころ」になっている。英訳では、旧訳も新訳も、「Kokoro」という題が与えられており、なんとも不可解である。日本語に重訳すれば「ココロ」というところか。ますます測りがたい顔の小説だといわざる

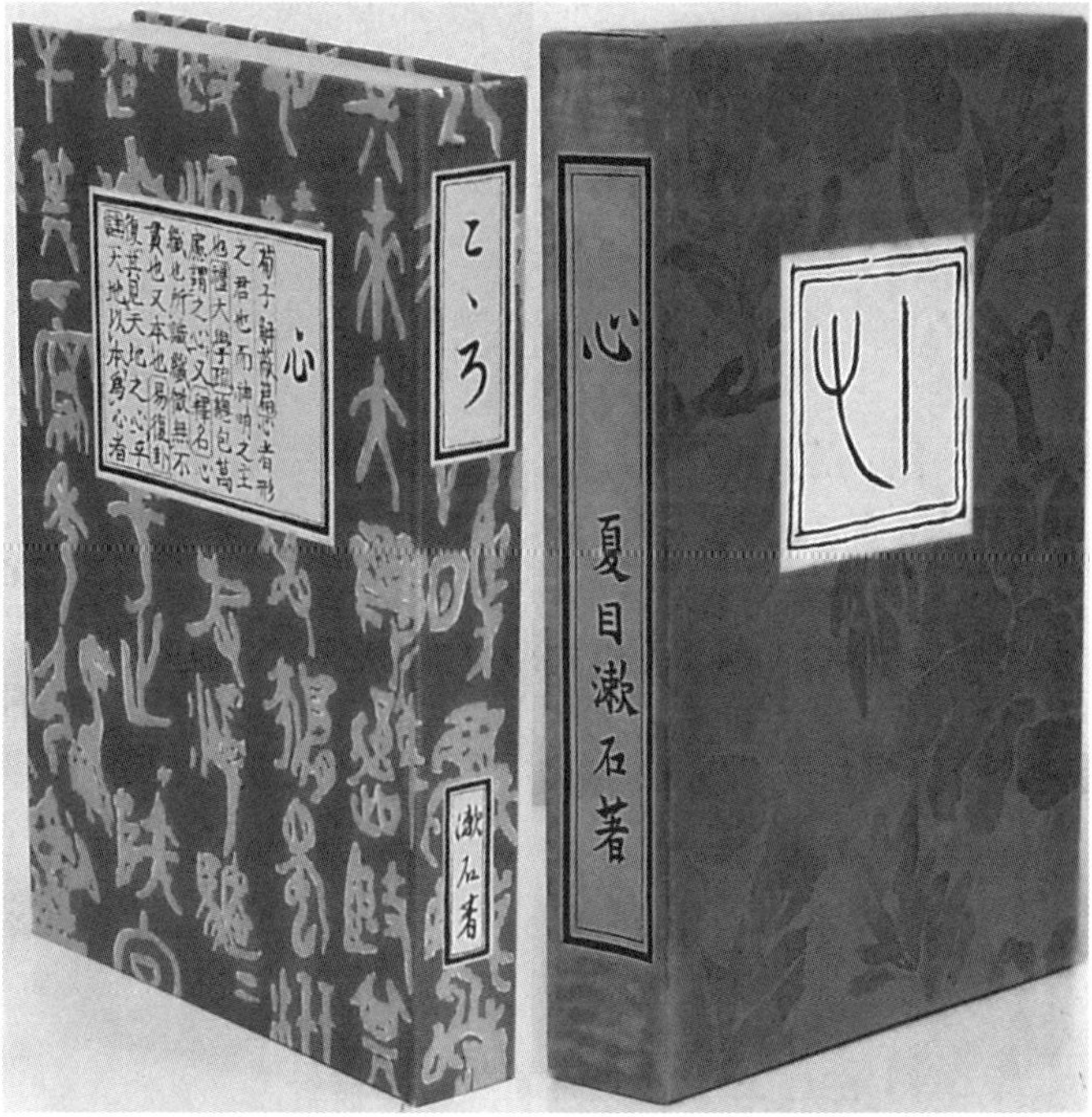

『こゝろ』(1914年9月)岩波書店刊　箱(右側)と表紙(左側)

を得ない。

函から本を丁寧に取り出してみる。本の表紙は、朱色の地に、黄緑色の、これまた解読しがたい石鼓文《せっこぶん》に倣った文字が散りばめられており、中央に貼られた題簽に中国清代の漢字字典である『康熙字典《こうきじてん》』から「心」の項目がそのまま古典中国語で引用されている。表紙を開くと、まず目に入る見返しも変わっている。丸の中に男性を描いたものと、丸枠に植物が描かれたものとが、交互に模様として配置されている。それぞれの構図は一見まったく同じものの繰り返しのようで、濃淡や線の太さなどが微妙に違う。もう一枚めくると扉とその対向ページだ。右のページにはラテン語で「ars longa, vita brevis」という文句が彫られた判子が朱色で捺されている。左のページには白黒の木版で、仙人のような男が、中国風の岩や雲を描いた風景の中でゆったり座っている構図が摺られている。この絵は、飾り枠にもなっており、中央には「心」という字が、今度は絵のような篆書体《てんしょたい》で、やはり読めない形で、またしても朱色で、血の色で、印されている。

2

夏目漱石が序に曰く。「装幀の事は今迄専門家にばかり依頼してゐたのだが、今度はふとした動機から自分で遣つて見る気になつて、箱、表紙、見返し、扉及び奥附の模様及び題字、朱印、検印ともに、悉く自分で考案して自分で描いた。」

心、は様々な時代に様々な書体で、表されてきた。心という言葉が何千年にも亘っていろいろな形に生まれ変わり、いろいろな文脈で流通してきたからこそ、文字として意味をもつ。心は、いくつもの顔をもつ言葉である。そして、この小説の函に、表紙に、背に、扉に、また文章の中にも、漱石自身の手によって、どんな人生よりも遙かに永い、その文字が生きてきた、幾世にも亘る命が、執拗に刻まれているのだ。繰り返し、繰り返し。心かこゝろか、どちらが正しいかなんて、無意味な問いである。この小説の題名は、正に複数の字形の融合に他ならない。

見開き扉の右のページの、ラテン語の文句「ars longa, vita brevis」は「芸術は永く、人生は短し」という意味だ。本当は「人為は永く、人生は短し」と訳した方が、元来の意味に近い。文字というのも、人が為せる技、人為である。人の命は短く、文字は永い。手元にある岩波文庫版の『こころ』は、何と第一〇九刷のものらしい。

書き留められたものは、次々と新しい命を宿し、生きつづける。

3

漱石がこだわり、「心」の字を散りばめた本を眺めていて、ふと韓非子の一節を思い出した。五蠹《ごと》第四十九の、こんな箇所である。

昔者《いにしえ》、蒼頡《そうけつ》の書を作るや、自ら環《かん》する者をこれを私と謂い、私に背《そむ》くをこれを公と謂う。公私の相い背くは、乃《すなわ》ち蒼頡固《もと》よりこれを知る。

むかし、蒼頡《そうけつ》が文字を作ったとき、自分でまるく囲うのを「厶《し》（私）」とし、「厶《し》」に反対するのを「公」とした。公と私とがあい反することは、つまり蒼頡もすでにそれを知っていたのだ。

漢字を発明した伝説上の人物である蒼頡が「私」という意味を円で表現したという。実際、古字の「私」という字（ℓ）は完全に閉じてはいない円のような、あるいは螺旋を描きかけたような形をしている。

現行の楷書体では「厶」がその原型の面影を留めている。ただし、「厶」は、円というよりも、三角形に近い。思うに、『心《こゝろ》』という小説は、三角形と、円とで成り立つ小説なのではないか。

4

「私」が初めて先生を目にした、その翌日。鎌倉の海辺。先生が「一人で泳ぎ出した時、私は急にその後《あと》が追い掛けたくなった」そうだ。実際、ぴしゃぴしゃと追っかけて行く。「すると先生は昨日と違って、一種の弧線《こせん》を描《えが》いて、妙な方向から岸の方へ帰り始めた」要は、半円を描いて戻って来たわけだ。出発した地点を目指して、ぐるっと回って、戻る。

先生との間で財産の話題が出た時、忘れることの出来ない過去の苦い経験をもとに、「私」の将来を案じながら、先生は「竹の杖《つえ》の先で地面の上へ円のようなものを描《か》き始めた」

先生が大学生の頃、最初の夏休みを終え、東京に戻り、Kを訪ねた。Kは手首に数珠をかけていた。「円い輪になっているものを一粒ずつ数えて行けば、何処《どこ》まで数えて行っても終局はありません。Kはどんな所でどんな心持がして、爪繰《つまぐ》る手を留めたでしょう。詰《つま》らない事ですが、私はよくそれを思うのです」

先生は奥さんに、御嬢さんとの結婚を申し込んだ直後、散策に出ている。「私の歩いた距離はこの三区に跨《また》がって、いびつな円を描《えが》いたともいわれるでしょうが、私はこの長い散歩の間殆《ほと》んどKの事を考えなかったのです」自分と御嬢さんとKが織りなす三角関係に片を付けたばかりの先生は、「ム《わたし》」自身の問題にのみ囚われるかのように、ぐるりとその形を辿っている。

5

もともとこの小説は「朝日新聞」に、百十回にわたり連載された。初回には、一、最終回には、百十、という通し番号がつけられていた。当初は『心《こゝろ》』という標題のもとに、短編の一つとして『先生の遺書』を掲載する予定であったが、目論みが外れて長編小説『心《こゝろ》』が成立した経緯を、単行本の序文で漱石が書いている。

當時の豫告には數種の短篇を合してそれに『心』といふ標題を冠らせる積だと讀者に斷わつたのであるが、其短篇の第一に當る『先生の遺書』を書き込んで行くうちに、豫想通り早く片が付かない事を發見したので、とう〳〵その一篇丈を單行本に纏めて公けにする方針に模様がへをした。

然し此『先生の遺書』も自から獨立したやうな又關係の深いやうな三個の姉妹篇から組み立てられてゐる以上、私はそれを『先生と私』、『兩親と私』、『先生と遺書』とに區別して、全體に『心』といふ見出しを付けても差支ないやうに思つたので、題は元の儘にして置いた。たゞ中味を上中下に仕切つた丈が、新聞に出た時との相違である。

新聞掲載した『先生の遺書』が単行本にまとめられたとき、「自から獨立したやうな又關係の深いやうな三個の姉妹篇」に、別々の題を付したという。『心《こゝろ》』はこうして形が整えられた。実は、改変はそのほかにも見られる。単行本で、上中下に区切られた三篇が、通し番号ではなく、それぞれ一から始まるようになった。『先生と私』は一から三十六、『両親と私』は一から十八、

『先生と遺書』は一から五十六。単行本を読む時、章の上では読者が二回スタート地点に戻ることになる。直進しつつ、やはり円を描くのだ。三つの、中小大の、繋がった円だ。

ちなみに英語版の旧訳では章数が示されず、新訳では一から百十まで一続きになっている。これらは訳としては不適切なのだろうか。いや、そうではない。むしろ、この多様な解釈から、この小説の構成の複雑な様相を垣間見る事ができる。漱石装訂の『心《こゝろ》』と同様、この小説は単純に一つのもののようでもあり、しかし完全にそうではなく、複数の話の、複雑な複合体になっているのである。

6

「先生と私」から読み始め、「両親と私」、「先生と遺書」と、順番に進んでいくと、先生の遺書が「私」に引用される形で、「私」が実際転写した手記として、読者に伝達されているのが分かる。「先生と私」と「両親と私」は、いわば「先生と遺書」の序として書き添えられたようなものである。あるいは、能に倣って「先生と私」は序、「両親と私」は破、「先生と私」は急、といっても差し支えないだろう。その意味で三つの姉妹篇は直線上にある。

しかし、転写された遺書がもともと先生自身によって綴られたのは、「私」が「先生と私」と「両親と私」を書くより前である。時系列的には「先生と遺書」こそ最初に書かれたもので、「先生と遺書」に辿りついて、やっと読者がスタート地点に立つわけだ。そう考えると、この小説は単純な一直線ではなく、やはり円を描いている。しかも「先生と遺書」で語られる先生の過去は、「私」がまだ五歳位でしかない時分の出来事から書き起こされており、内容も時間を遡っている。直線上に位置しながらも、循環する小説である。まるで血のようにぐるりと循環するのだ。

それは、こういうことでもある。「私」自身が転写したことになっている「先生と遺書」を読むとき、読者は「私」とはまったく違う立場から遺書と対峙するのに、ある意味同時に、東京に向かう電車の中で、先生自身の手で綴られた遺書を読み耽る「私」と、自ら重なり、彼の経験を追体験する。一人一人の読者が、ここでは「私」の身になり、「私」の経験を文字通り読み取る。先生の過去を「私」が、遺書を通して読み取ったのと同様に。

小森陽一氏は嘗て『心《こゝろ》』を解析した論文でこうした構造を「「私」と私との対話性の中で、常に開かれていく、生の円環」というふうに表現したことがある。先生は「私の鼓動が停まった時、あなたの胸に新しい命が宿る事が出来るなら満足です」と、遺書で書いていた。「私」もまた、先生の遺書を転写して、公にして、無数の読者に向かって、何度も、転写された遺書が読まれるたびに、同じ言葉を繰り返してきた。「私」の鼓動が停まった時、あなたの胸に新しい命が宿る事が出来るなら満足です、と。次々と、新しい「私」に、新しい命が宿る。次々と、新しい「私」が、新しい血で満たされる。文字という媒体を通して。

小森氏の評言をこんなふうに言い換えるのは、いかがだろう。この小説は、ある日本映画にある増殖するビデオのように、生が死を越えて増殖してゆく、常に開かれた、生の円環《リング》だ、と。

7

何度この小説を読みかえしても、不思議が残る。

例えば、先生と「私」の出会い。暑中休暇で、「私」が鎌倉滞在中の、ある日の出来事。

　私《わたくし》がその掛茶屋《かけぢゃや》で先生を見た時は、先生が丁度着物を脱いでこれから海へ入ろうとする所であった。私はその時反対に濡《ぬ》れた身体《からだ》を風に吹かして水から上って来た。二人の間には目を遮《さえ》ぎる幾多の黒い頭が動いていた。特別の事情のない限り、私は遂《つい》に先生を見逃したかも知れなかった。

たまたま猿股を履いた外国人と一緒にいたという「特別の事情」があったため、「私」は先生の存在に気づく。それは大変よく解る。しかし、どうも、引っ掛かるのは「私」が先生の存在に「気づいた」と書かれていないことである。「特別の事情のない限り、私は遂に先生を見逃したかも知れなかった」と書いた。見逃す、というと、まるで最初から先生を見つけるはずだったかのようである。あるいは、全編を通して「私」と先生が合わせて十五回も繰り返し愛用している言葉をもって表現すれば、最初から先生を見出すべき運命であった、と聞こえはしないだろうか。「私」が先生を見逃さなかったのは外国人がいたという「特別の事情」によるのだが、その翌日も、次の日も、そのまた次の日も、何日も、何日も続けて、「私」が全く異様な執拗さで先生を見かけた掛茶屋に歩を運びつづける理由は、あの外国人とは無関係である。理由は外にあった。それははっきりと明言されている。

彼らの出て行った後《あと》、私はやはり元の床几に腰を卸して烟草《タバコ》を吹かしていた。その時私はぽかんとしながら先生の事を考えた。どうも何処かで見た事のある顔のように思われてならなかった。しかしどうしても何時《いつ》何処で会った人か想《おも》い出せずにしまった。

その時の私は屈託《くったく》がないというよりもむしろ無聊《ぶりよう》に苦しんでいた。それで翌日《あくるひ》もまた先生に会った時刻を見計らって、わざわざ掛茶屋まで出かけて見た。(以下傍点は引用者による)

先生の顔を見たことがあるような気がするが、それが何処であったたか、まるで記憶にない。「私は次の日も同じ時刻に浜へ行って先生の顔を見た。その次の日にもまた同じ事を繰り返した。」そして、「私」が掛茶屋で先生が床に落とした眼鏡を拾ってあげたのを機に二人は懇意となり、ある晩、「私」は先生の宿を訪ねてゆく。

私は最後に先生に向って、何処かで先生を見たように思うけれども、どうしても思い出せないといった。若い私はその時暗《あん》に相手も私と同じような感じを持っていはしまいかと疑った。そうして腹の中で先生の返事を予期してかかった。ところが先生はしばらく沈吟《ちんぎん》したあとで、「どうも君の顔には見覚《みおぼえ》がありませんね。人違《ひとちがい》じゃないですか」といったので私は変に一種の失望を感じた。

これが「私」の先生との出会いを描いた部分の、終局である。「私」が先生を追求するようになったのは、実は先生に対して説明不可能な既視感を感じたからであったのだ。

8

東京に戻ると、「私」の先生に対する好奇心は、一時期、薄らぐ。「学生の顔を見るたびに新しい学年に対する希望と緊張とを感じた。私はしばらく先生の事を忘れた」のだと「私」は説明する。学生の顔を見て、先生の顔を忘れ去る。しかし、一ヵ月ばかりすると「私は何だか不足な顔をして往来を歩き始めた。物欲しそうに自分の室《へや》の中を見廻《みまわ》した。私の頭には再び先生の顔が浮いて出た。私はまた先生に会いたくなった。」

9

とにかく「私」は先生の顔が見たい。先生の顔を、知っているような気がする。何故だか思い出せないけれど、見覚えがあるようだ。その既視感が「私」を先生の方へと、ぐいぐい導いてゆく。先生は時折、「人違じゃないですか」などと「私」の期待を裏切る言葉を口にして、失望させるが、二人はそんな些事で簡単に断ち切れるような縁故ではない。何か強固な力で最初から二人は強く結びつけられている。

私はまた軽微な失望を繰り返しながら、それがために先生から離れて行く気にはなれなかった。むしろそれとは反対で、不安に揺《うご》かされる度《たび》に、もっと前へ進みたくなった。もっと前へ進めば、私の予期するあるものが、何時《いつ》か眼の前に満足に現われて来るだろうと思った。私は若かった。けれども凡《すべ》ての人間に対して、若い血がこう素直に働こうとは思わなかった。私は何故《なぜ》先生に対してだけこんな心持が起るのか解《わか》らなかった。それが先生の亡くなった今日《こんにち》になって、始めて解って来た。先生は始めから私を嫌っていたのではなかったのである。

私は最初から先生には近づきがたい不思議があるように思っていた。それでいて、どうしても近づかなければいられないという感じが、何処《どこ》かに強く働らいた。こういう感じを先生に対して有《も》っていたものは、多くの人のうちであるいは私だけかも知れない。しかしその私だけにはこの直感が後《のち》になって事実の上に証拠立てられたのだから、私は若々しいといわれても、馬鹿気《ばかげ》ていると笑われても、それを見越した自分の直覚をとにかく頼もしくまた嬉《うれ》しく思っている。

二人が好んで使う運命という言葉が、二人の出会いの語られ方にも大きな影を落としている。二人は、出会うべき運命だった。結局、猿股の外国人は運命に少しばかり加担しただけである。

10

もう一つ、奇妙なことがある。「私」と先生が出会うのは避暑中の鎌倉の海辺である。その経緯が語られるのは冒頭なので、小説の展開上では、海岸が登場するのはこれが最初で、「私」と先生との運命的な出会いの場所自体には特別な意味はないように読まれる。しかし、時系列順に考えると、これは『心《こゝろ》』に登場する、最初の海ではない。この小説の中に、もう一つ、重要な海の場面がある。十年くらい前に、先生とKが一緒に避暑に出かけたときである。二人は岩の上に座っている。

私は時々眼を上げて、Kに何をしているのだと聞きました。Kは何もしていないと一口《ひとくち》答えるだけでした。私は自分の傍《そば》にこうじっとして坐っているものが、Kでなくって、御嬢《おじよう》さんだったらさぞ愉快だろうと思う事が能《よ》くありました。それだけならまだ可《い》いのですが、時にはKの方でも私と同じような希望を抱《いだ》いて岩の上に坐っているのではないかしらと忽然《こつぜん》疑い出すのです。すると落ち付いて其所に書物をひろげているのが急に厭になります。私は不意に立ち上《あが》ります。そうして遠慮のない大きな声を出して怒鳴《どな》ります。纏《まと》まった詩だの歌だのを面白そうに吟《ぎん》ずるような手緩《てぬる》い事は出来ないのです。ただ野蛮人の如くにわめくのです。ある時私は突然彼の襟頸《えりくび》を後《うしろ》からぐいと攫《つか》みました。こうして海の中へ突き落したらどうするといってKに聞きました。Kは動きませんでした。後向《うしろむき》のまま、丁度好《ちようどい》い、遣《や》ってくれと答えました。私はすぐ首筋を抑《おさ》えた手を放しました。

緊迫した、激しい場面である。と同時に、先生のKに対するわだかまりが表面化して、先生と御嬢さんとKという三角関係の行方がもっともはっきり見えてくる場面でもある。先生はKではなく御嬢さんと一緒だったら「さぞ愉快だろう」という想いとKへの疑惑や嫉妬に圧倒され、「野蛮人の如くにわめく」のみならず、意識の深い所にある、Kを殺したいという欲望を試し、それでも動じないKに敗北する。

先生とKの複雑な関係を象徴的に描いたこの海の場面から、もう一度冒頭の「私」と先生との出会いに戻る。先生が気づかずに、眼鏡を床に転がしてしまい、「私」はそれを拾い上げて、手渡す。「先生は有難うといって、それを私の手から受取った」とあるが、そのとき、「私」が言葉をかけたかどうかは、明示されていない。おそらく無言で眼鏡を突き出したのだろう。

十年くらい前に「こうして海の中へ突き落としたらどうする」と言ってKを脅した先生に「私」が初めて声をかけるのは、海の中である。しかも、その言葉は十年前のあの岩場で先生が思ったことと、不思議なほど、完璧に呼応しているのである。

次の日私は先生の後《あと》につづいて海へ飛び込んだ。そうして先生と一所の方角に泳いで行った。二丁《ちょう》ほど沖へ出ると、先生は後《うしろ》を振り返って私に話し掛けた。広い蒼《あお》い海の表面に浮いているものは、その近所に私ら二人より外《ほか》になかった。そうして強い太陽の光が、眼の届く限り水と山とを照らしていた。私は自由と歓喜に充《み》ちた筋肉を動かして海の中で躍《おど》り狂った。先生はまたぱたりと手足の運動を已《や》めて仰向《あおむけ》になったまま浪《なみ》の上に寐《ね》た。私もその真似《まね》をした。青空の色がぎらぎらと眼を射るように痛烈な色を私の顔に投げ付けた。「愉快ですね」と私は大きな声を出した。

十年前、先生がKに対して、どうにも抑えようのない憎しみと苛立ちを感じ、「野蛮人の如くに」喚いた。「私」は初対面の先生の前で、異様に若やいだ様子を見せて、「海の中で躍り狂った。」十年前、Kは先生の傍でじっとしており、先生は御嬢さんだったら「さぞ愉快だろう」と思っていた。今度は、先生が「私」の傍で「ぱたりと手足の運動を已めて仰向になったまま浪の上に」じっと静止し、「私」は「愉快ですね」と叫んでいる。十年前の先生に答えるかのように、大きな声で。

11

妙なことを言うようだが、「私」は、Kの生まれ変わりではないだろうか。

12

Kが自殺した秋《とき》には「私」はとうに生まれており、十歳位のはずなので、無論、不可能な仮説である。かなりの無理がある。しかし、敢えて言おう。やはり、「私」はKの生まれ変わりなのではないだろうか。『心《こゝろ》』という小説は、単純に一つの話として直線的に展開するわけでもなく、時計の針のように、血のように、回って、巡って、スタート地点に戻ってくるのだ。

13

東京に戻ってから、「私」と先生が初めて出会うのは、Kの墓石が立つ雑司ヶ谷の墓地の中である。「私」が先生の宅を訪れてみると、先生が留守なので、帰ろうとする。「賑《にぎや》かな町の方へ一丁《ちょう》ほど歩くと、私も散歩がてら雑司ヶ谷へ行って見る気になった。先生に会えるか会えないかという好奇心も動いた。それですぐ踵《きびす》を回《めぐ》らした。」会えるか会えないか、まるで運命を試すように墓地へ赴いてみる。果たして先生に遭遇する。

私はその人の眼鏡《めがね》の縁《ふち》が日に光るまで近く寄って行った。そうして出抜《だしぬ》けに「先生」と大きな声を掛けた。先生は突然立ち留まって私の顔を見た。

「どうして……、どうして……」

先生は同じ言葉を二遍《へん》繰り返した。その言葉は森閑とした昼の中《うち》に異様な調子をもって繰り返された。私は急に何とも応《こた》えられなくなった。

「私の後《あと》を跟《つ》けて来たのですか。どうして……」

すぐ側に「一切衆生悉有仏生《いっさいしゅじょうしつうぶっしょう》と書いた塔婆《とうば》などが建てて」ある墓地の空間で、二人の再会に先生は驚く。後に「私」がそのときのことを思い出して、こう語る。「私はその異様の瞬間に、今まで快よく流れていた心臓の潮流をちょっと鈍らせた。しかしそれは単に一時の結滞《けったい》に過ぎなかった。私の心は五分と経《た》たないうちに平素の弾力を回復した。」
五分間も心臓の潮流を鈍らせるほどの表情は、どんなものであったろう。先生は、何を思い、感じて、そこまで驚いたのか。

14

毎週日曜日、先生はKの墓の前に立ち、地面の下に埋められた友人の白骨を想像し、その死をどう受け止めてきたのか。墓地で再会したとき、ふざける「私」に「貴方は死という事実をまだ真面目《まじめ》に考えた事がありませんね」と諌める先生は、死者に囚われながら生きてきた。先生は、遺書の中で、書いている。

私は父や母がこの世にいなくなった後《あと》でも、いた時と同じように私を愛してくれるものと、何処《どこ》か心の奥で信じていたのです。尤《もっと》もその頃《ころ》でも私は決して理に暗い質《たち》ではありませんでした。しかし先祖から譲られた迷信の塊《かたまり》も、強い力で私の血の中に潜《ひそ》んでいたのです。今でも潜んでいるでしょう。
私はたった一人山へ行って、父母の墓の前に跪《ひざま》ずきました。半《なか》ば哀悼《あいとう》の意味、半は感謝の心持で跪いたのです。そうして私の未来の幸福が、この冷たい石の下に横《よこた》わる彼らの手にまだ握られてでもいるような気分で、私の運命を守るべく彼らに祈りました。貴方は笑うかも知れない。私も笑われても仕方がないと思います。しかし私はそうした人間だったのです。

先生は、死後も自分の人生が両親の霊に守られるべく祈るが、その願い空しく、結局、先生の幸福、運命は雑司ケ谷の墓地の中の、冷たい石の下に横たわる彼の手に委ねられる。Kは死後も先生をゆすぶるのだ。

15

そしてKは先生よりずっと真剣に、宗教の精神性を追求する人間として描かれている。「Kは真宗《しんしゆう》の坊さんの子でした。」「常に精進《しようじん》という言葉を使いました。そうして彼の行為動作は悉《ことごと》くこの精進の一語で形容されるように、私には見えたのです。」「彼は普通の坊さんよりは遙《はる》かに坊さんらしい性格を有《も》っていた。」Kは『聖書』も、『コーラン』も読んでいた。それから、三位一体論を否定し、神的三一性を唱え、また人間の心も肉体、精神、霊、という三つの要素から出来ている、と主張したエマヌエル・スウェーデンボルグも愛読していた。Kは人間が死ぬとどうなるか、という問題を、魂というものを、常に考えていたようである。

Kについて先生はこんなことも語っている。「なまじい昔の高僧《こうそう》だとか聖徒《セーント》だとかの伝《でん》を読んだ彼には、ややもすると精神と肉体とを切り離したがる癖がありました。肉を鞭撻《べんたつ》すれば霊の光輝が増すように感ずる場合さえあったのかも知れません。」自殺という、究極の肉体の鞭撻を自ら選び取ったKの霊は、どんな光を放っただろうか。

16

霊の問題はKの死の前から発動している。Kが御嬢さんに対する思いの丈を先生に打ち明け、先生が動揺し、夢中に町の中を彷徨する、もうその時からである。

自分の室に凝と坐《すわ》っている彼の容貌《ようぼう》を始終眼の前に描《えが》き出しました。しかもいくら私が歩いても彼を動かす事は到底出来ないのだという声が何処かで聞こえるのです。つまり私には彼が一種の魔物のように思えたからでしょう。私は永久彼に祟《たた》られたのではなかろうかという気さえしました。

Kは永久に、果てることのない影を、先生に落とすのだ。Kが眠る墓地で「私」と先生が再会し、先生が「私の後《あと》を跟《つ》けて来たのですか。どうして……」と、驚愕するのは、あるいは先生の眼の前に立っている「私」を見て、ふとKの影が頭を過ったからかもしれない。

17

「私」はKの墓に現れて、Kという死者を、先生の人生の一部として抱えようとする。死んだKの代わりに先生と対峙する。

雑司ケ谷《ぞうしがや》にある誰だか分らない人の墓、——これも私の記憶に時々動いた。私はそれが先生と深い縁故のある墓だという事を知っていた。先生の生活に近づきつつありながら、近づく事の出来ない私は、先生の頭の中にある生命《いのち》の断片として、その墓を私の頭の中にも受け入れた。けれども私に取ってその墓は全く死んだものであった。二人の間にある生命《いのち》の扉を開ける鍵《かぎ》にはならなかった。むしろ二人の間に立って、自由の往来を妨げる魔物のようであった。

18

墓は死であり、結局、もうそこことは繋がることはできない。生きている「私」と先生との妨げにしかならない。それでも、なんとかして生命の扉は開けられなければならない。「私」はKの墓を排斥し、先生と直接繋がりたいのだ。

個人と個人の間に、「生命の扉」というものがあり、それは開かれる可能性もある。人の心に分け入ることも不可能ではない。
ただし、誰にでもできるわけではない。いつでもできるわけでもない。
ある日、先生とKは海岸線を歩いていた。

こんな風《ふう》にして歩いていると、暑さと疲労とで自然身体《からだ》の調子が狂って来るものです。尤《もっと》も病気とは違います。急に他《ひと》の身体の中へ、自分の霊魂が宿替《やどがえ》をしたような気分になるのです。私は平生の通りKと口を利《き》きながら、何処《どこ》かで平生の心持と離れるようになりました。彼に対する親しみも憎しみも、旅中限《りょちゅうかぎ》りという特別な性質を帯びる風になったのです。つまり二人は暑さのため、潮《しお》のため、また歩行のため、在来と異なった新しい関係に入《い》る事が出来たのでしょう。

先生はKと、霊魂が宿替をしたような気分を味わう。旅行中の、その時だけ。それまで先生はそんなふうに感じたことはなかった。「私にいわせると、彼の心臓の周囲は黒い漆《うるし》で重《あつ》く塗り固められたのも同然でした。私の注《そそ》ぎ懸けようとする血潮は、一滴もその心臓の中へは入らないで、悉《ことごと》く弾《はじ》き返されてしまうのです。」先生は「錆《さ》び付きかかった彼の血液を新らしくしようと試みたのです。」、そして「この試みは次第に成功しました。初《はじめ》のうち融合しにくいように見えたものが、段々一つに纏《まと》まって来出《きだ》しました。」海辺を歩きながら、二人の生命の扉が開きかりていたのだった。しかし、最終的には、Kも、先生も、失敗する。二人の心の中のどこかで、扉は永遠に閉ざされてしまう。

19

Kは自殺してしまった。「それでも私はついに私を忘れる事が出来ませんでした。」と先生が書く。Kの遺書を読み、襖に迸った血潮を発見し、死顔を見て、自分の部屋へ戻る。そして「八畳の中をぐるぐる廻《まわ》り始めました。」「座敷の中をぐるぐる廻らなければいられなくなったのです。」それでも先生は、永久に閉ざされた扉の前で、「厶《わたし》」を忘れることが出来なかった。

20

先生とKの邪魔をしたのは御嬢さんの存在だと考えることも出来る。しかし、彼女はもっと別の役割も果たしている。先生はKにこう言っている。「もし我ら二人だけが男同志で永久に話を交換しているならば、二人はただ直線的に先へ延びて行くに過ぎないだろう。」御嬢さんを加えると、直線的な関係が、三角や円になってぐるぐる展開をはじめる。「私は妻と顔を合わせているうちに、卒然《そつぜん》Kに脅《おびや》かされるのです。つまり妻が中間に立って、Kと私を何処《どこ》までも結び付けて離さないようにするのです。」

21

そしてこの営みは『心《こゝろ》』のなかでぐるぐると繰り返される。そういうことではないだろうか。「私」はKの生まれ変わりである。十年前、先生はKの「血液を新しくしよう」と、御嬢さんと奥さんを彼に近づけようと試みた。「私は蔭《かげ》へ廻《まわ》って、奥さんと御嬢《おじよう》さんに、なるべくKと話しをするように頼みました。」一緒に家族のようにやっていこうとした。それは、失敗に終わる。血が流れてしまう。親友が死んでも、先生は、自分のことを忘れることはできない。そのため、自分自身を信じなくなる。人間不信になる。

ある夜、先生の宅を訪ねた「私」は、先生のこうした「思想」が理解できるように過去を話してくれ、と頼み込む。「先生の過去が生み出した思想だから、私は重きを置くのです。二つのものを切り離したら、私には殆んど価値のないものになります。私は魂の吹き込まれていない人形を与えられただけで、満足は出来ないのです」という。「私」は先生に一切隠してほしくない、いわば心と心を突き合わせた話がしたい。先生の魂を直接、自分の掌の中に取り、その重さを量ってみたい。

先生が応える。

私は過去の因果で、人を疑《うたぐ》りつけている。だから実はあなたも疑っている。しかしどうもあなただけは疑りたくない。あなたは疑るには余りに単純すぎるようだ。私は死ぬ前にたった一人で好《い》いから、他《ひと》を信用して死にたいと思っている。あなたはそのたった一人になれますか。なってくれますか。

ただ、そのとき、先生はすぐには話せない、とためらう。結局、話す代わりに、その過去を遺書の中に認《したた》めることにする。先生はこう書いている。「ここに貴方という一人の男が存在していないならば、私の過去はついに私の過去で、間接にも他人の知識にはならないで済んだでしょう。私は何千万という日本人のうちで、ただ貴方だけに、私の過去を物語りたいのです。」また、こんなふうにも書く。

あなたは私の過去を絵巻物《えまきもの》のように、あなたの前に展開してくれと逼《せま》った。私はその時心のうちで、始めて貴方を尊敬した。あなたが無遠慮《ぶえんりょ》に私の腹の中から、或《ある》生きたものを捕《つら》まえようという決心を見せたからです。私の心臓を断ち割って、温かく流れる血潮を啜《すす》ろうとしたからです。その時私はまだ生きていた。死ぬのが厭であった。それで他日《たじつ》を約して、あなたの要求を斥《しり》ぞけてしまった。私は今自分で自分の心臓を破って、その血をあなたの顔に浴《あび》せかけようとしているのです。私の鼓動《こどう》が停《とま》った時、あなたの胸に新らしい命が宿る事が出来るなら満足です。

先生は「私」を信頼し血を注ぐことで、自分の孤独から少し自由になって逝ったのだろう。遺書を読んだ後に「私」が綴った「先生と私」という文章の中で、「私」は回想していた。「肉のなかに先生の力が喰《く》い込んでいるといっても、血のなかに先生の命が流れているといっても、その時の私には少しも誇張でないように思われた」と。もし、「私」の中に、Kが生まれ変わったのであれば、先生もまた、文字という媒介を通して、「私」の中の、Kの中に、生まれ変わっているのである。二人は過去と現在の中に分け隔てられているのではなく、常に重なり合い、融合し、一つの円を描くのだ。

22

遺書の最後で、先生は「私」に切実な願いを託す。「妻が已《おの》れの過去に対してもつ記憶を、なるべく純白に保存して置いて遣りたいのが私の唯一《ゆいいつ》の希望なのですから、私が死んだ後《あと》でも、妻が生きている以上は、あなた限りに打ち明けられた私の秘密として、凡てを腹の中にしまって置いて下さい。」『心《こゝろ》』を締めくくる文章である。
「先生と私」の中では「私」は先生の秘密について「奥さんは今でもそれを知らずにいる。」と語っている。しかし「私」は先生の秘密を「腹の中にしまって」おくどころか、奥さんが生きているのに、この遺書を白日のもとにさらしてしまっている。厶《わたくし》のものを、公にしてしまっている。かつて先生がKにしたように、先生を裏切っている。

　これは復讐なのか。Kの先生に対する復讐。必ずしもそうとは言い切れない。見方に拠れば、それはKの、「私」の、先生に対する供養とも取ることができる。まるで能のシテのように先生の霊は、ワキ役の「私」に向かって、ワキ一人に向かって、自分の過去を語る。「私」はその話を聞いてあげる。先生の最期を見届けてあげる。そして、先生に逆らって、先生がいつまでも、白紙のように純白でいてほしかった奥さんに、三角関係を成り立たせてくれた、肝心要の奥さんに、文字という媒体でもって、まっさらな紙に「心」という一文字を刻み付けるように、その話を残してしまった。奥さんというもう一人の「私」に、彼女の過去でもある話を、血として注いだのだ。

　そうしてまた先生、K、お嬢さん同様、私、先生、奥さんという円環が生まれる。私という円が、完全に閉じてはいない円のような、また螺旋を描きかけたような形をしている「厶」という円が、できあがる。纏まる。

23

英訳の題名をもう一度日本語に訳すと『ココロ』になるのでは、と書いた。夏目漱石自身が手がけた初版の装訂には、ひらがなも、様々な書体の漢字も使われていたのに、カタカナだけはどこにも印されていない。思うに、『ココロ』という重訳名こそ、この小説の三つの章の形を、小説そのものの形をもっとも完璧に視覚的に表象しているかもしれない。二つの開いている「コ」の字が、最後の「ロ」で納まる。三つのものが並んでいて、最後だけは閉じている。字が向き合い、開き合うようにして、一緒になって、閉じる。落ち着きまとまる。しかも、漱石が装訂に用いたたくさんの「心」と同様、カタカナもまた表情が窺いにくい。『心《こゝろ》』は緻密に計算しつくされ、絶妙にバランスが取れている小説のようで、実は螺旋状に入り組んでいる。それでも、不可思議に分裂しながら、しっかり纏まる。脈々と循環し、何度でも生まれ変わる。

『心』の序文の引用は初版、本文の引用は岩波文庫版（緑一一・一）による。韓非子の引用は金谷治訳註『韓非子』第四冊（岩波文庫青二一〇‐四）、一八八ページによる。小森陽一氏の論文は「「こころ」を生成する「心臓」」『成城国文学』一九八五年三月。

もじのとし　東京／文学

としとしゅと

東京都新宿区ＪＲ新宿駅南口の改札を出ると、ＬＵＭＩＮＥ　２という看板が目に入る。その下の花屋に人待ち顔で群がる人々と、小田急側から勢いよく流れ出てくる人波の中を右に逆行し、左の廊下に滑り込んで、橙色やライム色の壁に彩られた階段を登りつめると、新宿駅と中州街道を隔てたサザンテラスを繋ぐ歩道橋がすぱっと目の前に現れる。この歩道橋の正式名称は「ミロードデッキ　ＭＹＬＯＲＤ　ｄｅｃｋ」である。数カ月前のある日、私がぶらぶらとＴＡＫＡＳＨＩＭＡＹＡ　ＴＩＭＥＳ　ＳＱＵＡＲＥに向かって「ミロードデッキ　ＭＹＬＯＲＤ　ｄｅｃｋ」を渡っていたら、二人の観光客らしき中年女性がさも心地よさそうに右手のハンドレールに凭《もた》れかかっていた。遥か遠くに聳《そび》え立つ超高層ビルを、その一人は指差した。

「あの高いのは都庁と違います〜?」

その指摘に、彼女の連れが歓声を挙げた。

「うおおうう、そうやろか!」

しかし、申し訳ないことに、それは少しも都庁ではなかった。第一彼女の目に留まったパークハイアット東京は、都庁と同じく故丹下健三による建物ではあるが、一九九一年に完成されてから、テレビなどのメディアを通して全国のお茶の間に登場するようになった新東京都庁に似てさえいなかった。そもそも、「ミロードデッキ MYLORD deck」のその場所から都庁が見えるはずがないので、どうもそれは致し方がない。

私がこんな珍談を持ち出したのは何もあの、既に地元に戻って都庁と何の関わりもない生活を送っているであろう二人の旅行者をからかうためではない。なんせ私の方も、都庁こそは見覚えがあるが、東京の地理や名所に関しては正真正銘の、骨の髄までの赤ゲットである。むしろ、私はあの二人連れのやりとりに、極めて現代的で鋭敏なセンシビリティーを垣間見た気がする。あるいはバランス感覚、といった方が正確かもしれない。威光ある都庁へのエンターテインメント的な興味、また一方では威光ある都庁なんてどうでもいいという自信に満ちた、濃密な無関心。このふたつの相容れないフィーリングを巧妙に綯い混ぜて口を衝いたのは、いわゆる標準語ではなく、心温まる関西弁であった。

この辺りから話が一気に本題に入るのだが、あの日の歩道橋でのやりとりを思い出す度に、私は、社会学・都市学等の分野で幅広く活動しているアンヌ・ケリアン（Anne Querrien）という学者が綴ったある短い文章を想起してしまう。題名は「The Metropolis and the Capital」（都市と首都）。今や大昔の一九八六年に『Zone』（ゾーン）という分厚い論文集のような雑誌の創刊号に、仏語から英訳されて掲載されたエッセイなのだが、アーバンスタディーズが目まぐるしく展開しつづける今日においても全文をそっくりそのまま引用したくなるほど刺激的な、示唆に富んだ内容だと思う。簡単に要約すると、ケリアン氏は「都市《メトロポリス》」と「首都《キャピタル》」とが基本的に異質な概念空間だという観点から出発し、それぞれの特徴を、いくつかのポイントごとに対比させながら、まとめ上げている。もともと英語のmetropolisとcapital（またフランス語のmétropoleとcapitale）というふたつの言葉は、日本語の「都市」と「首都」に比べて、境界線が今少し曖昧であるように思う。もちろん語感の違いはあるが、日常の用法ではかなり意味がオーバーラップする傾向が見受けられる。試しに私が座右に置いて愛用している研究社の『新英和大辞典』第六版を引いてみると、metropolisの項目では「1　a　主要都市、母都市。b　首都（capital）」云々、となっている。つまり、英語の「都市《メトロポリス》」の定義の中に「首都《キャピタル》」の意味もしっかり含まれているのだ。その意味で、決定的に異質な概念ではない都市と首都とをケリアン氏があえて峻別・対比させ、二つの言葉の新たな関係性を発見しようとする姿勢は非常に新鮮であると思う。

　それでは、具体的に「都市《メトロポリス》」と「首都《キャピタル》」とはどんな概念空間であるのか。本文から重要だと思われる箇所を引用し、便宜を図るために丸数字でポイントごとにまとめてみた。なお、引用は、『Zone』所収のシンシア・ショッホ（Cynthia Schoch）によるフランス語原文からの英訳を、私が改めて日本語へ重訳したものである。

①「都市は複数の社会・文化環境間を繋ぎ、対話を可能にしてくれる皮膜のようなものであるが、首都はむしろこれらの異質な環境を自己の周囲に厳密に組織編成する中心核の働きをするものである。

②「都市は何かの中心ではなく、またそれ自体に中核となるものをもたない。むしろ多様なネットワークから成り立っており、世界経済を循環させている都市同士のネットワークの中に組み込まれているのである。多くの国家間を縦横する都市同士のネットワークは、国境という問題意識をある程度超越している。逆に首都は、国財の蓄積や消費において正に中心に位置付けられる空間である。」

③「首都と違い、都市は固辞すべきアイデンティティーをもたない。（中略）そして都市は、世界の至る所を自らの資源として消化してゆく。これとは対照的に、首都はまず第一に自国の土地と人々とを、共有されるべき伝統の下に服従させることを主眼としている。

④「首都はたとえどんなに小さくとも、自己防衛、または何かを守るために行使される権力が、ある一点に集中することによって生み出され得る。これに対して都市は、どんなに些細であれ、自由な交換やコミュニケーションへの欲求が芽生えるところ、また国境などの堅固な要塞から逃れようとするところに生まれる。」

⑤「都市はちぐはぐな人間たちを雑然と出回らせ、主権者に該当しない人々、また国民国家という原理からはみでてしまう人々に、都市独自の時空間を提供する。その意味で都市は、現行の慣わしに対して新たな構造編成を提起する試みを可能にする、いわば実験室のようなものであるのだ。」

ケリアン氏は以上のように都市と首都の機能を定義する。しかし概念上は峻別可能な都市と首都とが、実際の人間の生活空間としての都会においては、かなり並存、共棲してしまうという興味深い指摘もしているのである。換言すれば、ほとんどの都会は都市と首都という異質な特質を持ち合わせている、ということになる。この観点は、日本語の「都市」と「首都」を考える上でも、かなり新鮮味があると思う。

ここまで来ると、「ミロードデッキ　MYLORD deck」で交わされた言葉の意味が少しはっきりしてくるだろう。候補地域が選定されたため一九九九年に一時的に盛り上がった首都機能移転の話をあまり耳にしなくなった現在、東京は依然として日本の首都でありつづけている。京都や東北地方や奈良県桜井市や伊勢神宮など「日本人の心の故郷」とされる場所は全国に散見するかもしれないが、それはむしろ東京の中心としての揺るぎない自負を証左しているようだ。にもかかわらず、二人の旅人は国会議事堂など見向きもせず、行政上まる一桁下の都庁に目を止めた。それだけではない。おそらくはTAKASHIMAYA TIMES SQUARE（東京の中にニューヨークの一空間をネットワーキングしているという観点から先述の②に相当する）で買い物、あるいはサザンテラスでコーヒーブレークをしようと思ってやってきた二人の関西人（①と⑤の一部）の気を偶然にも引いてしまった建造物は、真の都庁ではなく、ただのホテル。いや、ただの、ではない。標準語の発信地でもある東京に来て関西弁をしゃべりまくるような人物（①④⑤）やら、日本語でエッセイを書く外国人（①②④⑤）やら、東南アジアの自社工場を回って、帰りに東京で遊ぼうと思ってやってきた大会社の社長（③）やら、「国境という問題意識をある程度超越している」（②）「ちぐはぐな人間たち」（⑤）が、常日頃うじゃうじゃ泊まっているに違いない、「世界の至る所を自らの資源として消化してゆく」（③）高級な国際チェーンホテルである。しかも、そのホテルは、都庁と同じ建築家が手がけたものだ！　まるで都見物のパロディーではないか。

言ってみれば、例の二人組は国会議事堂ならぬ新都庁と国際チェーンホテルを取り違えることで、彼女ら独自の都市——平行世界であり、一種のフィクションである空間——を作り上げてしまった。そして、そのフィクション（これからお話する現代日本文学にも通じる手法だと思うが）は、「首都《キャピタル》」としての、権力が集中する中心的空間であり、実景としての東京をほとんど必要としていなかった。二人の四方に犇めく「都市《メトロポリス》」、その千変万化の様相、標準語や関西弁のみならずローマ字表記やら丸数字やら外国語そのものさえも何の違和感もなく包含し得る、世界のどこにでもあり得るくらい抽象的な、しかし決して他では見られない具体的なステート・オブ・ビーイングである「東京《メトロポリス》」が、物語の始まりである。

バショカンノナサ

一昔前の日本文学を読んでいると、小説の冒頭などでいきなりこのような文に出会ったりする。「中央線國分寺驛と小金井驛の中間、線路から平坦な畠中の道を二丁南へ行くと、道は尖然下りとなる。」すぐお分かりいただけたと思うが、これは東京の話。具体的には、当時東京の中心からみて、東京ではない、東京の郊外の話である。「小日向《こびなた》から音羽《おとは》へ降《お》りる鼠坂《ねずみざか》と云《い》ふ坂がある。鼠《ねずみ》でなくては上《あ》がり降《お》りが出來《でき》ないと云ふ意味《いみ》で附《つ》けた名《な》ださうだ。臺町《だいまち》の方《ほう》から坂《さか》の上《うえ》までは人力車《じんりきしや》が通《かよ》ふが、左側《ひだりがわ》に近頃《ちかごろ》刈《か》り込《こ》んだ事《こと》のなささうな生垣《いけがき》を見《み》て右側《みぎがわ》に廣《ひろ》い邸跡《やしきあと》を大《おほ》きい松《まつ》が一本我物顔《いつぽんわがものがほ》に占《し》めてゐる赤土《あかつち》の地盤《ぢばん》を見《み》ながら、ここからが坂《さか》だと思《おも》ふ邊《へん》まで來《く》ると、突《とつ》然勾配《ぜんこうばい》の強《つよ》い、狹《せま》い、曲《まが》りくねつた小道《こみち》になる。」これも、東京の話。いやはや、随分とせせこましい、東京の一画の描写。もう一つ、「千早振《ちはやふ》る神無月《かみなづき》も最早跡二日《もはやあとふつか》の餘波《なごり》となツた廿八日《にち》の午後《ごご》三時頃《じごろ》に神田見附《かんだみつけ》の内《うち》より塗渡《とわた》る蟻《あり》、散《ち》る蜘蛛《くも》の子《こ》とうよ〱ぞよ〱沸出《わきい》でゝ來《く》るのは孰《いつ》れも頤《おとがい》を氣《き》にし給《たま》ふ方ゝ《かた〱》（後略）」。更にもう一つ、「弱々とした秋の日は早や沈んで、夕映《ゆふばえ》ばかり赤々と西の空を染めた或夕ぐれ、九段坂を漫々《ぶら々々》登《あが》つて行く洋服出立《でたち》の二人連《づれ》がある。」

これまでの例はみな、東京の話だと明言せずとも当然お分かりだろうという態度で書かれていたが、次の例のように、東京の話でもないのに語り手が東京を知り尽くしていることをわざわざ物知り顔で見せびらかすケースもある。「自分が十六の時始めて東京に遊學に來た頃の事だから、もう餘程古い話だが、其頃麹町《ふうぢまち》の中六番町に速成學館といふ小さな私立學校があつた。（中略）其頃自分は牛込の富久町《とみひさちやう》に住んで居たので（中略）監町付近の光景には一方《ひとかた》ならず熟して居る。玩具屋《おもちやや》の隣の可愛い娘の居る砂糖屋、その向ふに松風亭といふ菓子屋、鍛冶屋《かぢや》、酒屋、其前に新築の立派な郵便電信局……。」あるいは「都に程近《ほどちか》き田舎《ゐなか》に年わかき詩人《しじん》住《す》みけり」のように、舞台を東京以外の地に設定しつつ、何気なく首都から出発して語りはじめる場合もある。「都《みやこ》より一人の年若《としわか》き教師下《くだ》り來りて佐伯《さいき》の子弟《してい》に語學《ごがく》教ふること殆《ほとん》ど一年、秋の中頃《なかごろ》來りて夏の中頃《なかごろ》去りぬ」もまた、非常に近似した一例である。

以上の文はいずれも小説の冒頭辺りから引用したもので、順に出典を示すと次のようになる。大岡昇平『武蔵野夫人』、森鴎外「鼠坂」、二葉亭四迷『新編浮雲』、二葉亭四迷『其面影』、田山花袋「重右衛門の最期」、国木田独歩「星」、国木田独歩「源おぢ」。一昔前というより二、三昔前と言いたくなるほど古い作品ばかりだが、東京を巡るこのような詳らかな描写は明治、大正、昭和の文学を通じて幾らでも見つけることが出来る。冒頭のみならず小説の途中や終末部分、あるいは東京に限定せず非東京という観点からの地方描写も計算に入れれば総計は更に増えるに違いない。明治期に登場してから踏襲された一種の常套手段的小説作法だと考えてもよさそうな程、同様な叙述が頻出する。あまりにも多いので、明治から平成にかけての日本文学を振り返る時、もともと東京に疎い私などはぴかぴかの大学一年生として上京したてであった、かの有名な三四郎と同じような気持ちを抱かずにはいられない。語り手曰く、三四郎が「尤も驚いたのは、何処《どこ》迄行《までいつ》ても東京が無くならないと云ふ事であつた。」（夏目漱石著『三四郎』）

翻って現代の作品を鑑みると、東京が姿を潜めてしまっていることに気づく。もちろん平成に改元して以降も、文学の中から東京が完全に消えるというわけではない。特定の土地に場面設定をしない作品が増えつつある反面、もちろんちょっと捜せば、東京に関する記述は見つけることが出来る。それはそうであろう。しかし、東京などの具体的な地名を持ち出す作品があっても、どうも私には最近の日本文学の一つの傾向として、物理的・地理的空間としての東京が薄らいできている気がする。東京、いや、東京だけではなく、その他のいかなる場所であれ、それがフィクションの中でリアルな雰囲気の創出に貢献するということは、最近の日本文学では少なくなっているように思う。これは現代日本文学における一つの特徴なのではないか。この傾向は一体いつ頃から始まったのか（村上春樹からか、高橋源一郎からか？）、明白な境界線を引くことは難しく、また推理小説、ホラー小説などのジャンルにおいては地名が現在もなお具体的場所を想起させるべき記号として、重要な役割を果たしているようであるゆえ、あまり大げさなことは言えない。私が感じているのはただ一般論としての場所感の稀薄さだということである。

例えば阿部和重のように神町《じんまち》という実在する町を繰り返し作品の中に登場させる作家でも、ある意味「場所感のなさ」を目指しているようだ。実際、阿部氏自身が最近のインタービューでこんなことを述べていた。「神町という舞台の中で、いくつかの出来事が同時多発的に起きている。それらの出来事はどこかでつながりあっているけれど、しかし全体としてはズレている。むしろズレつつ重なりあって世界がかたちづくられている。（中略）同じではありえない平行世界のようなものとして、複数の神町物語を書いていきたいと思っています。」これは言ってみれば、本物の都庁のすぐ近くに偽物のパークハイアット東京版都庁を作り上げてしまうようなことではないだろうか。あるいは、もう一度阿部和重の作品を援用すれば、『インディヴィジュアル・プロジェクション』の中で映写技師であるオヌマがフィルム切れが生じたフィルムを接合する時に、別の映画のフィルムから切りとった三コマを付け加えて上映を再開するという記述がある。「つまり『東京物語』なら、『東京物語　オヌマ・バージョン』となる」とオヌマは言う。このフィルム接合も、風景のズレ、実際の場所のようでそうでない平行世界を創造するという発想に近いかと思う。

ところで、舞台の設定という観点からは阿部和重と似たような時代意識を共有しつつ、あえて意識的に東京という場所を活用している作品を紹介したい。たまたま私の机上に全くスタイルも、出版年も異なる二作品がある。一冊目は一九八六年に出版された山田太一の『遠くの声を捜して』。冒頭近くに「その朝、恒夫は東京大手町の合同庁舎一号館三階の仮眠室で四時半におきた」という描写がある。またもう一冊は二〇〇五年に出版された町田康の短編集『浄土』であるが、そこに所収されている「ギャオスの話」は「たいへんなことになってしまった。／東京都中野区周辺といえば木造家屋が密集、狭い路地が多く地震や火事の際など大惨事になるかも知らんねと心配する人も多い地域であるが、あろうことかその中野区に恐ろしい生物が出現したのである」と始まる。この土地の緻密な描写は、ある意味『武蔵野夫人』などの文例に近いところもあるのではないか。

しかし、スタイルが完全に違うこの二作は、共通して前掲の明治、大正、昭和の小説とは決定的に違う方法で東京を表象している。これは、ケリアン氏が強調した「都市」と「首都」との対比を当てはめてみると、分かりやすい。二葉亭四迷、森鴎外、大岡昇平のように東京をわざわざ明示する必要のない大前提としたり、田山花袋のように東京の話ではないのに（あるいは東京の話でないということを強調するために）やや誇らし気に東京を持ち出すのも、また国木田独歩のように他所の話をするのに固有名詞を避けて「都」を去る時点から語りはじめるのも、取りも直さず極めて「東京《キャピタル》」的なアプローチではないか、と思う。つまり、首都という「正に中心に位置付けられる空間」が実際の風景として作品に登場しているのであり、その中心核としての首都の周辺に地方が「厳密に組織編成されている」のだ。これらの作品に描かれる東京は都市である以前にまず首都である。『三四郎』で三四郎が東京の生徒かと聞かれ、「いいえ、熊本です」と返答するくだりがあるが、その時彼は「なぜ熊本の生徒が今ごろ東京へ行くんだともなんとも聞いてくれない。熊本の生徒には興味がないらしい」とぼやいている。文学の中においても首都東京の存在がどれだけ大きかったかを、このエピソードは雄弁に物語ってくれる。

さて、これに対し平成の二作は「東京《キャピタル》」の中心性や首都の権力といった潜在意識からは、ある程度逸脱しているように思われる。「東京《キャピタル》」という中心核に組織編成されない、いわば新たに発見された焦点から、叙述されているのである。その視点とは、すなわち「東京《メトロポリス》」の発想へと移行したものであると私は考える。つまり、首都としての東京の内にも外にも属さない第三のある程度自由な視点から、言語レベルで新たな時空間を創造する手法を獲得したのである。山田太一と町田康の小説は、それゆえに東京を当然共有されるべき大前提だとせず、きちんと明示する。そこには「東京《キャピタル》」と「東京《メトロポリス》」にズレが生じているという現状があり、もはや東京を中心的な存在、誰もが共有し得る実際の風景として描くことが困難であるという姿勢が窺われるのである。

敢えて深読みをするならば、町田康と山田太一のそれぞれの小説がわざわざ東京の具体的な地名を持ち出している理由は、まさに意識的に「東京《キャピタル》」と「東京《メトロポリス》」をテーマにした作品だからだということもある。「ギャオスの話」は「孫明治という男に案内され秘密女装クラブというところに初めて足を踏み入れ」た内閣総理大臣・錦奔一の奮闘空しく、超音波と脱糞とで「首都高速4号線」を含めて東京の至る地域を滅茶苦茶にしてしまう「奇怪な生物」の一生を綴った物語である。また山田太一の『遠くの声を捜して』は、それこそ首都、国家の権力を象徴する入国管理局に勤める笠間恒夫という人物を巡る物語である。不法入国者の摘発に出かけた恒夫がその一人を逃してしまう場面から始まり、いつしか恒夫が超自然的な力をもつ「底知れない他者」の声を自分の頭の中で聞くようになり、とうとうその声の虜になるところで幕を閉じるのである。この小説では恒夫の責任ある職務上の立場に対して、執拗に「他者」といった存在の圧倒性が強調されている。極めて図式的に要約すれば、得体の知れない他者が首都、国家の権力を圧倒するというテーマを巡るこの二作は首都に対する都市の勝利を描いているようなものだ。

　現代の日本文学が場所感の薄い、場所感のない文学へと変容してきた背景には、恐らく全国の都道府県や市町村を実際の風景として組織編成すべき「東京《キャピタル》」というパースペクティブが、もはやあまり興味や好奇心を掻き立てるものではなくなってきていることがあるのではないか。そして首都の代わりに創作を促す大きな刺激として現れてきたのは、「自由な交換やコミュニケーションへの欲求が芽生えるところ、また国境などの堅固な要塞から逃れようとするところに」始まった、「国境という問題意識をある程度超越してしまっている」「固辞すべきアイデンティティーをもたない」「ちぐはぐな人間たちを雑然と出回らせ」る空間としての「東京《メトロポリス》」ではないだろうか。古川日出男の『二〇〇二年のスロウ・ボート』など、正にこの姿勢に貫かれている。主人公が読者に直接語りかける場面である。「フォートレス fortress ということばを君は知っているか？　要塞、あるいは要塞都市、と日本語に訳される。防備堅固な（すなわち100パーセント安全な）場所という意味でもある。僕は、ならば東京の内部にフォートレスを造ろう、完璧なフォートレス〝アンチ東京〟を――と決意して、即座に移動した。」この「東京《メトロポリス》」への志向を更に突き進めて、『エクソフォニー』と『溶ける街　透ける路』の多和田葉子のように都市から都市へと出発点を転じ続ける作家もいる。現代日本文学が実際の風景に背を向け、多種多様な言葉が飛び交う「東京《メトロポリス》」の中へずんずん突き進んでいる。言葉そのものが主体としてわいわい楽しく賑わう、言葉それ自体が空間形成する「文字の都市」へと文学が変化してきている、と言っても過言ではないだろう。

NIGIYAKA NA BUNMEN

もじのとし、モジノトシ、文字の都市。あるいはまた、MOJI NO TOSHI。日本語が包含する表記のスタイルは、実に多様性に富んでいる。それぞれの表記はみな独特の持ち味を発揮し、つまらぬワンパターンな上下関係に陥ることなしに、四十三階建てのマンションが密生するような縦書きの文面に、賑やかに連なり、並び合っている。時には複数の表記が睦まじくなりすぎて同棲することもある。例えば、文字《モンジ》の都市《metropolis》、のように。日本語が私の母語ではない（日本語の文字は私の母字《もじ》ではない、といってもよかろう）ことも影響しているのであろうが、ラブラブじゃれ合う異質な文字たちを眺めていると、日本語という言葉は文字通り大勢の言葉の集積であり、一個一個の言葉はみな独自の来歴をもち、しかも海外から移民してきた言葉も数知れない、などということをどうしても意識してしまう。日本語の文面は、まるで昔の四大関所のように行人遊子で活き活きと賑わしい。これやこのゆくもかへるもわかれてはしるもしらぬも、文字の都市かな。梵字で書くなら、。このような文字の多様性は、日本語の中にさまざまな外国語が今もなお生きつづけていること、また、歴代の翻訳家などに誘導され、文字レベルを超えて多種多様に発展しつづけてきた日本語の諸文体の豊饒さに注意を促す。

近代日本文学の作家たちはさまざまな文字をいろいろに組み合わせながら、多様な文体を踏襲し、また新たに産出してきた。近代日本文学における文章のバラエティーはバカにできない。次々と違う文章に巡り合えることが、一（二、三）昔前の文学作品を読む大きな楽しみの一つであろう。しかし、言文一致、標準語、戦後の国語改革といったアンチ多様性運動は、それを批判したり揶揄したり逸脱しようと奮闘する作家の前にも、いつも日本語の中の中心的な存在として、あるいは少なくとも中心的な存在になりつつあるかのように見えるものとして、立ちはだかっていた。ゆえに、近代文学を振り返ってみるとどんなに奇抜な、文体のごった煮のような小説でも（夢野久作の『ドグラ・マグラ』はその好例）、結局は言文一致、標準語という中心核の周辺に「厳密に組織編成」されているような感を免れない。言ってみれば、言文一致などは日本語の中に一種の首都を確立させてしまったことにほかならないのだ。

具体的な場所感を重要視する紀行やら推理小説やらのジャンルは別として、現代日本文学の多くが東京の街をはじめとしてあらゆる実際の地理的・物理的空間に背を向けているようであり、それは作家が首都の存在を特に気にしなくなってしまったからであろう、といったことを前項で述べた。首都は特に問題ではない、という姿勢は実は首都にとって甚だ不都合な、一番難儀なことであるはずだから、首都がナーバスになってもじもじする様子を愉快がる人々にとっては頗る心地がいい。だが、徹底的にどうでもよければ、愉快がったりしてはいけない。どこか別の視点で、別の場所に楽しみを見出し、それに没頭する方がよっぽど生産的である。現代日本文学かついに「東京《キャピタル》」を見捨てた時、「東　京《メトロポリス》」の言語的な押し合いへしあいの只中へまっしぐらに飛び込んでいったのは、まさに必然の選択であったのではないか。

一九八〇年代に第二の言文一致が始まったという説を時々耳にする。例えば、高橋源一郎が『文学じゃないかもしれない症候群』所収の「言文一致の運命」で高橋ならではの筆致をもってこの第二の言文一致について非常に面白い指摘をしている。もっと最近では、インターネットが第二の言文一致を促進している、と言う人もいる。しかし、私は今回少し別の角度からこの問題を考えたい。言文一致や戦後の国語改革の申し子である現在の標準語の部品を取り換えなどして、新しい標準語、新たな言文一致を組み立て直してみたところで（例えば、橋本治に任せたら標準桃尻語のような言葉になるかもしれないが）、それは全くもって「東京《キャピタル》」を見捨てるということにはなり得ず、やはり同じく中心に囚われることに他ならない。私の乏しい経験から意見させていただければ、小説家たちが見捨てつつあるのは、もちろん具体的には現行の標準語には違いないのであるが、畢竟それよりも標準語という発想そのものであると思う。例えば、津島佑子が『アニの夢　私のイノチ』所収のエッセイ「渦巻く文学をめざして——アオテアロア（ニュージーランド）文学の現在」、多和田葉子が『カタコトのうわごと』所収の「衣服としての日本語」で漏らしている標準語に対する不満は、やはり新たなる標準語を組み立てることによって補われ得る類いの代物ではないだろう。現行の標準語に取りかかっても始まらない。だから結局、現代日本文学が「東京《キャピタル》」を気にしなくなったと同時に、「標準語《キャピタル》」をも気にしなくなったとみることができる、と私は思う。そして気にしない、問題としない、というのは有力で楽しい武器となり得る。

言文一致や標準語を批判したり揶揄したり逸脱しようとするのを止め、まるでそんな足枷の存在をコロッと忘れてしまったかのようなカジュアルな感じで、滅茶苦茶にミックスアップした「都市《メトロポリス》」的なスタイルを駆使し、賑やかな文面を創出する。それこそが現代日本文学が選択した厳粛で、愉快なストラテジーの一つであると私は思う。「都市《メトロポリス》」的なスタイル、賑やかな文面とは一体どんなものであろうか。簡単に言ってしまえば、二つの大きな特徴があると思う。まず一つとして、従来まったく違う分野、文脈、文体において使用されてきた文字、言葉、文法などをギザゴザくっつけてしまうこと。そしてもう一つとして、文字そのもの、印刷された文面そのものが単なる伝達手段を超えて、物質的な重みをもち、まるで登場人物、舞台、風景のように直接話に参加してくること。あるいはケリアン氏の言い回しを借りて「都市《メトロポリス》」という観点から翻訳すれば、「複数の社会・文化環境を繋ぎ、対話を可能にする」、「固持すべきアイデンティティーをもたない」、「ちぐはぐな言葉、文体などを雑多に出回らせ」、「現行の慣わしに対して新たな構造編成を提案するための試みを可能にする」ような書きっぷりである。やや抽象的な感が残るので、そろそろこのエッセイをまとめ上げなければならないが、少しだけ具体例をご覧に入れよう。

先述の特徴を両方持ち合わせている、「都市《メトロポリス》」的な文体の源泉の一つは、やはり高橋源一郎の『さようなら、ギャングたち』だろう。序文がハリウッド映画の吹き替えか何かのような奇妙な雰囲気を醸し出しているし、第一部のIの1が「昔々」で始まるし、ドイツ語もラテン語も原文のまま引用されているし、太字や鍵括弧が意外なところに散乱しているし、第一部のⅣに「うふち」という題名が付いているし、大島弓子のマンガ『まだ宵のくち』から二ページがそのまま取り入れられているし……口の中から世界の国旗をシャシャシャと引っ張り出す手品師の如く日本語の中に包含されている外国語・非言語のようなものをどんどん登場させ対話させるこの小説は、これぞ「都市《メトロポリス》」の文学だ、という堂々たるものである。次の例。町田康の「夫婦茶碗」での、内容に絶妙にミスマッチした文語の使い方（「不毛な問答がなされるのが経験的に察知させらるるからである」）やちょっと古風な女性語の使い方（「変わった体操ですのね」「蒲公英《たんぽぽ》ですわ」）等々。また「犬死」からの一例。「『たはは。葬儀屋の見積もりとんなきゃ、なんつって、あはは』なんて最期の、あはは、という笑いを桂枝雀のわざと文字的に言う感じを真似して言うなど明るく、また無頼者めいた喋り方で喋った。」と、話者の身体性を喪失させ、それを文字で代用するような記述。それから、川上弘美の古語の取り入れ方（『龍宮』に「鼹鼠《うごろもち》」という短編がある）。星野智幸の『嫐嬲《なぶりあい》』では、冒頭部分で字幕翻訳会社に勤めるグランデ、メディオ、プティの三人が身体を文字化するかのように、フロアに『川』の字をなして寝ている。そもそもグランデ、メディオ、プティという名前はスペイン語で大・中・小という意味なので、スペイン語で「川」の字が描かれるようで、二重の文字化になっている。また東京の地名がカタカナで表記され（トウキョウタワー、ロッポンギ）、それぞれの場所が空洞化され、フィクション化されている。それから、阿部和重の『ＡＢＣ戦争』の冒頭や多和田葉子の全作品。例は実に枚挙に暇がない。かなりランダムに列挙してもこの通りである。

「都市《メトロポリス》」的な書き方というのはやはり中心がないので、類型としてまとめ上げたり、典型として提示する意味はあまりないように思う。何よりも、そこには束縛するような規範がないのだから。「東京《キャピタル》」による「東京《メトロポリス》」の侵食を防ぐには、「東京《メトロポリス》」の定義に奮闘するよりも、むしろその文学的冒険に潜む可能性、センシビリティー、あるいはバランス感覚のようなものを見据え、展開を見守りつづけるしかないのかもしれない。いずれにせよ、もし最近の日本文学から遠ざかっている読者がこのエッセイを通して少しでも現代日本文学に興味をもっていただけたら、ぜひその素晴らしくリッチで、多彩で、刺激的な文字の都市の見物をお勧めする。あの二人の関西人が新しい「東京」を発見したように、何か新鮮で面白い発見があるかもしれない。

後書

この文章を書き上げたのは、二〇〇五年十月のことでした。リリー・フランキーの『東京タワー～オカンとボクと、時々オトン～』（扶桑社、二〇〇五年六月）が、本屋の店頭に山積みになっており、東京の風景が仕掛け絵としてパッと現れる面白いデザインになっている、長嶋有、柴崎友香その他十名の若手作家による短編アンソロジー『東京19歳の物語』(G.B.、二〇〇五年七月)も出版されていた。この二冊は以前から気になっていたが、ちょうど九、十月あたりから、村上春樹の『東京奇譚』(新潮社、二〇〇五年九月)を初めとして、川上弘美の『東京日記 卵一個ぶんのお祝い』(平凡社、二〇〇五年九月)、町田康の『東京飄然』(中央公論社、二〇〇五年十月)、小林信彦の『東京少年』(新潮社、二〇〇五年十月)など、「東京」をかかげた作品が急に浮上してきたのは、興味深い。それらの「東京」は「東京《メトロポリス》」なのか「東京《キャピタル》」なのか。また、最近気になるのは、大阪を大阪として何気なく描き抜いた柴崎友香の『その街の今は』(新潮社、二〇〇六年九月)です。日本文学は常に動いているな、と改めて思います。これからどんなふうに変わって行くのか、楽しみです。

文学と金　ふたつの視点

「文学の高利貸し」と「説教好きの手形割引業者」

一八九四年、ロンドン、パリ、メルボルンで同時刊行されたジョージ・オーガスタス・サラの『私が見たもの、出逢った人々』（*Things I have Seen and People I have Known*）という書物のなかに、文学と金の関係について考えさせられる一節がある。サラという人物は若い時分よりチャールズ・ディケンズに支持され、文体が派手だという批評に晒されながらも、十九世紀後半にたいへんな人気を誇ったイギリスのジャーナリストである。ロシア、米国、オーストラリア、ヨーロッパ諸国を描いた紀行文をはじめ、冒険譚、エッセイ、小説、料理本など幅広い分野での出版活動に身を投じている。晩年にいくつかの自伝を出版しているのだが、上下二冊の『私が見たもの、出逢った人々』はその中でもやや異色の作品で、日本のジャンルでいえば随筆集に近い。たわいのない思い出話が続くなか、金遣いが荒かったサラ自身の体験に基づいたと思われる「古き日の高利貸し」という章がある。サラは多くの高利貸しと面識があったようだが、そのなかに文学と縁が深い、ユニークな二人の高利貸しが登場する。

それから、文学の高利貸しというのもおりましてね――同情心たっぷりの輩で、若き作家を見つけては、これから一気に名声と富を手に入れるでしょう、と彼が請け負い、自分は彼らの手助けになることを人生の使命としていると公言してまわるのです。といっても彼は、いやいや決して看板を掲げて高利貸しをしていたわけではありません、と言う。ただ「或る隠居書肆」という名で、親切心溢れる大変内々の内容の手紙を寄越してきて、面会を乞うのです。やがてあなたは彼の名を――まあここでは高利貸しのカワハギトオルさん、とでもしましょう――知ることになるでしょう。このカワハギトオルさんは世にも珍しく融通の利くお方で、返金の期日がやってきても文句もなしに延期してくれるのですが、それで現金で三十英听《ポンド》くらいしか拝借していないはずが、印鑑の押された契約書《かみ》を見てみると少なくとも百英听に膨れ上がっている。ちょっとないくらい、狡猾な悪党でありました。もうひとつ、見栄えのしない、みじめったらしい高利貸しの例として、もうだいぶ前に亡くなられた『説教好きの手形割引業者』と私が呼んでいる紳士がおります。レスター広場近辺に事務所がありまして、事務員が約束手形を準備するための、諸々の形式的手続きを片づけているあいだ、紳士は美辞麗句をちりばめた談話でもって楽しませてくれます。彼は妙にアレキサンダー・ポープに通暁しているかと思えば、ときにはミルトンの『失楽園』の詩節を顧客に口ずさんだりもします。また書簡の文体はジョンソン博士の「ランブラー」やら「アイドラー」に感化されており、殊にその高尚な部分では彼独特のユーモアが文に興を添えたものです。その紳士が、我が友人に宛てた「拝啓」で始まる手紙には左のような内容がしたためられておりました。「既に裁判所に判決を頂戴して居ります借金損害に関し、何とか暫くの間ご猶予下さいとの貴公の切なる御哀願からは、真実の悔恨の情を些かも感得できずにおります。それは寧ろ、太々しい罪人が死刑執行前夜に牢内で絞り出す喚き声のようなものに私には思われてなりません。明日、私は貴公の臼歯を残らず頂戴させて頂く所存で御座います」この説教好きの手形割引業者は、大抵の場合、彼の言う所の所存をきっちり実行に移しました。そう、それは無慈悲なやり方で、です。[1]

サラの描く二人の高利貸しは、全く違う意味で文学と縁が深い。最初の「文学の高利貸し」は、十八世紀初頭より料紙、広告、新聞などにかけられていた「知識税」が、イギリス政府によって一八五五年に廃止されたため、急激に拡大した出版市場にチャンスを見いだし、物書きになろうと一念発起する若者に目をつけている。つまり、文学をひとつの市場として捉え、その門口に立ち、参入しようとする者に一種の投資をもちかけるのである。この「文学の高利貸し」は文学の経済的基盤、文学の経済性を象徴するものとして捉えることができる。これに対し、「説教好きの手形割引業者」は、顧客が文学に傾倒していようがいまいがお構いなしに、金利を絞り出せそうな人物にお金を貸すが、そのかわり金融取り引きそのものを、文学に仕立てあげるのである。自分の職業を棚にあげ、借り手側の倫理を咎めた「お説教」に興ずるため、それはレトリックやストーリーと不可分の関係にある。経済取り引き自体が、文学が喚起される場になっている。ここに、お金そのものの文学性を象徴する「説教好きの手形割引業者」の姿を認めることができるだろう。

サラが「文学の高利貸し」と「説教好きの手形割引業者」を並べて紹介したことに特に深い意図があったわけではないだろう。しかし、この奇妙な二人組は文学と金の関連を考えるのに重要なふたつの立場、ふたつの視点を提示している。いうまでもなく、文学と金という課題はさまざまな立場の研究者、評論家などによって、多種多様に論じられてきた。下部構造と上部構造の関係から分析する伝統的なマルクス主義者もいれば、特定の文学作品、もしくは特定の作家の著書における「金」の役割や表象を新歴史主義的な手法で検討する学者もいる。金本位側から名目貨幣に移る時期の小説のなかで紙幣に対するイメージがどう変容したか、グローバル資本主義時代の文学のなかで電子マネーがどのように描かれるか。このように特定の歴史的・経済的背景を対象とした論考も多い。しかし、これだけ多様な金と文学をめぐる研究も、あえて十把一絡げにいうならば、ほとんどの場合が「文学」を中心に据えたものである。近年、ブックヒストリーの発展に伴い、作家の収入、出版社の経理、料紙の値段の推移、読者が読書にかけるお金など、出版業界や読書そのものの経済的側面に着目した研究も増えているが、これもまた「文学」がその中心にある。文学のなかの金、文学の経済性を追求するという意味で、いわば「文学の高利貸し」の視点につながる研究が圧倒的に多いのである。

ここで、私が提案したいのは「文学の高利貸し」と「説教好きの手形割引業者」両方の視点の重要性である。ちょうど半世紀前の一九六四年に誕生した「文化研究」という学問分野の影響もあり、今や文学者や文芸評論家は狭義の文学のみならず、映画、テレビ番組、マンガ、広告など多様な文化的産物を文学研究の対象としている。しかし、管見の限りお金はこの傾向から逸脱してきた。金は市場に属し、市場の原理に従って動く没個性的な抽象物として、文化の対極に位置するものと認知されるため、その研究は文学者には敬遠され、経済学者に任されてきたおもむきがある。しかし、サラの「説教好きの手形割引業者」が体現するように、お金のやりとりもレトリックやストーリーと不可分であるという立場から、お金自体を文学研究の対象とすれば、新鮮な発見があるように思う。市場経済をひとつの大きな物語、あるいはいくつもの小さな物語の集積として捉え、読み込むことで、金と経済の性質や動きを、新たな文学として解読できるのではないか。

金と文学の相違

一般的に「文学」と「金」とは相容れない概念だとされているが、その前提となる理由は少なくとも次の三点に要約できる。まず、文学の価値は市場によって決定されるものではない、つまり、お金に計算され得ない、という考え方がある。次に、文学にとって重要なのはいわば「現象」よりも「本質」であるのに対して、お金の場合には「現象」がすべてだと言える。そして最後に——これは二つ目の点とも重なるが——文学はあらゆる意味で交換不可能性に特徴づけられるのに対して、お金はその交換可能性にこそ存在価値がある。要点を列挙するだけではやや抽象的で分かりにくいので、もう少し具体的に説明させていただく。

文学作品の価値は市場によって決定されない、または市場の運行によって現出されるものでもない、という根強い見方がある。端的にいえば、ある作品の文学的価値は、その作品が何部売れたかという商品的価値とは無関係だということである。ベストセラーが必ずしも優れた文学ではないし、ある作品が文学的に優れているからといって売れ行きが伸びるとも限らない。むしろベストセラーになったことで逆に文学としての価値が疑われる、という奇妙な法則があるといっても過言ではないだろう。エミリー・ディキンソンの詩は、本人が存命中はほとんど知られることがなかった。しかし、その文学的価値は、死後刊行された詩集が市場に出まわった時点で生じたのではなく、ディキンソンが鉛筆、もしくは付けペンを紙の上に走らせ、一篇一篇をつづりおえた、そのときに誕生したと考えられている。私たちの考える「文学」の前提には、このような視点が働いているのではないか。

文学的価値と商品的価値を峻別する、現在まで続く文学理解はどこから来ているのか。その歴史的出自をここで詳しく考察する余裕はないが、簡単に要約すれば十九世紀に入ってヨーロッパ各国の識字率が上昇し、読者層が拡大していくにつれ、十八世紀後半まで続いたパトロン制のもとでエリートを対象として文筆活動に勤しんでいた文学者たちが、無教養の大衆を相手に市場に身を投じた作家たちとの競争を余儀なくされるようになる。それまでにもチャールズ・ディケンズ、アルフレッド・テニソン、ジョルジュ・サンドのようにエリートにも一般大衆にも支持された大家もいたが、十八世紀末になると読者層の細分化が進み、階級の隔たりを乗り越えるのが厳しくなった。教養あるエリートを相手にするか、大衆を相手にするか。そんな選択肢に作家たちは迫られたのである。そして広大な市場を形成する大衆読者の支持を獲得しえた同業者の華々しい成功を前に、少数のエリートを相手に書きつづける、または一般大衆に歓迎されるような作品がどうにも書けないためエリートを相手に書くしかなかった作家たち、またその読者が、自らが携わる「純文学」の価値を「大衆文学」という商品としての価値から引き離し、区別する必要性を感じはじめたのである。もちろん、これは単なる嫉妬ではない。文学市場の発達によって出現することになった「売れる文学」と「売れない文学」との乖離に直面し、自分たちの「売れない文学」の価値を再確認する必要があったのである。また、売上の問題とは別に、ギュスターヴ・フローベールのようにブルジョワ階級への嫌悪に燃え、真の文学は「売れる文学」に体現されるブルジョワ社会への批判でなければならないと信じる作家も登場した。二十世紀初頭、ジェイムズ・

ジョイスを筆頭とするモダニズムの作家たちはフローベールの態度をさらに一歩押し進め、挑発的な「売れない文学」こそ真に価値あるものとし、売れること自体に懐疑的な、負の価値を与えた。

およそこのように文学的価値と商品的価値は区別されるようになった。作品の文学的価値がその売れ行きによって計り知れないとなると――またモダニズムの時代においては、売れ行きが伸びること自体、作品が既存の社会や芸術に妥協した二流の駄作でしかないことの証だとなると――新たな問題が生じる。すなわち「売れない文学」と「売れない駄作」、真の文学者と似非文学者をどう区別するのか。言い換えれば、文学の価値が数字として表現されないのであれば、その価値は何によって決定されるのか、どこにその真価を求めるべきか、という問題である。そこで必要になったのが批評家である。基本的に批評家の役割は「真の文学」と「真の文学者」なるものを、絶えず押し寄せる市場価値という基準の圧迫から守ることにあるといっても過言ではないだろう。優れた批評家がまったく売れない作品に「真の文学」としての価値を発見することができるとともに、作品に価値がないと断言することもできる。これは何を意味するのか。私たちの考える文学的価値は、「発見される」のを前提としているということである。エミリー・ディキンソンが亡くなり、妹ラヴィニアが箱にしまい込んであった四十冊におよぶ手作りの冊子を見つけるまでの、その一週間のあいだ、やがて世界的名作として知られることになる山ほどの詩は箱の暗がりの中にただ放置されていた。市場に出まわるまで、ディキンソンの詩に文学的価値などはない、それはただの反古の山だ、と考えるのは少なくとも現代の文学概念からは外れるのだろう。詩は、その文学的価値が「発見される」瞬間を待っていた。文学としてのすばらしさが認められるときを待っていた。文学はこのような前提を必要とする。

さきほど「本質」と「現象」という抽象的概念で表現したのは、そういうことである。文学的価値は、文学作品の流通、つまり実際に手に取れる本として書店の棚に並び、売れたり売れなかったりする書物そのものに内在するのではなく、むしろ流通のネットワークのなかへ送り出されたあらゆるバージョン――初版本だけでなく、重版、豪華版、廉価版、再版、デジタル版、オーディオブック、翻訳、あるいは演劇や映画のアダプテーションなども含めて――の総体として想像される「作品《ワーク》」のなかに存在する。本という「現象」は「本質」としてイメージされる文学作品に具体的な形を与え、その価値を顕在化させるだけである。その意味で、ディキンソンの詩の原稿も「現象」のひとつでしかない。詩人自身の手跡による、これ以上の「原典」はありえないのに、文学的価値はそこに宿るのではない。その証拠に、四十冊の手作り冊子が、たとえ火事で燃えたとしても、ディキンソンの詩の文学的価値は消えることはない。古代ギリシアの詩人であるサッフォーの場合、完全な形で残る詩は一篇だけで、あとはみな途切れ途切れの断片である。しかし、サッフォーの詩の文学的価値は、その不完全なテキストからも伝わる。むしろ、途切れた文章、一語と一語のあいだの空白から、文学的価値そのものが最も純粋な「本質」として感受されてきたとさえいえるのかもしれない。

お金の場合は、これと正反対である。財布のなかから取り出した千円札の価値は紙幣そのものに存在している。千円札の総体として想像される抽象的な「本質」のほうにこそ千円の価値が宿る、などということはない。ディキンソンの冊子と違い、千円札を燃やしてしまえば何も残らない。つまり、お金には「現象」しかない。強いていえばお金の「本質」は「現象」の流通自体にあるという見方もできるかもしれない。そしてこの文学と金における対極的な「本質」と「現象」の関係から、お金と文学のあいだに横たわるもうひとつの根本的な相違が見えてくる。文学があらゆる意味で交換不可能であるのに対し、お金は交換可能性が前提にある。当然ながら、ある文学作品の「本質」は別の作品の「本質」と取り替えることはできないし、その「本質」を形成する言葉もまた別の言葉に置き換えることは不可能である。多くの読者が翻訳の価値に対して懐疑的であるのは、まさにこの「文学作品の言葉は一語たりとも交換可能ではない。別の言葉に置き換えられては「本質」が損なわれる」という感覚に基づく。反対に、基本的に「現象」でしかないお金は、等価のものと取り替えられることが存在意義である。両替によって損なわれる「本質」などお金にはありえない。

ゲオルク・ジンメルは一九〇九年刊の『貨幣の哲学』のなかで、貨幣に関して一世紀を経てなお古びない、洞察に富んだ指摘をしている。ジンメルの解釈によれば、貨幣、お金《マネー》は「交換可能性の純粋な形式」である。主観を交えない、客観的なものであり、抽象的で自己完結したシステムであり、また質を伴わない純粋な量としての表現と捉えている。千円札がまっさらでもぼろぼろでも関係がない。基本的に千円札は千円の価値しか持ち得ず、それ以上でもそれ以下でもない。親友から借りた千円札と、スリが盗んだ千円札、また三十年もタクシーの運転手をしていた女性が退職を決めた日に、最後の乗客から手渡された千円札は、いずれも同様に千円の価値がある。持ち主が交換しようと思えば交換できる。英語では I have money とはいえるが、特別なシチュエーションでない限り I own money とはいわない。自分の「持ち金」は、一時的に自分に託されたものにすぎず、いずれは別の誰かの手に渡るに決まっているのだから。

タクシーの運転手が最後にもらった千円札、親友の千円札、スリが持ち去った千円札。いずれも交換可能なので、交換されることによって損なわれるものはなにもない。この考え方を、次のように言い換えることもできる。お金にはストーリーが入り込む余地がない、と。しかし、はたしてそうだろうか。金と文学は相反するものとして認知されるが、実は文学にも多分にお金の在り方が息づいており、そしてお金の深層イメージにはまた文学が浸透しているように思う。

お金という文学

一八七六年に、デービッド・ウェルズという経済学者が『ロビンソン・クルーソーのお金』(*Robinson Crusoe's Money*) と題する面白い啓蒙書をニューヨーク市で出版している。米国で南北戦争が勃発した翌年の一八六二年から、エイブラハム・リンカーン主導の北部政府が従来のように金貨に兌換できない、「グリーンバック (緑背紙幣)」という不換紙幣を発行しはじめた。ウェルズが『ロビンソン・クルーソーのお金』を執筆した主な目的は自分がグリーンバックに強く反対する理由を「緻密な推理や学問的論究がお好きでない」読者にも分かりやすく説明するためだと述べるが、その中でお金の由来を寓話的な「お話」にしたてて語る箇所がある。ダニエル・デフォーの、あの有名な『ロビンソン・クルーソー』の設定を借り、船が難破し、かろうじて無人島に漂着したクルーソーが数年ひとりで生活したあと、原住民のフライデー、フライデーの父親、そして――ここからはデフォーの小説から逸脱していくのだが――イギリスの船でやってきた船員たちと一緒にミニ社会をゼロから設立していく展開になる。そして、この社会のなかに「お金」が誕生する過程をウェルズは描く。

かいつまんで、過程を要約する。孤島のメンバーは、生活必需品をすべて自分一人で、自分一人のためにまかなうよりも、お互いに役割を分担し、財とサービスを供給しあったほうが効率的だと気づく。財とサービスは交換を通じて、初めて「価値」をもつ。しばらくのあいだ、島人は物々交換を続けるが、そのうちなんとも物々交換が面倒になってしまう。裁縫師はパン屋に出かけ、コートとパンの交換を提案するが、パン屋はコートをすでにもっていると断られてしまう。別のパン屋に向かう途中、石工に出会う。幸運にも石工はまさにコートが必要だったので、それと引き換えに煙突を作ってあげようと提案する。しかし、裁縫師の家には煙突がすでに二本もついているのでこれは不要である。こうして、お互いのニーズがぴったりかみ合う二人が偶然出会わない限り、交換は成立しないのである。裁縫師が石工にコートを与え、煙突を立てる約束を得て、煙突を必要としている樽職人に石工の約束と引き換えに樽を何荷か譲ってもらい、樽を探していた農夫と小麦を交換し、そしてその小麦をパン屋に持っていって、初めてパンを分けてもらえるのであれば、本来の裁縫の仕事など手にもつかない。そこで、いとも自然に島人は特定のモノを交換媒体に使いはじめるようになる。たとえば、貝殻である。裁縫師は「私のコートは千枚の貝殻の価値がある」と言い、パン屋は「私のパンは一本、十枚の貝殻の価値がある」と価値を定める。モノの相対的な価値を、決まった「値段」として表現することができるようになったため、物々交換が成立しない場合でも、貝殻という新しい「お金」を使って必需品を売買できる。やがて貝殻よりも金塊が交換媒体として最適だということになった。ただ、金塊は持ち運びが不便なので、金塊そのものは銀行に預け、いつでも本物に兌換可能な、金貨の絵を描いた紙幣を代わりに持ち歩くシステムを導入する。そのうち、兌換紙幣も銀行や政府にとって面倒になり、金貨などに兌換できない不換紙幣が誕生するのである。

ウェルズが語るお金の由来は——少しだけ加味した部分もあるのだが——だいたい以上のコースを辿る。一般読者にも理解できる形でお金のことを説明しようと思えば「お話」や「物語」が必要になるのも、「お金の文学性」の観点からは、おもしろい現象である。マクロ経済学でもアクターと呼ばれる人々や組織が行動を起こすと経済にどのような変化がもたらされるかを表すモデル——いうなればひとつの物語——を構築するのが分析の出発点であるらしい。ウェルズが「お話」に頼らなければならなかったのは、たんに一般向けの方便が必要だったからではなくて、経済学そのものが物語を志向していることを体現しているように思う。ウェルズが依拠した物語が、ほかでもない『ロビンソン・クルーソー』だということも象徴的である。イアン・ワットが一九五七年に『小説の勃興』を著して以来、この作品こそ英語圏の最初の小説だという見方がある程度定説化しているので、『ロビンソン・クルーソーのお金』ではお金の起源が後に小説の起源とされる作品の上に二重映しにされていることになる。そしてもちろん、ウェルズが『ロビンソン・クルーソー』の設定を借りたのにはちゃんとした理由があった。クルーソーが孤島に住みついてしばらくの後、難破した船のなかに長持ちを見つける。開けてみると、ナイフ、ハサミ、布などと一緒に「ヨーロッパやブラジルの貨幣、スペイン弗貨、そのほか金貨銀貨など、とりまぜて英貨にして三十六ポンド相当額のお金」の入った袋が出てくる。これを見て、クルーソーがお金に直接語りかける。「無用の長物よ。お前はいったいなんの役に立つというのか。お前は今の私に鐚《びた》一文の値打ちでもあるというのか。お前はもう拾いあげるにも値しないのだ」と言い放つが、「また考えなおして、その金はもってゆくことに」する、という有名な場面がある。(2)英語圏の最初の小説と呼ばれるこの作品は、お金とは何なのか、その価値とは何なのかという問題を前面化させているのである。

　金とは何かを説明するために『ロビンソン・クルーソー』というフィクションを援用することの意味から、今度はウェルズが語るお金の由来に目を向けると、お金自体もとても文学的であることに気がつく。ウェルズの説明では、物々交換という原始的な経済活動が財とサービスに初めて「価値」を与えることになる。島人が物々交換を行うことに同意したとき、交換されたモノは「等価」になる。パン屋が裁縫師のしたてたコートを譲り受けるため百本のパンを渡さなければならないとなれば、一着のコートの価値は、パンで計算するなら、百本だということになる。つまり、取り引きが成立した瞬間、一着のコートと百本のパンは質・量両方において比較されうる対象として、お互いが、お互いの価値を表象する抽象的な「比喩」へと変貌する。「価値」自体が一種の比喩なのである。

物々交換を廃し、貝殻、そして金塊をお金として使うようになれば、貝殻・金塊が、さらに高度な比喩として機能する。パンの交換可能性によって生じる「価値」という比喩が、今度は「価値」そのものの比喩である「値段」に置き換えられるのだ。一本のパンを一個の金貨で買えるとしたら、一金貨という「値段」がパンの「価値」を表現する比喩となる。ただ、ひとつ留意しなければならないのだが、この時点では「お金」はまだ貝殻や金塊のようなモノとしての交換可能性、物質としての「価値」をも有している。つまり、同時にふたつの「価値」を体現していることになる。しかし次の段階に進み、金塊の代わりに金貨の絵を載せた兌換紙幣が流通しはじめると、お金はそもそものモノとしての交換可能性による比喩的価値を失い、「この紙幣はいつでも金貨に兌換できる」との銀行や政府の約束のみに裏打ちされた金貨の「表象」としての比喩的価値にシフトする。さらに、不換紙幣に至ると、兌換紙幣の金銭としての価値と金貨の「表象」としての価値のうち、後者が抜け落ちる。十ドルの不換紙幣を持っていれば十ドルの値段のつくものならなんでも買えるが、金貨に兌換してもらえないので、価値の表象としては実体がない。

このように見てくると、ウェルズが語るお金の由来は、もともとモノとモノの交換のなかから生まれた「価値」という比喩が、いくつかの段階を経て、より抽象的な比喩である「値段」に取って代わられていくプロセスだと言える。要約すれば、そのプロセスは次の通りである。①価値あるモノを別の価値あるモノと交換する。②価値あるお金で、ある値段のモノを買う。③価値の表象であるお金で、ある値段のモノを買う。④価値のないお金で、ある値段のモノを買う。これは、お金が次第に高度なフィクションへと昇華していく過程だとも言い換えられる。③と④では、銀行や政府の「約束」が前提になる。③の場合、銀行または政府が「この紙幣をいつでも金貨に兌換して差し上げよう」と請け合っている。でも、この約束が守られるという保証はない。「嘘は言いません、ここに描かれている金貨の絵は必要なときに本物の金貨に変わる魔法の紙幣なのですよ」と請け合うのとさして変わりはない。④の段階では、例えば米国の紙幣であれば「米国政府への完全な信頼と信用」が必要になる。それは、③以上に遙かにファンタスティックな設定であることは間違いない。そして、お金は留まることなく、さらに抽象化を極め、さらに高度な比喩へと昇華しつづけている。モノとしての「価値」をもたない不換紙幣は、それでも手で触れられる形は残してある。不換紙幣の無形版、「表象」でしかない電子マネーとは、比喩的価値がモノの世界から完全に切り離され、純粋な抽象物に昇華した「お金」の姿にほかならない。電子マネーが絶え間なく飛び交う現代のグローバル経済は、「物々交換」ならぬ「約束交換」というフィクションによって成り立っているのである。

思うに、イギリスの船員がやってきたばかりの、孤島の経済がまだ物々交換で回っていた時代においても、すでに経済活動は根本的に信頼と約束によって成立していた。石工が裁縫師に煙突を立てる約束をしたのももちろんそうだが、そもそも裁縫師とパン屋が交渉に臨んだとき、裁縫師は、洋服に関して専門的な知識をもたないパン屋に「このコートの出来は本当にすばらしいですよ。生地も最高のものを使いましたし、縫い糸も丈夫です」と請け合う。パン屋もまた「いい小麦粉を使いましたので、香り高いパンにしあがっていますよ」と約束する。その意味で、お金の発展を次第にそれが比喩として抽象化していく過程と捉える代わりに、はじめから経済の根底をなしていた「約束」が、地に足の着いた現実世界から次第に遠のいてゆくプロセスとして理解することも可能である。そして、いうまでもなく、約束とは、一種のストーリー、物語の始まりにほかならない。その意味で、お金の発展、あるいは市場経済自体、フィクションの度合いを次第に強めながら延々と物語を紡ぎ出しているのだと言える。新聞などで「国民の経済に対する信頼」「消費者信頼感指数」といった表現を見かけるが、その前提にあるのが「お金」という比喩、約束交換、物語に対する絶対的信頼である。人々が「お金」という物語を信じられなくなればグローバル経済は瞬く間に崩れ落ちる。経済における物語の重要性——経済を文学として読む必要性——を示す出来事は、探せば日常にいくらでも溢れている。

我々がお金と経済という物語を信じたい気持ちがいかに強いか、そしてその物語がいかに危ういかは、「お金」にまつわる言葉の多くが、金貨がまだ使用されていた時代、あるいは物々交換の時代を思い起こす比喩であることからも一目瞭然である。日本語の「お金」や「現金」はその好例である。イギリスの「ポンド」は、もともと銀の重量を指す言葉だった。アメリカ英語の「バックbuck」は牡鹿の皮が「お金」として使われていた時代の名残である。このような比喩的表現を用いることによって、本物の金貨を持ち歩いていた時代同様、実体のある交換社会を生きているというフィクションに我々はどこかで身をゆだねている。お金、経済に関して、現実と虚構の区別がとうにつかなくなってしまっていることから目をそらそうとしているのかもしれない。

文学としての金、金としての文学

本稿では、まず文学と金が根本的に相反するものである、という一般認識の由来を検討し、今度はその認識に逆らい、「説教好きの手形割引業者」の例に表象される「お金の文学性」に焦点を当ててきた。物々交換から電子マネーまで、長い射程でみると「お金」がだんだんとモノの世界から離れ、ますます高度な、フィクション性が強い比喩、約束、物語として機能するようになったことが分かる。このシフトは先進国の社会構造がたどってきた過程とほぼ平行しているように思われる。農業社会ではモノづくりが、工業社会ではモノの加工が、そして情報社会ではモノの表象の操作が中心に捉えられる。

最後に「説教好きの手形割引業者」の視点から、ほんの少しだけ「文学の高利貸し」に立ち返り、ひとつだけ、簡単な指摘をさせていただきたい。実は、長い射程でみれば、「お金」が農業社会、工業社会、情報社会への変化と平行して、ますます「文学性」を帯びることになったのと同様に、「文学」もまた、その経済的基盤が発展するにつれて、「お金」と共に、抽象化のコースをたどってきたのである。もちろん「文学」の対象とするものが何かによって詳細は異なるが、一般的に文学とは本来はなんらかのパトロン制のもとで執筆が行われ、おもにエリートのあいだで享受されてきたといってよいだろう。ある文学作品が不特定多数の読者を相手に書かれるのではなく、一人、数人、数百人程度の、およそ境遇の似た人たちを念頭に作成され、比較的閉ざされたグループのなかで流通する。いわば、これが文学における「物々交換」の時代の特徴である。たとえば平安時代、『紫式部日記』の「御さうしつくりいとなませたまふとて、云々」という有名な一節で、紫式部が清書した『源氏物語』を色とりどりの料紙と一緒に名高い書家に渋りつけ、中宮彰子が宮中に持ってかえるのにふさわしい豪華な本を準備するエピソードに代表されるように、この段階の文学は文章だけでなく、モノとしても優れ、モノとしての価値と不可分であった。時代が下り、識字率が上昇し、読者層が拡大していくに伴い、大量生産の時代に入ると、文学もある意味では「紙幣」のような存在に変化しはじめる。不特定多数の消費者が読者の対象となり、文学のモノとしての価値が薄れはじめる。原則として、同じ作品ならどのコピーをもっていても関係がない。どれも同じなので、商品であるモノとしては交換が可能になる。いうまでもなく、これは先に述べた文学における文学的価値と商品的価値の分裂と、それによって推進される「本質」対「現象」という二項対立に基づいている。そして現在、文学がモノの世界から切り離されはじめ、無形の「電子マネー」のような存在にまで昇華を進めている。キンドルやGoogleブックスに代表される「電子書籍」というのは、本当は書籍などではなく、書籍の「表象」「比喩」にほかならない。文学が手で触れられる物体を介さない比喩として、インターフェイスに立ち上げられる。それ自体、高度なフィクションである。そして、世界経済にとって牡鹿の皮の交換がもはや何の意味ももたない二十一世紀に入っても、英語話者がまだ「bucks」という言葉を使い、日本語話者が「お金」と「現金」という言葉を用いつづけているのと同様に、私たちは「ブック」ではないものを執拗に「ブック」と呼び、「書籍」でないものを「書籍」と呼びつづけ、そのモノとしての形をなんとか呼び起こそうと虚空に手を差し伸べつづけている。金と文学とは、その意味ではとてもよく似ている。

（注）

（1）George Augustus Sala, *Things I have Seen, and People I have Known* (London, Paris, Melbourne:Cassell and Company.1894), pp.40-42. 日本語訳は、筆者による。

（2）ダニエル・デフォー著『ロビンソン・クルーソー（上）』（平井正穂訳）岩波文庫、八一頁。

Ⅲ 『源氏物語』考

翻訳以前　『源氏物語』が世界文学になった時

1

二〇〇八年二月十一日付の『読売新聞』に「源氏物語――千年紀を迎えた世界文学の傑作」と題した社説が掲載された。[1]「これこそ『世界遺産』の名に値する傑作ではないか」という冒頭から最後の一行まで、カノン化された『源氏物語』の価値を再確認する常套句が並べられていた。「源氏物語は『世界最古の長編小説』と言われる。」「光源氏を中心とした恋愛小説のイメージが強いが、（中略）様々な主題によって構成される奥行きの深い作品だ。」「この物語が書かれていなければ、日本の文学史や日本人の美意識の伝統はまるで別のものとなっていただろうと指摘する研究者もいる。」話題はさらに、『源氏物語』の現代語訳と外国語訳に及び、そこにも同じ言説が見られる。「今日、原文で読む人はあまりいないかもしれない。だが、与謝野晶子、谷崎潤一郎、円地文子、瀬戸内寂聴らによる数々の現代語訳を通じて、その魅力に触れることが出来る。」「今日では、フランス語、ドイツ語、ロシア語、中国語など約20の言語に翻訳されている。」

この社説には、『源氏物語』に関する新たな情報は何一つ提示されていない。しかし、社説の内容は、『源氏物語』の千年紀というタイミングに合わせて書かれる必然性があったのであろう。この文章が新聞を通してお茶の間に届けられたのは、新しい情報を提供するためではなく、『源氏物語』が成立して千年後の現在の意味を確認すること、共通意識の再認識と、強化のためであった。

これは、一八七〇年代以来、『源氏物語』言説をかたちづくってきた新聞を通じた、享受の一例である。今や『源氏物語』は日本国内のみならず世界中で「世界文学の傑作」として評価されるようになった。もちろん『読売新聞』の社説が指摘するように、直接原文に当たる読者は極めて少なく、「現代語訳」も含めた広義の翻訳という形で鑑賞される場合が圧倒的に多い。比較文学者のディビッド・ダムロッシュがその近著『世界文学とは何か』で主張するように、世界文学としてカノン化される作品は、繰り返し翻訳されることによって権威を獲得するのである(2)。世界文学は、まさに翻訳による産物に他ならない。とはいえ、『源氏物語』が翻訳で世界文学の傑作として世界中で鑑賞されていたとしても、そのことは特に意識されるわけではない。また翻訳の存在によってこそ『源氏物語』が世界文学でありえる、ということも一般的にはさほど意識されてはいるわけでもない。ときどき、再認識させてもらわなければ、忘れてしまう。それこそ、

『読売新聞』の社説が書かれなければならない理由の一つではないかと考える。

『源氏物語』が世界中で世界文学として認識されるとは、どういうことか。もちろん『源氏物語』が書物として、様々な形態のテクストして、国内外で流通する必要がある。様々な言語に翻訳され、世界中で読まれる必要がある。しかしそれだけでは不十分である。この基本条件に加え、『源氏物語』のそういった世界での受容が、国内外で意識される必要があった。『源氏物語』は近代に入って「世界文学」として再カノン化されたが、その過程には翻訳と同時に、『源氏物語』が世界で享受されているという意識自体が言説として成立する必要があったのである。その言説は、最初は日本国外で創出され、谷崎潤一郎が一九三九年から一九四一年にかけて『潤一郎訳源氏物語』を著した辺りから、ようやく日本に入ってきたのではないかと思われる。そして、その言説は今日まで生きつづけてきた。

一つ、最近の例を紹介しよう。『読売新聞』の社説が掲載される三週間程前、二〇〇八年一月二十日に『ニューヨーク・タイムズ』の記者ノリミツ・オニシは「早打ち競争　日本で携帯小説がベストセラーに」という記事を掲載した。(3) 冒頭では、「一千年前に書かれた最古の小説『源氏物語』を世界にもたらした国である日本では、最近までケータイ小説は、取るに足らないサブジャンルとして見下されていた」と『源氏物語』に言及している。それから一ヶ月も経たない二〇〇八年二月十六日に、今度は『朝日新聞』に掲載された、ケータイ小説の人気を語る記事には、上掲の『ニューヨーク・タイムズ』記事の一部分が翻訳され、引用されている。見出しに「『源氏物語の国で一つの文学ジャンルになった』とニューヨーク・タイムズが伝えたケータイ小説の人気ぶり」とある。[4]どちらの記事もケータイ小説を対象としたものであり、『源氏物語』とは何の関係もない。『源氏物語』を常に世界文学たらしめているのは、『源氏物語』の翻訳そのものの流通よりも、正にこのような国境を越えた翻訳と引用の連環である。『源氏物語』を世界文学と捉える言説が、ある言語から別の言語へと翻訳され、また元の言語に反訳されるのだ。

現在、『源氏物語』は、三つの視点から捉える事ができると考える。一つは世界文学として実際読まれている『源氏物語』、そして三つ目は世界文学として読まれているという、言説として流通する『源氏物語』、二つ目は原文を離れ、現代語訳や翻訳等を媒介として享受される『源氏物語』である。言うまでもなく、この三つの視点は近現代において定着したものである。まず、翻訳などの形で、『源氏物語』の代替物を通して『源氏物語』を鑑賞する、という読書方法が確立した。次に、日本語以外の外国語への翻訳＝代替物が、『源氏物語』を巡る言説を世界中に伝播させた。そして最後に、『源氏物語』が世界中に流通しているという言説が世界に広まったのである。このプロセスを経て、ようやく『源氏物語』が世界文学として生まれ変わる条件が揃ったのである。

『源氏物語』の翻訳の先駆として位置づけられている、一九二五年から一九三三年の間にイギリスとアメリカで同時刊行されたアーサー・ウェイリーの英訳『源氏物語』は、正にこのような意識を創出した。当時の多くの読者はこの英訳によって『源氏物語』を新しく発見したのであるが、ウェイリー訳の第一巻が出版されてから、『源氏物語』は世界文学の傑作、心理小説などの現在の『源氏物語』受容に繋がる言葉で形容されるようになったのである。この意識は、例えば一九二五年六月二十日『ザ・ネーション&ザ・アセニアム』に記載された、レーモンド・モルチマーによる書評にも現れている。冒頭部分を引用する。新しい作品の出現ということを仄めかす「新惑星」というのが、この書評のタイトルである。

今日に至るまで、天才が書き残した最も優れた十二の小説は何か、という問いに思いを馳せるのは、なかなか面白い。先日、ふとしたことがきっかけで私個人のリストを作ってみる気になった。主として登場人物の心理に焦点をあてた小説しか選ばなかったので、私のリストを支持する者はいないかもしれないが、取りあえず、以下のような並びになった。『クレーヴの奥方』『クラリッサ・ハーロー』『危険な関係』『説得』『アドルフ』『幻滅』『パルムの僧院』『戦争と平和』『感情教育』『カラマーゾフの兄弟』、そして『失われた時を求めて』。これらの作品を選んだ理由、その他の強い候補のことを語り出したら、もうそれだけでページが埋まってしまう。ところで、理数系の方なら、上掲のリストに十一作品しか入っていないことにもうお気づきかもしれない。十二作目はおそらく『源氏物語』である。この『源氏物語』を読んだからこそ、私は西洋文化圏の競争相手をリストにしてみたくなったわけだ。十一世紀初期に、ムラサキという名の日本人女性によって書かれたこの小説の初の英訳が現

在進行中である。(5)

モルチマーにとって、ウェイリー訳の『源氏物語』は必然的に「世界文学とは何か」という質問を呼び起こしたようである。『源氏物語』は身近な文学作品、特にマルセル・プルーストの『失われた時を求めて』と肩を並べる作品として捉えている。「『源氏物語』は『千夜一夜物語』よりも、何倍もプルーストに近い」として、「妙にプルーストに似ているところがある」と繰り返し書いている。先程の引用から判断すると『源氏物語』もまた「主として登場人物の心理に焦点をあてた小説」と受け止められたことが分かる。モルチマーの友人でもあったウェイリー自身はこの見解には同意できなかったようで、英訳の第二巻に付された序文には『源氏物語』の「一見現代風に見える雰囲気」について注意書きを添えているのだが、(6)モルチマーと同じように『源氏物語』をいわば心理小説として享受してきた読者は決して少なくない。実際、フロイトの弟子であったルース・ジェーン・マック・ブランズウィックは一九二七年に『国際精神分析誌』に掲載されたエッセイの中で、紫式部は「ほとんど精神分析的といってよい程の洞察力」があると誉めている。(7)心理に加え、モルチマーは「この物語の背景となっている文明」を「極めて美的」と表現しており、登場人物にとって「趣味の良さは大変重要である」と「趣味」という観点から『源氏物語』を語っている。『源氏物語』の雅な側面を強調する傾向は、これまたウェイリーの友人で日本史研究者のジョージ・サムソンが『日本史』(一九五八年)の中で平安時代に割り当てた一章を「嗜好の支配」と題したことも、またさらに日本文学者であるアイヴァン・モリスが『光源氏の世界』（一九六四年）の中で何度も「趣味の支配」という表現を援用したことにも現れている。このような引用の繰り返しによって「趣味」という『源氏物語』への視点も完全に定着したと言える。(8)

このように、ウェイリーの英訳は『源氏物語』受容に大いに貢献したのである。この訳が『源氏物語』を巡る新しい言説を生み、一九七六年にエドワード・G・サイデンスティッカーの新訳が刊行されるまでの半世紀の間、さらに発展を続け、『源氏物語』の読者のみならず、本を介さない一般的な『源氏物語』観にまで影響を及ぼしてきたのである。さらに言えば、ウェイリーの英訳がフランス語、ドイツ語、スウェーデン語、オランダ語、ハンガリー語、イタリア語にも重訳され、最近になって日本語にも反訳されているので、その影響力は英語圏を越え、世界中に広がったと言える。また、若きドナルド・キーンが戦時中、ニューヨーク市タイムズスクエアの書店で四十九セントで買って戦争から避難する気持ちで読み耽ったという『源氏物語』も、サイデンスティッカーが最初に触れた日本文学も、やはりウェイリーの英訳だったということを考えると、ウェイリー訳の『源氏物語』が戦後英語圏の日本文学研究の原動力となったのだと言っても過言ではないだろう。(9)

しかし、ウェイリー訳がいかに『源氏物語』の世界文学受容に貢献したとはいえ、それだけを特別視するわけにはいかない。あまりウェイリー訳に囚われると、それ以前にも『源氏物語』を巡る言説が存在していたことが見逃されてしまう。先ほど引用した書評の最後の方で、モルナマーが「この小説は、現在、初めての英訳が進行中である」と書いていたが、ニューヨークの『文学ダイジェスト国際書評雑誌』に掲載された書評にも同様なコメントが書かれている――「第一部しか訳出されておらず、それもごく最近に出たばかりである」、と。[10] しかし実は、ウェイリー訳の四十年も前の一八八二年に、ケンブリッジ大学に留学中の末松謙澄が『源氏物語』の抄訳を著していたのである。この末松訳は長い間、学術的には重視されて来なかった。[11] 一九七八年『現代アジア研究』に掲載されたサイデンスティッカー訳の書評では、末松訳は「今や単なる珍書に過ぎない」とされ、マリアン・ウリーは「ヴィクトリア朝の気取った様子の見本」と評している。[12] ドナルド・キーンも末松訳は度外視しており、「私も含め、中国文学、日本文学の翻訳に興味をもっている者にとって、ウェイリーこそが唯一の先達である」と明言し、末松訳については「西洋の読者には、まったく影響を及ぼさなかったようである」、としか述べていない。[13] このような受容史から、末松の翻訳の存在がウェイリー訳第一巻の書評が書かれた一九二五年の時点で、もうすっかり忘却されていたと捉えられがちである。

しかし、実際調査を進めていくと、現在は大時代の産物という感がある末松訳が、イギリス、アメリカ、日本のみならず、他の国においても当時広く読まれたという証拠が、しっかりと残っているのが分かった。『源氏物語』が世界文学としてカノン化され、現在の『源氏物語』言説が形成されはじめたのは、実はウェイリー訳からではなく、末松訳がその原点にあったのである。

先ほど引用した、一九二五年にウェイリー訳の書評を書いた批評家が末松の抄訳を知らなかったのに、現代の私たちは驚かないのだとすれば、それはウェイリーがあまりにも長い間「唯一の先達」として仰がれてきたからではないか。実際、一九二五年の時点では、末松謙澄がウェイリー自身の先達であると認識されていたようである。例えば、『文学ダイジェスト国際書評雑誌』の書評が出たとき、ある読者が末松訳の存在について、以下のような手紙を雑誌に寄越している。

『国際書評雑誌』編集長様

『書評雑誌』をいつも楽しみに拝読させていただいており、今回は批判の手紙を送らねばならないことを大変残念に思っております。特に書評を担当されている批評家のうちの何人かが、シェイクスピア、いわゆるレークの詩人たち、そして近年この国に出版された本以外、全く無知であるというような厳しいことを言わなければならないのは遺憾の至りです。（略）今回の十月号では、アーサー・ウェイリー氏が一九二五年に刊行した紫式部著『源氏物語』の英訳の書評の中で、ルイス・ムア氏が『源氏物語』は「第一部しか訳出されておらず、それもごく最近に出たばかりである」と自信満々に述べております。東洋文学の読者なら、「一八八二年の源氏訳」という通称で呼ばれる末松謙澄訳を知らない者はおりません。全部で五十四帖の内の最初の十七帖を末松謙澄が英語に書き換えました。この本はもう四十年も公立図書館に所蔵されております。ウェイリー氏は、最終的には六巻からなる完訳を出すつもりらしいのですが、現時点では、まだ九帖までの訳しか出ておりません。

ニューヨーク市、一九二五年十月九日

アイダ・M・メレン拝(14)

このアイダ・M・メレンは東アジアの専門家ではなく、著名な動物学者で、一時期ニューヨーク市立水族館の館長を務めた人である。

アイダ・M・メレンの手紙の趣旨と同様、本論の目的は、今やほぼ忘れ去られてしまっている『源氏物語』を巡る文学史の一部に、再び光を当てることにある。ウェイリー以前に末松謙澄の抄訳『源氏物語』があるが、本稿ではそれよりもさらに前の時代、『源氏物語』の翻訳が存在する前の時代に遡り、原典が読める人間がヨーロッパにもアメリカにもまだ一人もいない『源氏物語』言説を考える。実は翻訳以前に『源氏物語』が、言説の上で、世界文学になりかけたことがあったのである。その時代に成立した『源氏物語』を巡る言説が、いまだに流通しつづけているということを指摘し、ここまでやや抽象的に論じて来た世界文学という作品の享受の一端を、具体的な事例を通して検証する。

2

一八八二年に末松謙澄の英訳『源氏物語』が世に現れるまで、『源氏物語』という書名が米国やヨーロッパの読者に全く知られていなかったわけではない。一八七二年にお雇い外国人としてフランスから呼ばれた弁護士のジョルジュ・ブスケは、末松訳の刊行に八年先立つ一八七四年に出版された文章の中で、既に『源氏物語』に触れている。フランスの著名な雑誌『両世界評論』に記載された、一八七三年八月から同年九月にかけての江戸から大阪への旅路を描いた紀行文「日本奥地への旅」の中で、「高名な女流詩人である紫式部が、日本の『イリアス』に当たる『ゲンジモンドガタリ』を書き綴ったという小さな塔」に立ち寄ってみた、とある。(15) 大衆的な刊行物の中でヨーロッパ人が『源氏物語』に言及した相当早いものである。

一八七七年の『現代の日本と極東の港』に、ブスケが日本演劇を対象にした一八七四年のエッセイが収められた際、新たに書き加えた冒頭に、管見の限り、日本語以外で初めての『源氏物語』粗筋紹介をしている。東洋の詩歌を語る文脈の中に、突然、『源氏物語』が登場してくるのである。

極東全般では詩歌への情熱は薄く、日本でも『詩経』に由来する息の切れるようなリズムと、不誠実な語調を受け継いでいる。この詩的表現には高尚なインスピレーションも、心に訴える叙情的な熱意もかけらもないことは、原文が理解できる中国研究者でさえ認めざるを得ないところである。ところで、多くの掛軸には女流詩人が描かれている。元来、女性というのは神々の言葉を育む存在であったからであろう。海岸か、あるいは琵琶湖の岸辺の花咲く桜の木陰に踵に体重をかける形で腰を据え、ゆったりとした着物に髪をたっぷりと垂らし、手に琵琶を持ち、筆と長い巻き髪を前にして、恍惚とした姿で描かれている。

その中で最も素晴らしく、美しいムラサキは絵描きが特に好んだ題材である。灯がともり続ける小さなランプの傍で、空が白むまで思いに耽る彼女の姿がよく描かれている。しかし彼女の『ゲンジモノガタリ』と題する作品を繙くと、ヘイ家とファキ家の騒動、百年の長きに亘り全国を血の海に陥れた内戦の、無味乾燥な記録しか見出すことはできない。そんなものに価値が見出され、この作品が有名になったのは、陳腐とはいえども韻文という厳格な形式に、一応筋の通った意味を嵌めようとしたその努力が評価されたのであろう(16)。

言うまでもなく、ブスケは『源氏物語』と『平家物語』を混同しており、しかも源氏の存在さえ知らないようである。引用中の「ヘイ家」とはもちろん平家を指すのだが、「ファキ家」もまた平家の転訛のようである。

もしブスケの『源氏物語』論がこれで完結していたら、一笑して忘れることができたであろう。しかし、『両世界評論』の一八七八年十月十五日号に記載された「文学的日本」という記事においてブスケはまたも『源氏物語』を取り上げた。これが西洋言語圏において最も広く流通する『源氏物語』観、『源氏物語』評となるのである。「文学的日本」でブスケは日本文学の歴史を四つの時代に分け、それぞれの時代の特徴やジャンルなどを紹介する。「日本国の代表的なジャンル」である物語を説明する章では、日本の学者とだけ記して名前は出していないが、賀茂真淵の物語定義を援用し、『宇津保物語俊蔭の巻』『竹取物語』『住吉物語』の粗筋を要約し、そして『源氏物語』に辿り着く。

数ある物語《ロマン》の中でこれまで群を抜いて賞讃されてきたのは、我々の暦で十一世紀に生きた女流詩人紫式部によって書かれた、五十四帖からなる『源氏物語』である。紫式部が、自分のために建てられた小礼拝堂の如き建物に籠り、何時間も眼下に広がるロマンに充ちた景観を熟視した丘が、今だに琵琶湖の近くに残っている。源氏という人物は帝の寵愛を受けた女性の息子で、そのあまりに恵まれた天性の素養によって彼への愛に征服された女性は日本全土、津々浦々にわたる。新たな愛の被害者の名前はそのままそれぞれの巻名を構成している。いわばスキュデリーの日本版によって書かれたこの退屈な小説の見所は、主にその文体と、日本語の成立の上でこの小説が果たした役割に依る部分が大きい。(17)

マドレーン・ドゥ・スキュデリーというのは十七世紀フランスの女流作家で、上流社会に生きる男女が戦争、誘拐、船の難破などの運命よって引き裂かれ、巡り巡って再会するような何千ページのロマン小説を書き続けたことで知られていた。ブスケが紫式部とスキュデリーとの間に見た類似点は、共に女性作家であることに始まり、宮廷生活を中心にした長編を書いたことにも及ぶ。

先ほど、ブスケの『源氏物語』評が広く引用されたと述べたが、それはこの最後の「スキュデリーの日本版によって書かれた退屈な小説」という箇所である。ただ、正確に言えば、ブスケのフランス語の文章が直接引用されたのではなく、英語の書物の中に、フランス語の原文が誤って引用されたものが何度も孫引きされることになるのである。これは有名な日本研究家バジル・ホール・チェンバレンが『日本事物誌』初版（一八九〇年）の中で、出典を示さずにブスケの見解を少し歪めて引用したことに始まる。チェンバレンは、「日本国の同胞が無闇矢鱈と褒めちぎる『源氏物語』の作者は、ジョルジュ・ブスケによって『かの退屈なる日本のスキュデリー』というレッテルを貼られた。この形容はいかにも似つかわしく、むしろ当たり前と言わざるを得ない」と書いている。[18] チェンバレンによる誤引、書き換えられてしまったブスケの言葉は非難の対象を、作品（スキュデリーの日本版によって書かれた退屈な小説）ではなく、二人の女性作家そのもの（かの退屈なる日本のスキュデリー）、あるいは見方によっては女性作家という存在自体に移してしまった。

その後、一八九八年六月二十九日に、ロンドンの日本協会で口頭発表された論文「日本の古典文学」に、この誤った引用が更にウィリアム・ジョージ・アストンによって孫引きされることになる。「ブスケは紫式部を『かの退屈なる日本のスキュデリー』と称し、チェンバレンはその見解に同調している」とアストンは述べる。その上で、日本文学の専門家であるアストン自身は、ブスケとチェンバレンには同意せず、本居宣長の論を援用しつつ、紫式部を弁護している。「本居は、確かに愛国者であり偏ってはいるものの、批評家としての眼識は誠に鋭く、『源氏』に対しては無限の敬愛を捧げ、その理由を『玉の小櫛』という著述の中に認めている。[19]」

チェンバレンの「日本の古典学」の発表の翌年（一八九九年）に出版され、大変広く読まれた『日本文学史』においても、アストンはブスケとチェンバレンを引用し、とりあえずという形で、紫式部を弁護している。

日本の批評家は『源氏物語』をどのような中国文学作品よりも評価し、ヨーロッパの最高傑作にさえ比況すると主張する。むろん、極端な日本贔屓でない限り（その類は皆無ではないが）、誰も紫式部をフィールディング、サッカレー、ヴィクトル・ユゴー、デュマ、セルバンテス等と同列に語ることはない。とはいえ、チェンバレンも援護した故ジョルジュ・ブスケ氏の「かの退屈なる日本のスキュデリー」という評を根拠に、完全にこの作品を見過ごすのは納得がいかない。『源氏』には悲哀もあり、ユーモアもあり、心地よい豊かな情緒の流れ、人と風俗に対する鋭い観察、自然の魅力への感受性、そして彼女の手によって最高峰に達したと言える細部に渡る日本語への完璧な気配りが見られる。メロドラマに陥ることとなく、次々と出来事が展開し、我々読者をほぼ退屈させることはない[20]。

『日本文学史』はとてもよく売れたようで、イギリスにおいては数回再版を重ね、アメリカでも一八九九年と一九三七年の間に総計九版も刊行された[21]。一九〇二年にフランス語訳、一九〇八年に和訳も出版されることになり、和訳では例の誤った引用が「かの退屈なる日本のスキュデリー」として入り、フランス語訳でもやはり誤ったままにされた[22]。

『日本文学史』がこれだけ成功し、しかもその中で専門家であるアストンがチェンバレンの意見に異議を申し立てているゆえ、チェンバレンも対抗しないわけにはいかない。一九〇二年に再版された『日本事物誌』の第四版に、ブスケを引用した箇所に注を加えている。「アーネスト・サトウ氏の『源氏物語』評は我々のと同様である。(中略) しかし、公平ということを考慮して、日本文学史の優れた研究者であるアストン氏の、私たちのとは大分違う評価をここで紹介する必要があるだろう。氏は以下のように書く[23]。(後略)」チェンバレンはアストン評をかなり長く引用するが、引用をアストン自身の「私はこのきわめて長いロマンスのほんの一部しか読んでいないのだが」という言葉から始めている。これによって、アストンの『源氏物語』に対する肯定的な評価の信憑性が明らかに薄くなっている。言うまでもなく、完訳が存在しないこの時点で、チェンバレン自身もアストン同様、全文に目を通していたはずはない。しかし、もちろんそのような断りは設けられていない。

「かの退屈なる日本のスキュデリー」という誤った引用は、ブスケが『源氏物語』を「スキュデリーの日本版によって書かれたこの退屈な小説」とした一八七八年から、チェンバレンが歪められたブスケの言葉に同調する形で、アストンの見解に異議を示した一九〇二年までの間に、『源氏物語』の文学的価値を巡るささやかな論争の中枢に位置づけられるようになった。しかも、この論争はすぐ英語圏とフランス語圏を越え、波紋を広げていった。オットー・ハウザーがアストンの『日本文学史』を参考にして、一九〇四年に著したドイツ語の『日本文学』という書物には、やはり問題の箇所が孫引きされている。紫式部は「日本のフロイライン・スキュデリー、かの退屈なる日本のスキュデリー、と呼ばれているが、むしろ親しみやすくて素朴なマリー・ド・フランスを、少しマルグリット・ド・ナバールに近づけたような人であろう」とハウザーは言う(24)。

このように何人もの学者が、様々な文脈の中で繰り返しブスケを引用しながらも、誰一人、原文を確認しようとする者はいなかったこと、またこの引用が国境を越えて一人歩きしたことに調査を通じて私は驚かされた。しかし、事態は突き詰めて考えると、更に錯綜している。チェンバレンがブスケ及びサトウとともに紫式部嫌いの一派を形成した際、チェンバレンは『源氏物語』を全く読んでいない二人と同調し、立場を共にしていたということである。

先程言及したように、ブスケが一八七八年の「文学的日本」で認めた『源氏物語』の概要には、一番最初に、名前こそ明示はしないが、賀茂真淵の物語定義を引用していた。なんとサトウも、一八七四年（四年前）に刊行された『アメリカン百科事典』の日本文学の項目中の物語《ロマン》に関する説明を、賀茂真淵の同じ引用で始めているのだ。(25)（因にこのエッセイは英語のみならず、おそらくヨーロッパのどの言語においても日本文学に関する最初の紹介文であったはずである。）ブスケは日本文学を四つの時代に分けている。サトウも同じである。ブスケは一応サトウが担当した百科事典の項目を「文学的日本」の冒頭に参考文献として挙げてはいるが、実際二つの文章を比べると、サトウの項目が単に参照されているのではなく、場所によってはほぼそのままフランス語に翻訳されている。『源氏物語』に関する箇所もその好例である。ただ、ここでは、ブスケが四年前に同雑誌で紫式部の「小さな塔」への訪問を綴った文章を想起させるべく、少しだけ加筆するとともに、例の紫式部とスキュデリーとの比較をも書き加えている。以下は、ブスケの文章の元となったサトウの文章である。

数ある物語《ロマン》の中でこれまで群を抜いて賞讃されてきたのは、我々の暦で十一世紀に栄えた女流詩人紫式部によって書かれた、五十四帖からなる『源氏物語』である。作品そのものは一般的に一〇〇四年に成ったとされる。帝の寵愛を受けた側室の息子である光源氏という人物の好色的冒険を綴ったものである。全編が幾つもの巻に分けられているのだが、彼の愛した女達の名がそのまま巻名となっている。文体の面では、特別に流暢であるため、他のどの物語よりも遥かに優れていると考えられているが、筋になると何の面白みもない。日本語の成立の上でこの小説が果たした役割という部分に唯一価値が見出される。[26]

「文学的日本」の一年前に出版された『現代の日本と極東の港』ではブスケは『源氏物語』を「ヘイ家とファキ家の騒動」だと書いており作品を読んでいないことは明らかである。しかしここでも『源氏物語』を読んで解釈しているわけではなく、サトウの概要を少し書き換えつつ、フランス語に訳しているだけだということが分かる。しかも、サトウ自身も、実は『源氏物語』を読んでいなかったようだ。一八七四年の時点では、数年かけて日本の書物をたくさん蒐集し、日本文学史の研究に力を入れてきてはいたが、サトウの日記によると「白石」という人の指導の元で実際『源氏物語』の本文に当たったのは、一八八一年七月六日になっている。[27]

ブスケの誤った引用「かの退屈なる日本のスキュデリー」がささやかな論争の中枢となったのであるが、その論争は最初から『源氏物語』の内容を無視して、空回りしていたと言えよう。それでも、チェンバレンの『日本事物誌』とアストンの『日本文学史』ほどの影響力のある著書に引用され、驚くほど広範囲にまで流通したのである。文献がどの言語で綴られていようがほとんどの場合、フランス語のまま引用され、ただ一つの例外もなく、ブスケの原文ではなく、チェンバレンの文章が引かれた。先程オットー・ハウザーの『日本文学』を一つの例として挙げたが、ブスケとチェンバレンの紫式部批判がどれだけ広く流通したかを理解していただくために、さらに幾つかの例を見ていただきたい。

十世紀から、代々の帝とその愛妾との優美で貴族的な、しかし狭い世界の中での軽薄な生活を事細かに書き留めた、すこぶる長く緻密な宮廷小説が多く出現しはじめる。その中でも『源氏物語』というのは最も賞讃されるものの一つであり、他の多くの作品と同様に、女の手による作品である。あまりにも退屈で、ヨーロッパ人にはほとんど読むに耐えないこれらの小説は、政治などをよそ日に延々と時間潰しに邁進する少数の宮廷人の生活を描く。（中略）文体は長ったらしく――『源氏物語』、四千二百三十四ページ――猥褻までは行かないが少しきわどい。勇気を絞って当書を読もうと試みたヨーロッパ人たちによると、その作者は「退屈なるスキュデリー」である。

ギュスターヴ・ラヴューヴィル『日本心理学論――神々の民族』（一九〇八年）[28]

ジョルジュ・ブスケ氏は紫を「かの退屈なる日本のスキュデリー」と言っている。この形容は大変愛用されてきた。チェンバレン氏は「この形容はいかにも似つかわしく、むしろ当たり前と言わざるを得ない」と述べる（『日本事物誌』、二六五頁）。アストン氏（九七頁）とフロレンズ氏（二一一頁）の態度は、そこまで厳しくないと見える。実際の所、かなり時代を下らない限り（現代に近づかない限り）、西洋諸国の文学において『源氏』に編み込まれたような心理描写ほど細に入ったものを見つけるのは、難しいと考えられる。

ミシェル・ルヴォン『日本文学集――始まりから二十世紀まで』（一九一〇年）[29]

日本はシェイクスピア、チョーサー、フィールディング、ディケンズ、（バーナード）ショーのような作家を輩出して来なかった。その代わりに、マロリー、ビード、ヘリックのような作家とか、作者不明の奇跡劇や年代記劇は生まれている。日本の古典作品の最高峰とされるのは十世紀の侍女である紫式部による、並外れて大規模なロマンスだが、これはマドモワゼル・ド・スキュデリーに負けないくらい、止めどのない、感傷と甘ったるい気取りに満ちたものである。

レーモンド・M・ウィヴァー「日本の坊主の随筆」『ブックマン』（一九一九年）[30]

『源氏物語』は日本文学の古典の一つである。日本人によると大変な傑作だということになっているが、外国の批評家にはさほど高い評価を得ているとはいえない。チェンバレン氏は『源氏物語』の作者がジョルジュ・ブスケに『かの退屈なる日本のスキュデリー』と酷評されているが、この形容はいかにも似つかわしく、むしろ当たり前と言わざるを得ない」という。サトウ氏も「筋になると何の面白みもない。日本語の成立の上でこの小説が果たした役割という部分に唯一価値が見出される」と同感のようである。それに対して上掲の［チェンバレンの］文章では、アストン氏による正反対の意見が引用されるところがある。（中略）

オズワルド・ホワイト「封建時代の古典作品」『生きた時代』（一九二二年一月七日）[31]

外国の日本語専門家の間では、『源氏』の善し悪しで意見が分かれている。サンソム氏は世界中のもっとも偉大な本の一つだ、と述べており、日本学でかなりの地位を獲得しているアストン氏も同意する。バジル・ホール・チェンバレン氏はジョルジュ・ブスケ氏の一言「かの退屈なる日本のスキュデリー」を熱烈に是認している。

ブルース・ランカスター「日本語――ザ・ジャパニーズ・ランゲージ」『アトランチック・マンスリー』（一九四四年五月）[32]

この小説はヨーロッパにおいて、翻訳される以前から、作者を「かの退屈なる日本のスキュデリー」とみなしたブスケなどによって駄作呼ばわりされたり、また他の批評家たちによって逆に大げさに誉められたりもしてきた。

「源氏物語」『ボンピアニ全時代全文学作品登場人物辞典』（一九四七年〜一九五〇年）[33]

ヨーロッパにおいてはこの小説を低く評価する者がいた。例えば、ブスケは作者のことを「かの退屈なる日本のスキュデリー」と評価した。他の批評家たちは彼女に、多くの場合には大げさな賞讃を捧げるのを憚らなかった。

「源氏物語」『全時代全文学作品登場人物辞典』(一九五五年)[34]

源氏物語に言及した洋書は明治初期からあつた。だが当時の西欧人は平安朝の日本語を殆ど知らなかつたから公平な批評をする知識などは勿論なかつたのである。例へばさる仏蘭西人は紫式部を『彼の退屈なスクデリー』と称して、源氏物語の著者と十七世紀の物凄く退屈な女流作家とを比較した。

ドナルド・キーン「西欧人の源氏物語の観賞」『文学』(一九五四年)[35]

西洋の態度に関して言えば、最初はずいぶんと違っていた。バジル・ホール・チェンバレン氏はジョルジュ・ブスケ氏と一緒に紫式部を「かの退屈なる日本のスキュデリー」と評価し、サー・アーネスト・サトウ氏はその小説を単なる歴史言語学の資料としてしか価値を見出さなかった。

「源氏物語」『キンドラー文学事典』(一九六五年〜一九七二年)[36]

英語の最初の日本文学史の書き手であるW.G.アストン氏は『『源氏物語』を』最後まで読む気がしなかったことを認めている。サー・アーネスト・サトウ氏はこの作品の「唯一の価値は、日本語の成立上のある発展を示しているところにある」と述べている。チェンバレン氏の評価は、もっと楽観的であると同時に、サトウ氏に負けないくらい敵意に充ちている。氏曰く、「日本国の同胞が無闇矢鱈と褒めちぎる『源氏物語』の作者がジョルジュ・ブスケに『かの退屈なる日本のスキュデリー』と酷評されているのはいかにも相応しく、むしろ当たり前と言わざるを得ない。」

エドワード・サイデンスティッカー「アーサー・ウェイリーの勝手」『キメラ』（一九八二年五月）[37]

ミラ、紫式部は作家だったよ。シベリアの収容所のトイレの水槽の上で見つけたぼろぼろのロシア語訳で『源氏物語』を何度も読み返したよ。

読んだの？　フランス人は彼女を「かの退屈なるスキュデリー」と呼んでいるよ。いかにもフランス人らしいね、それは。

クリスティーヌ・ブルック・ローズ『テキスタミネーション』（一九九一年）[38]

以上、七カ国語で書かれた文章から、「かの退屈なるスキュデリー」という箇所が引用された事例を十二件選んで羅列してみた。十二件とも、『源氏物語』を読んでもいなかったブスケが、同様に『源氏物語』を読んでいなかったサトウの否定的な見解を下敷きにして綴った言葉が、またチェンバレンによって歪められ、これが引用されてきた。これだけ多くの例を見れば、『源氏物語』言説なるものが如何に何もない所から創出され、機能したかが、ある程度分かっていただけるのではないかと思う。つまりこれは、『源氏物語』を巡るある誤ったイメージ——たとえ根拠がなくても、すぐに忘れ去られるはずのものでありながら——が思いのほか広く、長い年月に亘り、流通し、人々の記憶に止まりつづけた一つの歴史的事例である。

もちろん、『源氏物語』に対する全てのイメージが「かの退屈なるスキュデリー」という表現のように流布し、一世紀以上もしつこく引用されつづけていたわけではない。例えば、一八七八年、巴里万国博覧会臨時事務局によって準備された、『万国博覧会における日本』というエッセイ集の、日本の漆器の歴史や技術を紹介するフランス語の文章に、「四八〇年に、紫式部という、文学の著作で高名な女性がその作品『源氏物語』の中で、螺鈿蒔絵の装飾が施された、新種類の漆器が存在していたことを、教えてくれる」、という箇所がある。[39] 現代の感覚からすると『源氏物語』の成立年代があまりにも外れてしまっているのは少し意外であるが、翌年、漆器に関するエッセイが横浜で出版された『日本の漆器と陶器』に転載された際、やはり当文は、訂正されずに、コンマひとつ除けばそっくりそのまま援用された。[40] 日本の海軍を強化するため明治政府に雇われたサー・エドワード・J・リードが帰国後に出版した『日本——その歴史、伝統、宗教』(一八八〇年)でも四八〇年になっている。[41] リードの著書が、間もなく出た『ラットトレッジ万女子年刊誌』中の「あれこれ」というコラムに「女性が文学に及ぼした驚くべき影響」と題する項目に取り上げられ、同コラムの説明によると、「四八〇年に生きた」紫式部は「日本の小説の親である『源氏物語』と、当時の和歌の多くを手がけている」ということになっている。[42] 四八〇年という誤った年期が、更に一八七九年刊『芸術と文学の日本』（著者不明）にも、エドモン・ド・ゴンクール著の一八八一年刊『芸術家の家』にも、そのまま踏襲されている[43]。ゴンクールはおそらくリードの『日本――その歴史、伝統、宗教』を参照していたと思われる。そして、一八九七年に、ポルトガル出身で、日本に移民し、永住した文筆家ヴェンセスラウ・デ・モラエスの初期の著書である『大日本』には、ゴンクールの『芸術家の家』から、例の箇所が、少し書き換えられた形で、取り入れられているようである[44]。

最後のモラエスの例を除けば、上掲の文章はどれも一八七八年から一八八〇年の間に出版されたものであり、基本的にそれ以降、『源氏物語』が成立したのは四八〇年にはほど遠く、それより五百年以上後のことだという事実が明らかにされ、もう誰もこんな単純な間違いを犯さなくなった。『源氏物語』四八〇年成立説というのはまったく根拠がないので、ある意味、それは当然と言わざるを得ない。しかし、「スキュデリーの日本版によって書かれたこの退屈な小説」というブスケ自身の『源氏物語』評も、「かの退屈なる日本のスキュデリー」というチェンバレンのその誤引も、四八〇年という成立時と同じくらい、無根拠であった。『源氏物語』を実存する物語として、つまり実際に享受されてきた作品として重視する視点から考えれば、四八〇年成立という珍説が二年間くらいで葬られてしまったのに対して、ブスケ―チェンバレンの、作品をある意味無視した疑似批評が一世紀以上も流通しつづけてきたことは奇なる事実である。外国語訳がまだ存在しない時点で、ブスケが『源氏物語』を原文で読んでいたはずはなく、また『日本事物誌』の初版で末松謙澄の英訳『源氏物語』にも触れていないチェンバレンにしてもおそらく同様である。それでも「かの退屈なる日本のスキュデリー」という表現がかくも広範囲で、長期間に亘って引用されつづけてきたのは、なぜだろうか。理由は簡単である。「かの退屈なる日本のスキュデリー」という文句は、紫式部という作者に負の価値を与えるものとなっており、そこに次々と新たな人物が新たな解釈を加えつづけることで、『源氏物語』に価値を（それは時に負の価値であったとしても）与える役割を担ってきたのである。言い換えれば、「かの退屈なる日本のスキュデリー」という一文は『源氏物語』が世界文学としてカノン化されてゆくため、非常に有用なツールとして機能してきた。挑発的な一文は、次々に批評家を巻き込んで、『源氏物語』を巡る対話を創出してきたのだ。これも一つの『源氏物語』受容である。「かの退屈なる日本のスキュデリー」は誤訳であり、誤った引用である時点で出発点から空回りしていた。しかし世界文学に加わるプロセスには言説の「空回り」、一人歩きというものの貢献も必要である。以上、奇妙な歴史の過程から、『源氏物語』のカノン化、世界文学化をめぐる隠された一つの道程を検証させていただいた。

（注）

（1）「源氏物語――千年紀を迎えた世界文学の傑作」『読売新聞』社説、二〇〇八年一月十一日。

(2) David Damrosch, *What is World Literature?* (Princeton; Princeton University Press, 2003), 281.

(3) Norimitsu Onishi, "Thumbs Race as Japan's Best Sellers go Cellular," *New York Times*, January 20, 2008.

(4)「ケイタイ小説、心の実用書」『朝日新聞』二〇〇八年二月十六日。

(5) Raymond Mortimer, "A New Planet," *The Nation & Athenceum: Literary Supplement 37*, no. 12 (The Nation) and 4964 (The Athenæum) (June 20, 1925): 371.

(6) Murasaki Shikibu, *The Sacred Tree*, translated by Arthur Waley (Boston and New York: Houghton Mifflin Company, 1926), 30-31.

(7) Ruth Jane Mack, "A Dream from an Eleventh Century Japanese Novel," *The International Journal of Psycho-Analysis 8* (1927): 402-403.

(8) George Sansom, *A History of Japan to 1334*, Stanford Studies in the Civilizations of East Asia, vol. 1 (Stanford, California: Stanford University press, 1958), 178; Ivan Morris, The World of the Shining Prince (New York: Alfred A. Knopf, 1964).

(9) Donald Keene, *Chronicles of My Life* (New York: Columbia University Press, 2008), 24-25; Murasaki Shikibu, *The Tale of Genji*, translated by Edward G. Seidensticker (New York: Alfred A. Knopf, 1976), xiv.

(10) Louis Moore, "Escapades of a Don Juan of Old Japan," *The Literary Digest International Book Review 3*, no. 11 (October 1925): 707.

(11) 従来重視されて来なかったこの抄訳は、近年ようやく注目を集め始め、本誌の創刊号で「ヨーロッパがはじめて『源氏物語』に出会ったとき」と題する論文を発表したレベッカ・クレメンツ氏、『明治から昭和における「源氏物語」の受容』の川勝麻里氏などの研究成果に触発され、その意義を見直そうとする風潮が少しずつ強まりつつあるように思われる。

(12) D.E. Mills, untitled review of Murasaki Shikibu, *The Tale of Genji*, translated by Edward G. Seidensticker, in *Modern Asian Studies* 12, no. 4 (1978): 679-704; Marian Ury, "The Imaginary Kingdom and the Translator's Art: Notes on Re-reading Waley's *Genji*," *Journal of Japanese Studies 2*, no. 2(Summer 1976): 207,267.

(13) Donald Keene, "In Your Distant Street Few Drums Were Heard," in Ivan Morris, ed,. *Madly Singing in the Mountains: An Appreciation and Anthology of Arthur Waley* (New York: Walker and Company, 1970): 56; Donald Keene, "Japanese Literature in the World," *Southern Humanities Review 27*, no. 4 (Fall 1993): 314.

(14) Ida M. Mellen , "The Tale of Genji," *The Literary Digest International Book Review 3*, no. 12 (November 1925): 828.

(15) Georges Bousquet, "Un Voyage dans l'interieur du Japon," *Revue des deux mondes period3*, tome 1 (January-February 1874): 297.

(16) Georges Bousquet, Le Japon de nos jours et les échelles de l'extrême Orient, vol. 1 (Paris: Librairie Hachette et Cie, 1877), 356-357.

(17) Georges Bousquet, "Le Japon littéraire," *Revue des deux mondes period 3*, tome 29 (September-October 1878): 757.

(18) Basil Hall Chamberlain, *Things Japanese*, first edition (London: Kegan Paul, Trench, Trübner & Co., Ltd., 1890), 215.

(19) W. G. Aston, "The Classical Literature of Japan," *Transactions and Proceedings of The Japan Society*, London, vol. 4, part 4 (London: Kegan Paul, Trench, Trübner and Co., Ltd,. 1899), 281.

(20) W. G. Aston, *A History of Japanese Literature* (New York and London: D. Appleton and Company, 1899),

96-97.

(21) P. F. Kornicki, "William George Aston (1841-1911), in Sir Hugh Cortazzi and Gordon Daniels, eds., *Britain and Japan 1859-1991: Themes and Personalities* (London and New York: Routledge, 1991), 71.

(22) W. G. アストン著、芝野六助訳補『日本文学史』(大日本図書、一九〇八年) 一九七頁 ; W. G. Aston, *Litterature japonaise*, translated by Henry-D. Davray (Paris: Librairie Armand Colin, 1902), 93.

(23) Basil Hall Chamberlain, *Things Japanese*, fourth edition (London: john Murray, 1902), 293.

(24) Otto Hauser, *Die japanische Dichtung* (Berlin: Bard, Marquardt & Co., 1904), 44.

(25) Ernest Satow, "Japan, Language and Literature of," in *American Cyclopoedia*, vol. 9, edited by George Ripley and Charles A. Dana (New York: D. Appleton and Company, 1874), 557.

(26) Ernest Satow, "japan, Language and Literature of," in *American Cyclopoedia*, vol. 9, edited by George Ripley and Charles A. Dana (New York: D. Appleton and Company, 1874), 559.

(27) Ian C. Ruxton, ed., *The Diaries and Letters of Sir Ernest Mason Satow (1843-1929): A Scholar-Diplomat in East Asia* (Lewiston, N.Y.: The Edwin Mellen Press, 1998), 139.

(28) Gustave Lavieuville, *Essai de psychologie japonaise; la race des dieux* (Paris: Augustin Challamel, 1908), 51-52.

(29) Michel Revon, *Anthologie de la litérature japonaise des origins au XXe siécle*, fifth edition (Paris: Delagrave, 1923), 177.

(30) Raymond M. Weaver, "The Miscellany of a Japanese Priest," *The Bookman* (New York) 48, no. 6 (January 1919):590.

(31) Oswald White, "A Classic of Feudal Japan," *The Living Age* 312 (January 7, 1922): 49.

(32) Bruce Lancaster, "Nihongo — The Japanese Language," *The Atlantic Monthly* 173, no. 5 (May 1944): 104.
(33) *Dizionario Letterario Bompiani delle opera e dei personaggi di tutti i tempi e di tutte le letterature*, vol. 3 (Milano: Valentino Bompiani, 1947-1950), 568.
(34) *Dictionnaire des oeuvres de tous les temps et de tous les pays*, vol. 2 (Paris: Société d'Édition de Dictionnaires et Encyclopédies, 1955), 444.
(35) ドナルド・キーン「西洋人の源氏物語の鑑賞」、『文学』二十二巻二号、一九五四年二月、一～五ページ。
(36) Gert Woerner, ed., *Kindlers Literatur Lexikon*, vol. 3 (Zürich: Kindler, 1965-1972), 603.
(37) Edward Seidensticker, "Las libertades de Arthur Waley," translated by Montserrat Millán, Quimera 19 (May 1982): 36.
(38) Christine Brooke-Rose, *Textermination* (New York: New Directions, 1992), 67-68. 初版は一九九一年刊。
(39) La Commission Impériale Japonaise, ed., *Le Japon a l'exposition universelle de 1878* (Paris: La Commission Impériale du Japon, 1878), 65.
(40) Commission Impériale Japonaise, ed., *Les langues et la céramique du Japon* (Yokohama: Commission Impériale Japonaise, 1879), 4.
(41) Sir Edward J. Reed, Japan: *Its History, Traditions, and Religions with the Narrative of a Visit in 1879*, vol. 2 (London: John Murray, 1880), 33.
(42) "Odds and Ends," *Routledge's Every Girl's Annual* (London) 27 (1880?): 240.
(43) Anonymous, *Le Japon artistique et littéraire* (Paris: Alphonse Lemerre, 1879), 6; Edmond de Goncourt, *La maison d'un artiste*, vol. 2 (Paris: G. Charpentier, 1881), 310.
(44) Wenceslau de Moraes, *Dai-Nippon: O Grande Japão* (Lisbon: Imprensa Nacional, 1897), 100.

末松謙澄と『源氏物語』

ロマンスと歴史書

末松謙澄は安政二年、一八五五年に豊前に生まれ、十一歳から漢学者の村上仏山の私塾に入学し、漢文の勉強に励んだ。十七歳に上京した際、高橋是清と知り合い、漢文を教えるかわりに、高橋に英語を教わることになった。英語の教材として使ったのは当時の日本でよく読まれていた『ピーター・パーレーの万国史』という本である。末松は勉強家で、たちまち英語が読めるようになり、高橋と二人で外国の新聞記事を和訳し、新聞に売り込む仕事を始めた。上京して一年目、一八七四年から、末松は当時最大手の大新聞である『東京日々新聞』に入社し、そこで『東京日々新聞』の社長である福地桜痴を通して伊藤博文に紹介され、一八七八年に、伊藤によってイギリスに派遣されている。[1] イギリスでは主に海外からの情報を取捨し、伊藤に伝達する役割を任されたようである。[2] さらに、日本を出発する前日修史館から、イギリスとフランスの歴史研究法を学んで来い、というもう一つの重要な仕事を依頼されている。[3] 以上が簡単な末松の経歴である。

これまで、末松の『源氏物語』抄訳に言及する論文は、例外なく、末松自身による序文の政治性に注目してきた。特に次の箇所が良く引用される。「概ね、私の最大の目的は、読者に娯楽を提供するのではなく、人間性を追求した文章を提供することにあり、それから、凡そ千年前の私の母国が社会的に政治的にどのような状況にあったか、歴史的な情報を提供することにあるのです。そして中世および現代ヨーロッパと日本とを比べていただければと思っています。[4]」つまり、末松は『源氏物語』の読者に、中世ヨーロッパに、あるいは現代ヨーロッパに比べても見劣りしない、極めて文化的で文明的な意識を平安時代の宮廷生活から発見してほしいと考えていたわけである。言うまでもなく、この淡々とした意思表明の裏には、強固な政治的意志がある。一八八二年一月から、外務大臣の井上馨の努力により不平等条約改正の交渉に当たり数回の予備会議が開かれていたこともあり、日本が文明国かどうか、というのは『源氏物語』の末松訳が出版された当時はまさに時の話題であった。以前、米国の代表が英米仏欄との改税約書の改正を提案した際、拒否したのはイギリスの外務大臣だったので、何よりイギリスの読者の日本への意識を変え、イギリス政府の対日政策に変化をもたらす必要があったのである。[5]

引用した箇所には、政治的な含意があるには違いないのだが、しかし少し視点を変えると、つまり、末松自身が『源氏物語』をどう読んでいたのか、という視点から考えると、また別の解釈も可能かと思われる。「最大の目的は、読者に娯楽を提供するよりも、（中略）歴史的な情報を提供することにある」と末松は書いている。文脈の流れの中から考えると、この箇所からは、源氏をフィクションとしてではなく、一種の史書として読んでもらいたい、という末松の意志が、はっきりと読み取れるのではないだろうか。実際、末松は紫式部とフィクションとしての『源氏物語』にかなり懐疑的な態度を取っている。

話の流れは、しばしば冗長にして、些か纏まりが悪いという感があります。この欠点は、恐らく体系的に内容をまとめる能力よりも、作者の想像力の飛躍が勝っていた所為で、本来ならまとめあげるべき箇所で、想像に圧倒され、流されてしまうことがよくあるのです。その反面、現代構文に倣って書かれていたならば、もっと長くしてずいぶんと興味のあるものに仕上げられたはずの会話を、ほとんどの場合は、大層乏しいものにしてしまっております。また、作品そのものも、長すぎます。（中略）作者は時系列に添って、話を展開したわけではなく、それぞれの章にまとまった一つの思想を盛り込もうとして発展させたかのようです。実際章の通し番号も提供されていません。…近代西洋のセンセーショナルロマンス（扇情的小説）のような、読者を湧き立たせる大変緻密なプロットが組まれているわけでもない。(6)

『源氏物語』を読むことで、読者が「近代西洋の扇情的小説《センセーショナルロマンス》」を読むような娯楽を味わえるか、ということに関しては、末松は明らかに懐疑的である。序文の最初の方でも、『源氏物語』を六〇年、七〇年以前に日本で出版された作品と比べ、「物語としてはこれら最近のものの方が古典小説より構成が優れている。」と評価している。(7)

しかし、末松は『源氏物語』を評価していないわけでも史書としての価値しか認めていないわけでもない。ここにはもっと複雑な真意があるように思われる。末松が『源氏物語』を「近代西洋の扇情的小説《センセーショナルロマンス》」や芸術として全く評価されていない近世日本の読本や合巻などと区別しているのは、言ってみれば坪内逍遥が『小説神髄』の中で、近年のロマンスとは一線を画する概念として「真正の物語《ロマンス》」について語ったのと通じる所がある。つまり、末松も「真正の物語」として『源氏物語』を評価しているのである。実際、彼の意図する所の「真正の物語」の価値を末松は『源氏物語』を引用して以下のように説明する。

　作者紫式部が常に抱いていた意図は、この作品の主人公の口を通じてかなり詳らかに読者に伝達されております。源氏はこう言います。「ありふれた歴史書は出来事を一面的に記録するだけのものです。社会の真の姿に光を当ててくれるものではありません。これはまさにロマンスの存在意義です。ロマンスは作り物語でありながら、しかし常に純然たる創造の産物とは限りません。作者は沢山の実在人物の中から最も善なる者を善を表すために抽出し、人を笑わせる為には最も滑稽な者を選び出すのです。これこそが、現実との最も際立った違いでしょう。」

このような文章から、この女流作家がロマンスの作家の真の使命を熟知しており、作品の中にこの思想を再現したことがいとも簡単に分かるでしょう(8)。

末松はここで、『源氏物語』「蛍」の巻の源氏が玉鬘にやや高慢に物語というものの性質について語って聞かせる有名な場面を引用している。最初は「あなむつかし、女こそ、うるさがらす、人にあざむかれんと生まれたるなれ」とおちょくるが、その後すぐ、彼女の気持ちを惹くために今度は物語を賞賛しはじめる。末松はこの物語背景を無視し、源氏の物語賞賛のみを取り上げ、そこに紫式部自身の物語観が端的に表されているのだと指摘する。更に付け加えると、末松はヴィクトリア朝の読者の文学観、特に「リアリズム」の概念に通じる言葉を選んでこの場面を書き直している。彼の翻訳姿勢は、例えば末松が翻訳する際に原文として使った『湖月抄』の本文と付き合わせてみると、明らかである。

日本紀などはたゞかたそばぞかし．これにこそみち〳〵しくくはしきことはあらめとてわらひ給．その人のうへとて．ありのまゝにいひ出ることこそなけれ．（中略）よきさまにいふとては．よきことの限をえり出．人にしたがはんとては．またあしきさまのめづらしきことをとりあつめたる．みなかたくにつけたる．此世の外のことならずかし．(9)

比べてみるといかに末松の翻訳が意訳になっているかが分かる。何行も飛ばして訳しており、「これこそが、現実との最も際立った違いでしょう」という文句が挿入され、また対応部分も随分表現が異なる。日本語の原文では玉鬘が読んでいる物語類が「『日本紀』など」と比較されており、定義やジャンル意識というものは曖昧である。これに対し、末松訳では単なる史書とロマンスとを対極に位置するものとしっかり定義づけてから話を進めている。ちなみに末松は源氏訳の副題としても「最も優れた日本の古典的ロマンス」という言葉を用いているが、明らかにここでのロマンスという言葉は、国家にとっての歴史物語に準ずるものとして『源氏物語』の重要性を説くために用いられており、源氏をアーサー王、カール大帝、デートリッヒなどと並列できるものとして捉えている。(10) 末松のロマンスの背後にある糸を探ると、なぜ「真正の物語《ロマンス》」を、当時大流行していた低級な「扇情的小説《センセーショナルロマンス》」と区別したかが分かる。歴史とロマンスの区分はヴィクトリア朝時代のイギリスにおける文学史観に基づいている。例えば、アンナ・バックランドという人物が末松の英訳『源氏物語』と同年に出版した『イギリス文学の話』にも、「ノルマン人の侵略後、我々の文学は二種類のジャンルによって豊かな発展を見た。すなわち、個人の人生を語るロマンス、そして国家を語る歴史や物語である。」とある。(11) 末松の『源氏物語』の位置づけにはヴィクトリア朝の文学観が色濃く影を落としているのである。

同時に、この歴史とロマンスという組み合わせは、末松の記憶に刻まれていた、江戸期の日本における中国伝来の文学観の中の区分、つまり『日本紀』などの正史と、稗史としての小説類の区分にも、うまく重なることも見逃せない。つまり、先程引用した末松の序文の一節では、平安朝、ヴィクトリア朝、そして江戸時代の文学観が複雑に重なり、入り交じり、一つになっているのである。

『源氏物語』をロマンスとして捉えるべく、末松は源氏の物語論を意識的にロマンスという定義に近づけている。「みちくしくくわしきこと」という様々な意味でとれる箇所を、「社会の真のあり方」と具体的な概念へと解釈を変えている。そして、原文からこのような表現を導き出しているようでありながらも、「様々な実在する人物の中に」などの挿入句を自由に差し挟んでおり、原文よりずっと積極的に物語の登場人物が実在の人物に基づいて描かれていることを強調している。これは、源氏を、作者紫式部の意志の代弁者とする末松の考えの延長線上にある。そして、物語として『源氏物語』は完璧でないにしても、末松は読者にこの作品を平安時代の社会・文化資料、歴史的なロマンス（現代的に言えば、一種の歴史小説）として味わってほしいと考えているわけである。それゆえに、序文の中で「実際、紫式部の物語ほど鮮やかに当時の社会を伝えてくれる歴史書はない。」と強調しているのである。(12)

この歴史資料としての『源氏物語』という考え方は、ロンドンに到着してから歴史の方法論を学んでいた末松の学術的興味を反映していたと考えてよいであろう。この意識が序文にも、作品の翻訳にも強く打ち出されている。更に指摘したいのは、末松が作者意識、つまり紫式部の平安社会への意識や思想に注目したことで、今度は読者にも紫式部という存在を強く印象づけることになったことである。作品以上に、作者である紫式部に注目が集まるようになった。具体的に言えば、末松がもともと『源氏物語』という作品を通じて伝達しようとしていた政治的、歴史的な役割の先端を女流作家としての紫式部が担うことになったのである。このことを末松の訳だけではなく、出版社の宣伝などの周辺メディアの影響も含めて、以下に論じる。

紫式部像と末松訳

末松訳以前も、一八七〇年代から紫式部という作者と『源氏物語』の存在は西洋で知られていた。情報を収集するためにイギリスに派遣された、鋭い観察眼の持ち主であった末松は、もちろんそのことをよく知っていた。末松は序文の冒頭を、まさにそこから書き起こしているのである。

この翻訳の原文、『源氏物語』は日本文学を代表する作品であり、何世紀にも亘って国の宝とされてきました。この作品の題名は我が国に言及するほぼすべてのヨーロッパの書物の中に引用されているので、日本に関心があるヨーロッパの方の間では当然知られていないわけではありません。この作品は女性によって書かれており、その文体から、彼女は日本が生んだこれまでで最も才ある女性として認識されてきたのです。[13]

これ以降も三ページに亘り、序文の半分ほどが紫式部の記述で占められている。家系から、名前の由来、それからどのように『源氏物語』が書かれるようになったかを、英語でこれまで書かれてきたどの解説よりも詳しく記述している。そしてその後で、「多くのヨーロッパの方々はお気づきだろうと思いますが、漆の工芸品や他の美術品に、細い指に筆を握って文机に座り、湖に映る月を眺めている女性が描かれています。この女性こそが正にかの紫式部なのです。」と、ヨーロッパに流通する工芸品にもいかに紫式部が描かれているか、ということを述べている。[14]

紫式部の作者像が『源氏物語』受容において、既に大きな位置を占めていたのを意識していたのは末松だけではない。末松訳を刊行した出版社であり、大変影響力のあった学術出版局トリュブナー社も、紫式部像に注目している。管見の中で、最も早い『源氏物語』の英語出版に関する広告は、週刊雑誌『文学界』に一八八一年十一月十九日に掲載されたもので、トリュブナー社からの情報に基づいたものだと思われる。これはまさにこれは紫式部に注目した宣伝になっている。

イギリスのケンブリッジに留学中の日本学生K・末松は、純粋な古典日本語を代表する古典作品である『源氏物語』の翻訳に取りかかっている。紀元後一〇〇四年に、京都の朝廷の仕える女性であった紫式部によって書かれた作品である。『源氏物語』は五四帖の短い章から成り立っている。アメリカへの輸出用に東京で製造される屏風や扇子の人気の高い絵のほとんどは、いまだに日本人に愛され続けるこの古典的な恋愛物語からとられているのだ。[15]

この本の宣伝が一八八二年の二月号のトリュブナー社「月刊リスト」に初めて掲載された際、先ほどの末松の序文の冒頭がほぼそのまま引用され、最後は紫式部は「日本が生んだこれまでで最も才ある女性として認識されてきた」という一文で締めくくられた。[16]

さらに、紫式部が石山寺で執筆に励んでいる姿が装幀の重要なテーマになった（次ページ図参照）。赤いカバーの上の方に黒で『源氏物語』と題名が、毛筆を思い起こさせる、一般的に東洋的なフォントとされる文字で書かれている。中央の少し右寄りには銀色の月が琵琶湖の上にかかっている。月の周りには雲がちらしてあり、月を曇らせずに、しかし銀箔が少しぼかされているので、おぼろ月のような印象を受ける。湖面の波に映る月光は絶妙に捉えられており、版木に彫ったようなわざと荒削りのままの波に対して、静かで落ち着いた雰囲気を醸し出している。月の真下、つまり紫式部が座って外を眺めているであろう建物の屋根にも、岩の突出部分にも月の光があたっているのが銀箔で表されている。ここでも中心にいるのは紫式部自身である。

『Genji monogatari : the most celebrated of the Classicl Japanese romances / translated by Suyematz Kenchio』(1882年)
京都外国語大学付属図書館所蔵

末松訳の受容

末松の『源氏物語』は、一般的にあまり大きな影響を与えたものではないと、考えられてきた。しかしこれは、実際の受容とはかなりかけ離れた見解ではないか、と思われる。現に、調べてみたところ、今まで知られていたものの他にも、かなりの再版や重訳が様々な言語で出されていたことが分かった。例えば一八八二年から一九三四年まで（ちなみに一九三四年はウェイリー訳の『源氏物語』の最終巻が出版されるその次の年だが）の間に、日本とアメリカで末松訳の三つの再版が出版されており、そしてまた一度は末松の訳がそっくりそのままドイツ語にも重訳されている。マクシミラン・ミュラーヤブシュが「源氏皇太子の冒険」（一九一一年序）という題でドイツ語に書き換え、末松の序文の代わりに自分で序を施している。末松の最初の五章は更に、一九一七年に出版されたチャールズ・ホルンの『東洋の神聖なる書と古代の文学』一四巻のひとつに収められ、また、ロジャー・リオルダンと高柳東蔵の『夜明の物語』という本の中にも、かなり要約された「帚木」の章、また「夕顔」、「末摘花」、「若紫」をめぐる部分が「雨夜の討論」と「源氏の更なる冒険」という二章に分けられて入れられている。アルベーデ・バリネは更に末松訳の中から「桐壺」「帚木」そして「夕顔」の一部を仏訳し、これを一八八三年四月十四日の『フランスおよび海外の政治・文学レビュー』に収め、また一八八八年には彼女の『エッセーとファンタシー』という本の中に再度収録している。(17)

新版の出版、テクストの再訳はかなりの労力と予算とを必要とする作業である。これらの新版、再訳の存在だけからも末松の『源氏物語』の出版が反響を生んだということが伺えるかと思われる。しかしこれだけあれば、もっと何かあるのではないか、翻訳作品の再版よりもっとコストも低く、労力も少ない形で表れた反響もあったのではないか、と思い、探した所、書評類、新聞や雑誌の記事などから末松の英訳『源氏物語』への反響を見つけることができた。末松の英訳に関して、今までは六本の存在しか知られていなかったが、最低でも一五本の書評が出ているのである。そしてほとんどの場合、評者や読者の意見は訳文、さらには本を構成している序文やカバー、本を巡る宣伝などに影響されていることがよく分かる。以上、『源氏物語』を世に出すにあたり末松とトリュブナー社が女流作家としての紫式部に焦点を当て、また末松が『源氏物語』を物語としてではなく、古代日本社会の実像を映す歴史ロマンスとしていたことを指摘した。末松訳『源氏物語』の書評もまさに、出版戦略と末松のロマンスとしての『源氏物語』評価の影響を受け、女流作家紫式部と『源氏物語』の歴史資料としての価値という、この二点を強調するものになっているのである。ここでは書評を詳しく紹介することはできないが、末松の序文を断りもせずに、そのまま引用しているケースもあれば、引用こそしないが末松の見解をそのまま踏襲し、歴史資料としての価値と、紫式部が女性であることに言及したものが多い。末松の源氏観は波紋のように広がっていったのである。そして先ほども少しふれたように、紫式部と歴史意識の二つの視点が強固に結びつくことで、今度は女流作家紫式部という歴史的資料、歴史の中の紫式部の位置づけが注目されるようになった。作者としての紫式部の知名度は、日本の歴史の中で女性がいかなる社会的地位を築いてきたか、という議論の中に引用展開されるようになるのである。横浜で丸善の前身であるZ.P. Maruyaが一八九四年に輸入した末松訳を最低限の改訂を施して再出版したことも影響したのか、特に一八九〇年代中盤からは、このような視点が確立してゆく。言うまでもなく、一八九〇年代からフェミニズム運動が始まったのも、無関係ではない。

末松謙澄がウエイリー『源氏物語』が出版されてから、アーサー・ウェイリーの新訳が出る以前の四〇年に亘る『源氏物語』の言説の輪郭を辿ってきたが、ここまで見てきた言説の流通にすでに、『源氏物語』が日本を代表する古典として他言語圏でも読まれるようになった。つまり世界文学としての黎明期の兆しを垣間見ることができる。書評の多くは、『源氏物語』が物語としては面白くないとしながらも、やはり他国の古典と対置されるのに相応しい日本の古典だという目で『源氏物語』を捉えている。例えば、『ジャパン・ガゼット』は、「千年近くに亘って『源氏』の物語を守ってきた日本という国は（中略）脳を刺激してくれる知的栄養には乏しい。」と書いた後で、「しかしこれは正当な評価ではないだろう。ボッカチオはイタリアの古典であるが、すべてのイタリアの古典がボッカチオのようだというわけではない。」とも書いている。[18]雑誌『ハーパーズ』には「ル・セージの小説がスペインで、バルザックがフランスで、サッカレーがイギリスで知られているのと同じように『源氏物語』は日本で知られている。」という書評があった。[19]日本の作家である紫式部もまた、この時期にはボッカチオ、ル・セージ、バルザック、サッカレーなど、世界の偉大な作家の一人として数えられているのである。

もっと極端な例だが、W・Gアストンは一八九九年に出版された『日本文学史』の中で、『源氏物語』が中国の文学作品よりも優れており、またヨーロッパの傑作小説とも肩を並べると考えているという日本の研究者を批判し、極端な日本びいきでなければ「紫式部をフィールディング、サッカレー、ビクトル・ヒューゴー、デュマ、セルバンテスと同じレベルに並べることはできないだろう」と書いている。[20] こんな批判的な見解でさえ、世界の名作と『源氏物語』の比較が可能である、という前提から出発しているということに注目いただきたい。つまり、どの国にも古典として認識されている作品群があり、それを横並びに比べることができるという前提である。実際、この前年にアストンはロンドンのジャパン・ソサエティーでの「日本の古典文学」という講演を、このような世界文学観を擁護する内容で始めている。

日本に「古典」と呼べる小説があるかどうかという質問を、この論文のタイトルが呼び起こすでしょう。私はこれを肯定したいと思います。日本を対象として扱う場合に良くあるように、「古典」という概念もまた従来とは少し違う意味で捉えなければいけないかもしれません。ギリシャやローマの古典文学に匹敵するようなものを東洋の国から見つけ出すのは難しいです。しかし古典となるために必要な素質は、探し出せば備わっていることが分かると私は思っています。[21]

実は、才能ある女性としての紫式部という言説もまた、『源氏物語』を世界文学の一作品に押し上げるために貢献してきた。日本での女性の地位に関する議論の中に紫式部が引用される度、この作者の世界の中での知名度（といってもこの時点では主にヨーロッパ、イギリス、アメリカだけだが）再認識される。レジナルド・ファラーという人が一九〇四年に出版した「芸者に関する研究」の中の紫式部の引用もこのことを示唆している。「妻というのは知的であることを許されない唯一の社会的立場である。日本は多くの女流詩人と作家を生み出してきたが、その中でも清少納言と紫式部は世界でも上位に属している。しかしこれらの詩人と作家も皆、公的には未婚であったり、不幸な結婚をしていたり、またはこれみよがしに放蕩な生き方をしてきたのである」とファラーは書く。(22) 日本女性への否定的な態度を取りつつも、やはり『源氏物語』が世界文学であるという前提で、紫式部をこのような場所にも登場させているのである。

以上、末松謙澄の英訳『源氏物語』が出版されたことにより、『源氏物語』が海外において初めて世界文学として、日本を代表する古典として意識されるようになり、主に平安朝の貴族社会を写実的に描いた歴史小説として評価されてきたことを論じた。末松の時代とは違い、『源氏物語』は現在、多くの言語圏で大変優れた文学作品として読まれている。もちろん筆者も『源氏物語』を優れた作品だと思っている。この意識は、作品自体の評価でありながら、ここまで述べてきた末松謙澄を通じた『源氏物語』の歴史作品としての世界文学の在り方から、アーサー・ウェイリーの翻訳が出版されて以降の受容の方向性の転換も多分に影響している。その意味で『源氏物語』受容の研究は、ある意味、私たち『源氏物語』の研究者自身の来歴の研究でもあると言えるだろう。『源氏物語』を平安朝の歴史的な背景から論じるという視点も、歴史的に構築されたものであった。ここでその一端を示すことが出来たのであれば、幸いである。

(注)

(1) 末松の青年時代とイギリス留学については、玉江彦太郎著『青萍・末松謙澄の生涯』(葦書房、一九八五年刊) 第一章を参照されたい。

(2) Margaret Mehl, "Suematsu Kenchō in Britain, 1878-1886," *Japan Forum* 5, no. 2 (October 1993): 174.

(3) 玉江彦太郎著『青萍・末松謙澄の生涯』(葦書房、一九八五年刊) 五七ページ。

(4) [Murasaki Shikibu,] *Genji Monogatari: The Most Celebrated of the Classical Japanese Romances*, translated by Suyematz Kenchio (London: Trübner & Co., 1882), xvi.

(5) Michael R. Auslin, *Negotiating with Imperialism: The Unequal Treaties and the Culture of Japanese Diplomacy* (Cambridge, Massachusetts: Harvard University Press, 2004), 198-199.

(6) [Murasaki Shikibu,] *Genji Monogatari: The Most Celebrated of the Classical Japanese Romances*, translated by Suyematz Kenchio (London: Trübner & Co., 1882), xv-xvi.

(7) [Murasaki Shikibu,] *Genji Monogatari: The Most Celebrated of the Classical Japanese Romances*, translated by Suyematz Kenchio (London: Trübner & Co., 1882), xv.

（8）[Murasaki Shikibu,] *Genji Monogatari: The Most Celebrated of the Classical Japanese Romances*, translated by Suyematz Kenchio (London: Trübner & Co., 1882), xii-xiii.

（9）北村季吟編注『源氏物語湖月抄』（一六七三）「蛍」一七オ～ウ

（10）“As Arthur is the centre of British romance and Charlemagne of French romance, so Diderick is the central figure of the German minnesingers.” E. Cobham Brewer, *The Reader's Handbook of Allusions, References, Plots and Stories*, third edition, corrected and enlarged (London: Chatto and Windus, 1882), 252.

（11）Anna Buckland, *The Story of English Literature* (London: Cassell, Petter, Galpin & Co., 1882), 20.

（12）[Murasaki Shikibu,] *Genji Monogatari: The Most Celebrated of the Classical Japanese Romances*, translated by Suyematz Kenchio (London: Trübner & Co., 1882), xiv.

（13）[Murasaki Shikibu,] *Genji Monogatari: The Most Celebrated of the Classical Japanese Romances*, translated by Suyematz Kenchio (London: Trübner & Co., 1882), ix.

（14）[Murasaki Shikibu,] *Genji Monogatari: The Most Celebrated of the Classical Japanese Romances*, translated by Suyematz Kenchio (London: Trübner & Co., 1882), xii.

（15）Untitled notice, *The Literary World* (Boston, Mass.) 7, no. 24 (November 19, 1881): 424.

（16）“Genji Monogatari: The Most Celebrated of the Classical Japanese Romances,” *Trübner & Co.'s Monthly List* 6, no. 2 (February, 1882): 13.

（17）再版、重訳、抜粋、翻案の書誌情報は以下の通りである。[Murasaki Shikibu,] *Genji Monogatari: The Most Celebrated of the Classical Japanese Romances*, translated by Suyematz Kenchio (Yokohama, Tokyo and Osaka: Z. P. Maruya & Co., Ltd., 1894); Epiphanius Wilson, ed., *Japanese Literature* (London and New

York: The Colonial Press, 1900); [Murasaki Shikibu,] *Genji Monogatari (I) Kiri-Tsubo, Hahaki-Gi, Voots-Semi*, translated by Kenchio Suyemats (Tokyo: San Kaku Sha, 1934); Murasaki Shikibu, *Die Abenteuer des Prinzen Genji*, translated from Suematsu Kenchō's English translation by Maximilian Müller-Jabusch (München: Albert Langen, ca. 1912); Roger Riordan and Tozo Takayanagi, *Sunrise Stories* (New York: Charles Scribner's Sons, 1896); Arvède Barine, "La haute société japonaise au Xe siècle: Un don Juan japonais," *Revue politique et littéraire de la France et de l'étranger*, 3rd series, no. 15 (April 4, 1883): 450-465; Arvède Barine, "Un don Juan japonais," in *Essais et fantaisies* (Paris: Librairie Hachette et Cie, 1888), 243-277. なお、三谷邦明氏は『国文学解釈と鑑賞』第四八号一〇号所収「明治期の源氏物語研究」の中で末松訳のオランダ語への重訳に言及しているが、そのような訳が存在した痕跡が見つからず、美術誌に掲載された以下の短いエッセイを重訳だと勘違いしたのではないかと考えられる。M. W. de Visser, "De Genji Monogatari," *Oude Kunst* 4 (January 15, 1918): 106-111.

(18) 「Anonymous review of *Genji Monogatari*, by Suyematz Kenchio, *The Japan Gazette* (Yokohama), August 11, 1882, 61.

(19) [R.R. Bowker,] "Editor's Literary Record," *Harper's New Monthly Magazine* (European edition) 383, no. 65 (August, 1882): 471.

(20) W.G. Aston, *A History of Japanese Literature* (New York and London: D. Appleton and Company, 1889), 96-97.

(21) W.G. Aston, "The Classical Literature of Japan," *Transactions and Proceedings of The Japan Society, London*, vol. 4, part 4 (London: Kegan Paul, Trench, Trübner and Co., Ltd., 1899), 274.

(22) Reginald J. Farrer, "The Geisha: A Faithful Study," *The Nineteenth Century and After* 55, no. 326 (April, 1904): 632-633.

翻訳と現代語訳の交差点 世界文学としての『源氏物語』

源氏読まずの源氏知り

「源氏物語国際フォーラム」の間、世界中から多くの作家や研究者が集まり、非常に内容の濃い発表をされてきたわけですが、振り返ってみますと今回のシンポジウムでは最初から「世界」という言葉がテーマに掲げられてきたことに気がつきます。まずは「源氏物語という世界」、それから「源氏物語をめぐる世界」、そして今日のテーマは「世界の中の源氏物語」です。それぞれの「世界」が何を意味するのかということを考えてみるととても面白いのです。例えば「源氏物語という世界」といいますと『源氏物語』という作品自体がそのなかに一つの完結した世界をもち、発表を通じてその世界が蜃気楼のように立ち現れてくるというような印象を受けるのではないでしょうか。「源氏物語をめぐる世界」では作品が内包する世界ではなく、『源氏物語』という作品を取り巻く社会、文化、あるいは後代における受容が「世界」という言葉で括られているように思います。この文脈での「源氏物語をめぐる世界」とは、要するに日本のことを指しています。

それに対して「世界の中の源氏物語」の「世界」は、基本的に外国のことを指していると言って良いかと思います。中国語訳、英訳、仏訳、韓国語訳、オランダ語訳、またフィンランド語訳、さまざまな外国語訳を通して『源氏物語』が世界の多くの人々に読まれ、親しまれ、新たな解釈を加えられて、またときには後日談などが書き加えられたりします。「世界の中の源氏物語」とはそのような存在です。そして言語や文化を超境する受容をこのように言い換えることもできます。『源氏物語』が世界文学として流通している、と。今や『源氏物語』は世界文学の傑作として揺るぎない位置を確立しており、まさにそれが今日のテーマである「世界の中の源氏物語」の意味するところではないかと考えています。私の発表では『源氏物語』が世界文学となる経緯を探るとともに、日本の受容史にもこの世界文学の観念が深く関わっていることを指摘したいと思っています。

『源氏物語』はどのようにして世界文学になり得たのでしょうか。当然ながら世界中の読者がみんな原文で読んでいるわけではありません。『源氏物語』が世界文学として認識されるのは翻訳を通してであり、基本的に翻訳をおいては世界文学としての『源氏物語』は存在することはできません。アーサー・ウェイリーの英訳は、第一巻が刊行された一九二五年から英語圏で好評を博し、さらにフランス語、ドイツ語、イタリア語、ハンガリー語、スウェーデン語、オランダ語にも重訳されました。この一連の翻訳、そして重訳を通して『源氏物語』は初めて世界文学として読まれるようになったといえると思います。実際、当時の書評からその意識が伺えますし、英訳の第一巻の序文の最後に、ヨーロッパの小説に比べても世界の最高傑作の一二編中の一編として数えられるべき作品だと書いています。こうして一九二〇年代後半から三〇年代にかけて、『源氏物語』が翻訳を通して初めて欧米を中心に世界文学として生まれ変わりました。

しかし、ここでまた面白いことが起きます。いったん、世界文学として認められますと、『源氏物語』が新たな基礎教養のような意味合いをもつようになります。こんな長い作品を読破するのはちょっと骨が折れるという人でも、一応その粗筋、せめて主要な登場人物の名前ぐらいは知っておきたいという気持ちになるわけです。少なくとも光源氏という大層魅力的な男性がいて、多くの女性と和歌を詠み交わし、ロマンに生きるというような大まかな概要だけでも押さえておきたい。何かの折に役に立つかもしれない。そこで『源氏物語』について最低限の知識を楽しく身につけられる方法、『源氏物語』の面白さを少しだけ教えてくれる、原文よりもアクセスしやすい書き換えのようなものが必要になってきます。つまり『源氏物語』が翻訳を通して世界文学として位置づけられるようになると、翻訳だけでは間に合わなくなってしまうのです。

日本でも与謝野晶子、窪田空穂、谷崎潤一郎、円地文子、橋本治、瀬戸内寂聴などの作家をはじめとして大勢の方々が『源氏物語』の現代語訳を手がけてこられ、これらの訳が近代と現代日本における『源氏物語』の受容、つまり『源氏物語』の国文学としての受容に大きく貢献してきました。ただ、これだけでは間に合わないために、さらに『源氏物語』を素材にした歌舞伎、映画、ラジオドラマ、テレビドラマ、宝塚のミュージカル、近代劇、オペラ、マンガ、アニメ、ダイジェスト版の『源氏物語』、源氏物語占い、ケータイ小説版の『源氏物語』、CD-ROM、二〇〇〇円札、新聞記事、雑誌記事、NHKスペシャルなどが出ております。硬貨もできるそうです。あるいはごく稀にですが、たまには「源氏物語千年紀」の国際フォーラムというような催しもあったりします。これらは『源氏物語』の浸透を促すのに大いに貢献するわけです。

もちろん外国においてはこれほど『源氏物語』を素材にした商品が豊富なわけではありません。し、外国のテレビ番組や新聞記事で『源氏物語』が頻繁に取り上げられるわけではありません。しかし程度の差こそあれ、日本においても、外国においても『源氏物語』が訳文を通して鑑賞されると同時に、本で読もうと思わない人たちにもダイジェスト版やテレビ番組、さまざまなメディアを通して、日本文学を代表する名高い作品として認知されています。その意味で、一見かなり違う文脈で流通し、読まれているように見える外国語訳と現代語訳は、実は同じように『源氏物語』を日本の代表的な古典文学、つまり世界文学としてイメージづけるさまざまな言説と関わっています。いってみれば世界文学という土俵において外国語訳と現代語訳の現状は交差するようなところがあるのです。

このようなことを江戸時代の戯作者である笠亭仙果《りゅうていせんか》が、『足利絹手染之紫《あしかがぎぬてぞめのむらさき》』という作品のなかで「源氏読まずの源氏知り」という言葉で表現しました。これは当時大人気であった柳亭種彦の『修紫田舎源氏《にせむらさきいなかげんじ》』を読むことで『源氏物語』を知った人がたくさんいたという現象を大変喜んで書いているわけなのですが、これはなかなかいい言葉だと思っています。ある意味、現代の『源氏物語』受容にも当てはまるように思われます。現代における『源氏物語』の存在、そして世界文学としての『源氏物語』とは、『源氏物語』を隅々まで読み尽くしている読者だけではなく、さまざまな文化、言語圏の「源氏読まずの源氏知り」を巻き込んで展開しているのです。

さて、外国では『源氏物語』は具体的にどんな作品なのか、翻訳以外の方法で『源氏物語』がどのようにして誰もが知るべき世界文学の傑作として印象づけられるのかを皆さんにご理解いただくために、英語圏から一つ、やや極端な例を紹介させていただきたいと思います。

先ほどこのシンポジウムの「世界」という言葉に注目しましたが、この作品は「世界」のレベルを超えて地球そのものからも離れた宇宙規模の『源氏物語』構想です。ロバート・シルヴァーバーグというSF作家が一九九二年に出版した小説で『ムラサキ』というものがあります。シルヴァーバーグが編集者の役割を務め、共有世界の連作小説（シェアド・ワールド・アンソロジー）という形式で書かれています。私はSFにあまり詳しくないのですが、何人かの作家が同じ設定、同じ世界をベースにした短編をそれぞれに提供し、それを連作小説としてまとめあげるというものだそうです。

おおまかな概要を申しあげますと、日本人の天文学者がある赤色矮星を発見し、ひょんなことに紫式部と『源氏物語』への敬意を込めて星に「ムラサキ」という名をつけるというところから物語は始まります。さらにムラサキの周りを周回する二つの惑星を「ゲンジ」と「トウノチュウジョウ」とするのです。『ムラサキ』という小説ではこの惑星ゲンジと、トウノチュウジョウを舞台に、そこに両惑星に住む宇宙動物や宇宙船でやって来てそれぞれの惑星にゲンジ人とチュウジョウ人の一〇〇年にわたる生活、冒険、歴史をダイナミックに綴っております。どんな源氏読まずの源氏知りでも楽しめる作品です。もちろんこのSF小説は『源氏物語』とは本質的には何の関係もありません。しかし私がここで強調したいのは、『源氏物語』そのものは『ムラサキ』の筋とはほとんど関係ないとはいえ、『源氏物語』が英語圏のSF愛読者にとっても基本設定、世界文学として認知されている、もしくは認知されるべきだと考えられていることです。『源氏物語』の世界文学としての価値がこのSF小説によってもさらに再認識されていることが大事なのです。先ほど『ムラサキ』が共有世界の連作小説というサブジャンルに属する作品だと説明しましたが、それは単純にはこの場合、六人の作者がみんな同じ設定を共有する六つの短編をつなげて一つの長編小説に織り上げているということを意味しますが、さらに深いところでは、世界文学というもう一つの共有世界を土台にして話がつくりあげられているということができます。

そして世界文学というものも、奇しくもこのような一見まったく関係がなさそうな、関係ない言説によって支えられていると思います。『源氏物語』が翻訳を通して読まれるのはもちろん、それと同時にまさに『ムラサキ』のような文脈が違う場所でも価値が確認され続ける。このようなプロセスを通じてさまざまな言語や文化のなかで広く記憶に留められていくのではないでしょうか。

末松謙澄訳の広がり

ここまで私は『源氏物語』が現在立派な世界文学になり得ていること、初めて世界文学になり得たのは一九二〇年代から三〇年代にかけてウェイリーの英訳とその重訳を通してであったこと。そして世界文学であり続けるためには、一見まったく関係なさそうなところでの再確認が必要だということを論じてきました。

しかし、ここで二つの疑問が浮かんできます。まずウェイリーの翻訳が最初の英訳ではないということです。実は一八八二年に末松謙澄という日本人が当時、まだ二七歳という若さで『源氏物語』の最初の一七巻を英訳してロンドンで出版しているのです。なぜ末松訳から『源氏物語』という世界文学が誕生しなかったのでしょうか。それからもう一つは、日本国内における国文学としての『源氏物語』の受容と、世界における世界文学としての受容をまったく切り離して考えられることができるのか、という先ほども少しふれた問題です。この二点をもう少し考えてみたいと思います。

末松謙澄の英訳は再版が出ておりますのでまだ手に入りますが、ほぼ忘れられているといっていいでしょう。抄訳ですし、いかにも一八八〇年代らしい古風なイギリス英語で書かれていますので、『源氏物語』を読むためにあえて末松訳を選ぶ一般読者はほとんどいないと思います。しかし今年の夏に二ヶ月ぐらいかけていろいろ調べてみたのですが、末松訳は実はわりと読まれていた形跡があるのです。一八八二年の初版がロンドンで出て、アメリカにも広まり、その一二年後にも再版が横浜で出版され、これもニューヨークに輸入され、ニューヨーク・タイムズなどの新聞に書評が出ています。また一九〇〇年には日本文学の英訳選集に納められ、一九三四年にもう一度日本で再版が出ております。

ほかの言語に関しては、初版が出た翌年の一八八三年には「桐壺」と「夕顔」の巻はフランス語で抄訳というよりも要約されていますし、末松の英訳が一九一一年にドイツ語に重訳されています。案外広く読まれていたのがわかります。しかし、ここでは詳しく立ち入る時間はないのですが、末松訳は世界文学として愛読されていたというよりも、平安時代の日本においては女性の地位が必ずしも低かったわけではないという歴史史料、いわば歴史的物証として扱われた場合が多いようです。末松自身も英訳の序文では、『源氏物語』はフィクションとしてはあまり評価はできないが、歴史史料としては参考になると書いています。

そして重要なのは、末松訳は海外では反響がありましたが、当時の日本ではほとんどその存在さえ知られておりませんでした。それは概していえば明治時代、大正時代においては『源氏物語』が日本では国文学の専門家以外、読者に広く享受されていなかったからです。末松謙澄が

『源氏物語』を訳しても、それがとくに注目すべきことだと一般には思われませんでした。実際、末松の人生と実績を紹介した明治時代の本、例えば『帝国博士列伝』『明治人物評伝』などいろいろあるのですが、どれ一つ、『源氏物語』の英訳に触れるものがないのです。末松が英語から和訳した大衆小説『谷間の姫百合』にはふれても『源氏物語』にはふれていないのです。

谷崎源氏の影響

もちろん一般の読者が『源氏物語』に対して無関心だったというわけではありません。例えば一八九〇年から九一年にかけて『源氏物語』全文が初めて『湖月抄』という形で活字にされ、なんと四つの版が一気に出回りはじめ、一時ブームになります。九月には末松謙澄と依田学海が『源氏物語』をめぐって、新聞で取り上げられるほどの論争を交わします。そして十月二十五日の「読売新聞」にはこれからの文学界現象を予言するコラムで、「来年夏までに古国文学の熱褪《さ》む源氏物語など珍重する者隠る」という予測があります。つまり当時『源氏物語』を珍重する人がたくさんいたことがわかります。一八九〇年代ですね。またそれが同時に少し異常な傾向として映ったということも読み取れます。

また一九一二年から一三年にかけて与謝野晶子が『新訳源氏物語』を出版し、これが非常によく売れたというのは周知のとおりです。ただ、このとき『源氏物語』はすでに日本文学を代表する傑作として広く長く読まれるものと意識されていたのでしょうか。つまり『源氏物語』が現代のような輝かしい位置を獲得していたのでしょうか。やはりそうではないようです。『源氏物語』が日本を代表する古典文学作品として認知されるようになるのは、どうも一九三九年から四一年のあいだに出版された「旧訳」と呼ばれる谷崎潤一郎の最初の現代語訳『潤一郎訳源氏物語』以来のことだといえるでしょう。予約出版で出されたこの本が戦争の最中で紙が足りなくなるほどのベストセラーになり、初めてこれこそ私たちが読むべき古典文学の最高峰だというイメージを一般の日本人に植えつけるのに成功したわけです。

ここでもう一つの疑問、日本の『源氏物語』受容と世界文学の問題が絡んでくるわけですが、この旧訳が日本国民の間に『源氏物語』の認識を深めたのには、中央公論社がその宣伝のなかで『源氏物語』を世界文学の傑作として印象づけることができたからだと私は考えております。いちばん最初に出版された広告にこの姿勢がよく表れております。

早くも外人間に源氏研究熱興る。源氏物語は、わが国家一の小説であるが、また世界文学としても、もっとも傑出した名作であり、末松青萍《せいひょう》（謙澄）、アストン、ウォーレー（ウェイリー）の諸氏によって英訳されているが、支那語訳を企画する人に銭稲孫《せんとうそん》氏がゐる。

というように書いてあります。また「古典文学の王者、世界最古の文学、あらゆる小説中での最大傑作と呼ばれる源氏物語」とあり、また「源氏物語を写実文学の典型となす人も、源氏物語を象徴文学の最高を往くものとする人も、共に等しく来って、新しき源氏物語より、真に日本的なる文学の精神を発見されたいのである」とあります。これらは『源氏物語』を世界文学という文脈のなかに置くことを通して、『源氏物語』を日本的なる文学として発見しています。

逆説のように見えるのですが、『源氏物語』が現代日本において本当に国民が共有し得る文学的な伝統、つまり国文学として認識されるためには、まず広い読者層に文学として認識される必要があったわけです。『源氏物語』が真にゆるぎない文学として人々に共有されるということは、『源氏物語』を世界文学として捉えることにほかならなかったのです。

ここでやっと私のタイトルである「翻訳と現代語訳の交差点」ということに言及できるのですが、現代日本における国文学としての『源氏物語』も深いところでは世界文学としての意識を内包しています。現代日本のなかに位置づけられている『源氏物語』も、世界のなかの『源氏物語』の一部で、そういう意味で世界文学という言説は翻訳としての『源氏物語』と、現代語訳で流通する『源氏物語』とが交差するところなのです。ご清聴どうもありがとうございます。

偐紫田舎源氏　こたつ向け読書案内

二〇〇八年の『源氏物語』千年紀騒ぎ、少し疲れましたね。新聞にもテレビにもケータイ小説にも、モグラ叩きのように光源氏が顔を出していたし、王朝ロマン香しい源氏物語ドリンクや、平安絵巻のようなあぶらとり紙まで店頭に並びました。確かに千年というのは記念すべき中継地点ですし、楽しかったけれども、もう新年だし、しばらくの間源氏のことは、いわば見ざる、言わざる、聞かざる、という風にさせていただきたい。さようなら去年の源氏フィーバー。『モンキービジネス』一月号でも読んでみようか。

と、目次を開いてみたら、『偐紫田舎源氏』なんてものが紛れ込んでいるではないか。でも、ご安心ください。この源氏はちょっと違うんです。『源氏物語』を取り入れ、十九世紀の一般読者が初めて『源氏物語』の世界に間接的に触れることができた作品だけれども、私がここで紹介したいのはもっと別の一面。やや『源氏物語』は食傷気味でも存分に楽しめる、推理小説のようなスリリングなプロットと、読者をぐいぐい引き込んでくれる素晴らしくリズム感のある文章、粋な絵、そしてなにより絵と文章が絶妙にかみ合って、最高に面白いマンガも、海外のいわゆるグラフィックノベルなども凌ぐ読者経験を可能にしてくれる、そんな『田舎源氏』の面白さなのです。

今日、江戸文学は一般的にはあまり読まれていないようで、そのなかでも合巻というジャンルの代表作、一八二九年から、天保の改革で奢侈禁止令に触れて絶版になる一八四二年まで続いた、柳亭種彦《りゅうていたねひこ》と歌川国貞《うたがわくにさだ》の共作『修紫田舎源氏《にせむらさきいなかげんじ》』は、もはや忘却の彼方に押しやられてしまった感がある。例えば、文章主体の読本というジャンルに属する曲亭馬琴《きょくていばきん》の『南総里見八犬伝《なんそうさとみはっけんでん》』は、歌舞伎として上演されたり、たまに映画やアニメになったり、最近では古川日出男の「8ドッグス」にも使われて生き続けている。けれども、『田舎源氏』の脚色といえば、一九四八年五月上演の宝塚歌劇以来、何もないように思う。当時は一万から一万五千部くらい売れた大ベストセラーで、フルカラーに引き延ばした『田舎源氏』の絵が欲しい、という消費者のために膨大な数の浮世絵も刷られ、源氏絵という錦絵の一ジャンルまで生まれたくらいである。一八三八年から幕末、そして明治に入っても繰り返し歌舞伎化されている。これだけ強力に読者を惹き付けた作品は、やはり面白いに決まっているし、もっと注目されてもいいような気もするのだが、現代では一般の本好きには完全に忘れ去られている。どうしてだろうか。

一つの要因は『源氏物語』にあると私は思う。近代に入って、『源氏物語』は日本文学の真髄、古典中の古典とされるようになった。現代語訳でもいいけれども、『源氏物語』に触れたい。せっかく読むのであれば、それは紫式部作の本物を読みたい、と多くの人が考える。そんな『源氏物語』と比べられては、『田舎源氏』は結局、猿真似ではないか、とされてしまう。『源氏物語』が本物のクラシックなら『田舎源氏』が単なるモンキークラシックに過ぎないではないか、と。

それはそうかもしれない。しかし、モンキークラシックも、いい。

『田舎源氏』を味わうには、『源氏物語』との比較を離れる必要がある。江戸文学のなかに元気に芽を出した作品として『田舎源氏』を見てみよう。すでに書いたように『田舎源氏』は合巻というジャンルの本である。そもそも合巻とは何か。なぜ合巻と呼ばれるのか。もともと黄表紙という、短い、冊子のような黄色い表紙の本が出版されていた。木版刷りで、各ページに絵があり、絵の空白部分に人物の台詞とか、情景やプロットの説明などが書き込まれている。黄表紙はとても楽しく、今読んでも面白いのだが、何といっても短い。上中下の巻を合わせても、全部で十五丁、今でいうと三十ページに過ぎないし、絵が中心なので、実際、文章はミニマムにとどめられている。込み入った話を展開させるのは、最初から無理な相談。そこで作者や出版社は、もっと分厚い本を出して、目を瞠らせるようなすごい冒険、地方色をたっぷり盛り込んだ旅の物語、妖しい伝奇ロマン、今大人気のお芝居の焼き直し、などにも手を出したくなる。もっとスケールの大きな、入り組んだ作品を読者に提供できたら絶対に儲かるし。そこで生み出されたのが、黄表紙の五丁（十ページ）ある一巻を二つ合わせ、十丁（二十ページ）の冊子にするというう方法。さらにその冊子を二、三冊一括りにして上下、もしくは上中下とすれば、一編だけでもページ数が二十丁、三十丁（四十ページ、六十ページ）取れる。連載のように、一つの作品を、三、四編続ければ、相当面白い話が展開出来るだろうし、一編売る毎に黄表紙にすれば四、六部売ったと同じだから、儲け物。黄表紙の短い巻を合わせ、それを名付けて合巻という新ジャンルにしよう、という魂胆である。

そして、次第にこの新しい本の形態に合わせて作品がどんどん長くなってゆき、『田舎源氏』のような長編合巻が人気を集めるようになった。長編作品においては、構想は壮大になり、話はどんどん緻密に入り組み、奇想天外で、荒唐無稽な発想がぶくぶく湧き上がる。とにかくあらゆる路線の作品が出そろったわけであるが、作品がどんなに長編化し、『源氏物語』や『水滸伝』のような大長編の物語やら白話小説の筋を取り入れるようになっても、本の形態としてはいつまでも黄表紙のいいところを生かし、絵を中心に据え、その空白部分に文章が埋め込まれる形を守りつづけた。伝統を生かして、さらに絵や文章や表紙を、どんどんソフィスティケートさせていった。『田舎源氏』はまさにそのジャンルの最高峰なのである。

『田舎源氏』の文章は、本当にうまい。現代ではなかなか巡り会えない、ラップのようなリズムとパンチがあり、引き込まれるような日本語で綴られている。古文だから難しいだろう、と諦める前に、少し読んでみてほしい。昔学校で学んだ文法など露も覚えていなくても、分からないところを特に気にせずそのままちょっと音読してみれば、ええ、なんでなんで、江戸の言葉なの花《はな》の都《みやこ》の室町《むろまち》に、花《はな》を飾《かざ》りし一構《ひとかまへ》、花《はな》の御所《ごしよ》とて時《とき》めきつ、朝《あさ》日《ひ》の昇《のぼ》る勢《いきほ》ひに、文字《もじ》も縁《えん》ある東山《ひがしやま》、義正公《よしまさこう》の北《きた》の方《かた》、富徽《とよし》の前《まへ》と聞《きこ》えしは、九国四国《きうこくしこく》に隠《かく》れなき、大内為満《ためみつ》が娘《むすめ》にて、すでに去《さ》る年御産《としごさん》の紐《ひも》、安《やす》らかに解《ど》き給《たま》ひ、男子儲《をのこもう》け給《たま》ひしかば、昔《むかし》にいや増《ま》し人〳〵の、尊敬大方《そんきやうおほかた》ならざりけり。頃《ころ》は睦月《むつき》の末《すゑ》つ方《かた》、続松《すいまつ》、十《じう》種香《しうがう》、貝《かひ》おほひ、さま〴〵遊《あそ》びをし尽《つく》して、月はなけれど黄昏《たそがれ》の、空《そら》の景色《けしき》を眺《なが》めんと、腰元《こしもと》の童《わらは》のみ二人《ふたり》三人《みたり》を供《とも》に連《つ》れ、庭《にわ》の外面《そとも》をうち巡《めぐ》り、しばし佇《たゝず》みゐ給《たま》ひけり。「もうし〳〵内君様《うちぎみさま》、お庭《にわ》の内《うち》とは申しながら、ろく〳〵お供《とも》の女中《ぢよちう》もなく、ことに夕暮《ゆふぐれ》

義《よし》まさの内君《うちぎみ》
富徽《とよし》の前《まへ》
弘徽殿《こきでん》の
女御に比《ひす》

尻目《しりめ》にかけて肩《かた》で風《かぜ》、旋風《つむじかぜ》より恐《おそろ》しい、あの風《かぜ》で切《き》られたら、古暦《ふるごよみ》でも直《なを》るまい」ト、口《くち》の剣刃《つるぎは》研《と》ぎたて、鴛《を》鴦《し》の仲《なか》裂《さ》く言《こと》葉《ば》の綾《あや》、胸《むね》の縺《もつ》れを繰《く》りかけても、寄《よ》らず触《さわ》らぬ富徽《とよし》の前《まへ》、「なるほどそなたの言《い》やるとをり、人目に立《た》つほど花桐《はなぎり》は、わが君様《きみさま》のお気《き》に入《い》り、唐土《もろこし》

お危《あぶな》い」ト、言《い》ふに驚《おどろ》き振《ふ》り返《かへ》り、「そう言《い》やるは昼顔《ひるがほ》か。ほんにまァ御所様《ごしよさま》の、お目掛《めか》けらるゝ女子《をなご》ども、多《おほ》い中《なか》でそなたほど、妾《わらは》を労《いたは》る者《もの》はない」ト、仰《おほ》せになをも擦《す》り寄《よ》つて、「御意《ぎよい》のとをり私《わたくし》始《はじ》め御所様《ごしよさま》の、お寝間《ねま》の端《はし》を汚《けが》しまする女子《をなご》どもは、なゝ〳〵あなたを大切《たいせつ》に、致《いた》さねばならぬが道《みち》、陰言《かげごと》を言《い》ふやうなれど、それを知《し》らぬはあの花桐《はなぎり》、とりわけて御所様《ごしよさま》の、御寵愛《ごちやうあい》を鼻《はな》にかけ、人を人とも思《おも》はぬ顔《かほ》つき、何《なん》ぞと言《い》ふと病気《びやうき》〳〵と、里《さと》へ下《さ》がつて出養生《でやうじやう》、ほんに遠《とを》いが花《はな》の香《か》ど、諺《ことわざ》に言《い》ふとをり、お側《そば》に居《ゐ》るがたま〳〵故《ゆへ》、なほ御不便《ごふびん》が重《かさ》なつて、お胤《たね》をも宿《やど》した様子《やうす》。わが病《びやう》身《しん》をば棚《たな》へ上《あ》げ、勿体《もつたい》ないあなた様《さま》や、私《わたくし》どもが妬《ねた》み嫉《そね》みで、呪《のろ》ひでもいたすやうに、さかしらを申ス取沙汰《とりざた》。毎夜《まいよ》〳〵花桐《はなぎり》が、召《め》されて通《とを》る度《たび》〳〵に、私《わたくし》が部屋《へや》の前《まへ》、

妾《そばめ》昼顔《ひるがほ》 後涼殿《こうらうでん》の更衣《かうい》に比ス

玄宗皇帝《げんそうくわうてい》は、楊貴妃《やうきひ》を寵愛《ちやうあい》し、それより国《くに》の乱《みだ》れしと、古《ふる》き書《ふみ》にも見えたれば、その事《こと》をさへ思《おも》ひ合《あ》はせ、恐《おそ》れながら御意《ごい》見《けん》を、申《もう》さうかとも思《おも》ふたれど、一《ひと》つの頼《たの》みは花桐《はなぎり》は、心やさしき生《うま》れつき、あれに限《かぎ》りてさかしらを、言《い》ふやうなことはない。人を人とも思《おも》はぬの、尻目《しりめ》にかけて通《とを》るのとは、

初編第四丁裏～五丁表（文字は読みやすくするため替えてあります）

に、何でこんなに分かるんだ！　しかも、何て格好いい文章なんだろう、と驚くと思う。例えば、冒頭の文を見てみよう。「花《はな》の都《みやこ》の室町《むろまち》に、花《はな》を飾《かざ》りし一構《ひとかま》へ、花《はな》の御所《ごしょ》とて時《とき》めきつ、朝《あさ》日《ひ》の昇《のぼ》る勢《いきほ》ひに、文字《もじ》も縁《えん》ある東山《ひがしやま》、義正公《よしまさこう》の北《きた》の方《かた》、富徽《とよし》の前《まへ》と聞《きこ》えしは」云々。冒頭なのでとにかく凝っており、実は一番難しい箇所なので、飛ばしてしまってもいい。ここを通り抜ければ、後は順風満帆。でも折角なので、少し立ち止まって味わってみよう。京都の室町通りに、皆が「花の御所」と呼んでいる豪邸があり、東山文化、東山時代で知られる足利義正という将軍（足利義政のもじり）がそこでなにやら朝日のように輝いていて、その奥方に富徽の前という人がいる。これがだいたいの意味である。さらに詳しく解説すると、富徽の前という名前は歴史上の足利義政の奥方である日野富子と『源氏物語』の中の弘徽殿女御を合体させている。やや不可思議な、「朝日《あさひ》の昇《のぼ》る勢《いきほ》ひに、文字《もじ》も縁《えん》ある東山《ひがしやま》」の「文字も縁ある」というのは、東山の「東」という文字の形は、今まさに昇ろうとしている「日」が「木」の間から透けて見える絵になっていて、義正公の素晴らしい繁盛ぶりを文字としても表しているね、と言っているのだ。これは洒落た言葉遊びである。

　それにしても、七五調の文章は、なんだかころころと楽しくないですか。舌の上で転がしていると、リズムが馴染んでくる。そんな文体に加えて、更に目を楽しませてくれるのは、きらびやかな絵である。どうやって髪の生え際や着物の柄の、こんなに細かい線を木に彫って刷ったのだろうか。さらに、江戸のファッション事情には不慣れでも、髪型とか、着物とか、帯などがすご

右は第十四編上、左は下の表紙

く素敵だということくらいは、分かる。『VOGUE』や『ELLE』の世界だね、これは。実際、為《ため》永春水《ながしゅんすい》の『玉兎《たまうさぎ》』という作品のなかで、ある女の髪結《かみゆい》がお得意さんを訪れたとき「田舎源氏《いなかげんじ》を側《そば》へ置《おい》て、この通《とお》りの風《ふう》に結《いっ》てくれろ」という注文を受けた、という話がされている。今日、女性が雑誌の切り抜きを持ってヘアサロンに出かけるように、『田舎源氏』はお洒落の手本になるような、相当スタイリッシュな本だったのだろう。『田舎源氏』の華やかなフルカラー表紙（白黒の写真しか載せられなくてごめんなさい）を見れば、今日でもその雰囲気は伝わってくる。『田舎源氏』の絵がいかに印象的かを理解していただくために、格好の引用がある。夏目漱石の『野分』に、中野君に誘われて高柳君が生まれて初めて音楽会、具体的には「慈善音楽会」というものに出かける場面である。


「ありや、音楽の批評でもする男かな」と今度は高柳君が聞いた。

「どれ、——あの男か、あの黒服を着た。なあに、あれはね。画工《ゑかき》だよ。いつでも来る男だがね、来るたんびに写生帖を持って来て、人の顔を写してゐる」

「断はりなしにか」

「まあ、さうだろう」

「泥棒だね。顔泥棒だ」

中野君は小さい声でくゝと笑つた。休憩時間は十分である。廊下へ出るもの、喫烟に行くもの、用を足して帰るもの、が高柳君の眼に写る。女は小供の時見た、豊国《とよくに》の田舎源氏《いなかげんじ》を一枚々々はぐつて行く時の心持である。男は芳年《よしとし》の書いた討ち入り当夜の義士が動いてる様だ。只自分が彼等の眼にどう写るであらうかと思ふと、早く帰りたくなる。

夏目漱石は『田舎源氏』が禁止されてからちょうど四半世紀後に生まれ、『野分』がそれから半世紀後に『ホトトギス』に掲載されたので、すでに最後の編が出てから七十五年の年月が経っている。それでも、ハイソサエティーの女性の素敵な身なりを当時の読者に想像してもらうには『田舎源氏』がまだ充分有効だったということが分かる。これはすごいことだ。

粋な文章と、豪華絢爛な絵、それが『田舎源氏』だ、といえば、大体の特徴を言い表しているだろう。ただ、実をいうと『田舎源氏』はそれ以上に、すごい傑作で、面白い作品なのだ。絵と文章がただ単に併存して、絵が文章の内容をヴィジュアル化したり、文章が絵の内容を説明したりするのではなく、絵と文章が、きわめて洗練された手法で、時に共謀し、または裏切り合いながら話が展開する。ひとつの例として、第九編の冒頭をみてみたい。絵だけの「口絵」と呼ばれる冒頭の見開きに描かれるのは、京都の東福寺で紅葉を楽しむべく、有名な通天橋に絨毯を敷かせ、大きな座布団に陣取って、正面に設えられた舞台を眺める義正公である。右側には嫡子の義尚《よしひさ》が立っており、左側には義正公の別室である藤の方が座っている。『源氏物語』の桐壷帝が光源氏のお母さんである桐壷が亡くなってから藤壺を深く愛するようになったように、『田舎源氏』の義正は、光氏のお母さんである花桐が亡くなった後、藤の方を愛するようになっている。この口絵では、舞踊でも一緒に観ようと、藤の方が義正の側で彼を独占しているかのよう。しかし、ページをめくってみると、口絵がそこにも続いていて、藤の方の真後ろに義正の正室、義尚の母親である富徽の前が、憤懣の様子で突っ立っているのである。わたくしが正室なのに、なぜ、この女がわたくしより先に来ているのかしら、ああ、腹立たしい！、という面持ちで。

富徽の前は、一応、同じ紅葉の飾り枠に囲まれた、口絵の一部になっているけれども、前の見開きの空間からは切り離されている。さらに、富徽の前の後にぴたりと控えたお付き侍女の目線を追うと、本文が始まる次のページに描かれている二人の青年の一人の袖が、飾り枠を破って彼女の側に闖入していることに気がつく。言ってみれば、富徽の前の場面は、袖によってさらに背後に押しやられ、適当にあしらわれている感を受ける。しかも、二人の青年は、義正の最愛の花桐の息子、藤の方とも親しい主人公の光氏と、光氏の仲のいい友人太郎高直で、この二人が青海波という踊りを、前の見開きで義正が眺めている舞台の上で、舞っているのである。つまり、時間の差はあるけれど、ある意味では、光氏と太郎もまた、義正と藤の方のいる空間の中に、組み込まれているわけだ。富徽の前だけが、はみ出しているのである。

実にしたたかに、登場人物の複雑な心理関係が絵の中に描き込まれている。さらに面白いのは、文章の描く世界と絵の絶妙な食い違いである。

第九編一丁裏～二丁表

第九編二丁裏～三丁表

義正《よしまさ》公富徽《とよし》の前《まへ》、義尚《よしひさ》光氏始《はじ》めとして、昵近外様《じつきんとざま》の面《めん》〳〵まで残《のこ》る人なく、東福寺に集《つど》ひければ、今日《けふ》は各《おの》〳〵心を屈《くつ》せず、思《おも》ひのまゝに酒《さけ》うち飲《の》み、紅葉狩《もみぢがり》なすべき旨《むね》、義正《よしまさ》公より触《ふ》れられけるにぞ、或《ある》ひは方丈《はうぢやう》の座敷《ざしき》に集《あつ》まり、或《ある》ひは庭《には》にうちこぞり、筵《むしろ》をはしらせ毛氈《もうせん》を敷《し》きつらね、酒盛《さかもり》して遊《あそ》びしが、冬《ふゆ》の日のいと短《みじか》くて、はや昼下《ひるさ》がる頃《ころ》になりぬ。此時《とき》に義正《よしまさ》は、かねて桟敷《さじき》に設《もう》け置《お》きし、通天橋《つうてんきやう》に御座《ござ》を移《うつ》され、左リの方《かた》は富徽《とよし》の前《まへ》、おし並《なら》んで藤《ふぢ》の方《かた》、その他数多《ほかあまた》の女ども、所狭《ところせま》しと居流《ゐなが》れたり。右の方《かた》は屏風《びやうぶ》をもつて、その間《あひだ》をおし囲《かこ》ひ、義尚《よしひさ》が席《せき》と定《さだ》め、少《すこ》し下《さ》がつて光氏は、おとなしやかにぞ控《ひか》へける。

流麗な文章に綴られる情景は、絵が見せる世界とはまるで違う。ここには藤の方が先に義正の側に来て、富徽の前がそれを見てむっとするような記述はまったくなく、義正のすぐ左に正室の富徽の前が座り、それから別室の藤の方と、それ以下の女ども、右には、まずは嫡子の義尚、それから「少し下がって」次男の光氏が配置されている。登場人物は皆それぞれの階級によって、あるべき、正しい位置に鎮座させられているのである。つまり、文章が建前を、絵が本音を表しているようなものである。

『田舎源氏』の最大の楽しみは、こうして、文章と、絵と、その両方を、糸を縒り合わせるような感覚で、謎解きのように読み込んでいくことだろうと思う。『源氏物語』千年紀を機に新たに出来た「古典の日」が背筋を正して『源氏物語』のような作品を読む日であるなら、『田舎源氏』は蜜柑の皮が散らかっている炬燵にもぐって、じっくりと読みふけるに相応しい。それこそ、クラシックに対する、モンキークラシックとして、丁寧に読むべき名作なのである。

長谷川時雨の自叙伝のような『旧聞日本橋』には、ちょうどこんなふうに一人『田舎源氏』をたっぷり丁寧に楽しむ読者が登場する。九歳の時、語り手のアンポンタンが東流二絃琴《あずまりゅうにげんきん》の師匠であり、「おしよさん」と呼ばれる、友人のおきんちゃんの叔母さんのところに通うようになるくだりである。


私は夏の日、日盛りを稽古にゆくが、おしよさんの邪魔はしなかつた。おしよさんが寝てゐても、お客様があつても、髪結ひさんが来てゐても、お湯にいつてきてからでもお化粧がすんで、さあはじめませうよといはれるまで、幾時間でも、待てば待つほどおとなしくよろこんでゐた。なぜなら、おしよさんのうちには、くさ双紙の合巻ものが、本箱に幾つあつたかしれない。それがみんな、ちよいと何処にもあるやうなのではなかつた。品も新らしいやうに奇麗で、みんな初版摺りだつたから、表紙絵の色刷りも美事だつた。

「ヤツちやんは大事に丁寧に見るから。」

おしよさんは誰も他に人がゐないと、秘蔵な『田舎源氏』まで出して見せてくれた。

「ヤツちやんは絵を見るばかりぢやない、ちやんと読むんだからな。」

『田舎源氏』は絵を読む作品であり、文章を読む作品でもある。絵と文が時には補い合い、時には綱引きのように正反対の方向に向かい、ひとつの話を展開させている。お洒落で味のある絵と文を両方、楽しんでいただきたい。

柳亭種彦『偐紫田舎源氏』の可能性

「受容」という概念

「この頃の本屋の棚には、よく源氏物語とジイドの作品集が並んで出てゐます。ジイドに人氣があるやうに、源氏のやうな日本の古典も人氣が出かかつてるやうです」或出版業者が、世間話のうちに、こんなことを云つた。

一九五一年八月の『中央公論』に刊行された正宗白鳥著『讀書雜記』所収「源氏物語――原作と翻譯」の書き出しである。ここに、何気なく重要な視点が提示されている。本稿では、近代作家白鳥の『源氏物語』観や五〇年代の「源氏ばやり」ではなく、江戸後期の合巻作品『偐紫田舎源氏』を取り上げるつもりだが、本題に入る前に『源氏物語』とジイドという少し意外な組み合わせを通して「受容」「享受」という概念を検証したい。

現在、『源氏物語』の研究領域の中で「受容史」「享受史」は確固たる位置を占めている。一九五〇年代以降、享受と受容、また英語圏では reception という用語が徐々に広まり、八〇年代に入ると研究方法として定着し、文学史の捉え方に大きな影響を及ぼすようになった。文学史の中の『源氏物語』を論じるには、受容史、享受史、という概念に頼らなければならなくなったと言っても過言ではなかろう。多くの源氏研究者がその枠組みの中で、多様多彩な視点から、優れた研究成果を上げてきたのは言うに及ばない。しかし受容史の視点では論じきれない領域もある。

個人の研究者の意識がいかにせよ、受容・享受という概念には、ある受動的な態度が隠されているように思われる。『源氏物語』という形あるテキストを祭壇に鎮座させ、あくまでその視座から、オリジナルである原典がそれぞれの歴史的文脈においてどのように「受け容れられてきた」か。テキストの正意というものがあり、それが後世の社会的・経済的・文学的ニーズに合うようにどのように変容させられてきたか。問題意識がそこに集中しがちである。それが受容史、享受史という用語が暗に前提としてしまう文学史観ではなかろうか。

正宗白鳥の「源氏物語――原作と翻譯」の書き出しは意識を異にする。戦後日本の出版業界に携わる「或出版業者」の視点を紹介することによって、白鳥がどのような効果を狙ったのか。簡単に言えば、『源氏物語』を全く異質なもの（この場合は外国の現代作家や、当時の出版業界）

と関連づけることによって、一九五一年という歴史的文脈における『源氏物語』の位置を具現化し、『源氏物語』を作り替えられる文化産物として捉えようとしたのではないか、と私は考える。ある特定の時代の『源氏物語』を想像するために、原典を拠点として当時の「受容」を穿鑿するのではなく、また当時の『源氏物語』と原典との差異を問題にするのでもない。当時の源氏人気を語るために「ジイドに人氣があるやうに」と前置きし、世界文学や戦後日本の文学システムを背景にして、「源氏（中略）も人氣が出かかつてるやうです」と言う。ジイドのような、原典の文脈とはまったく無関係の要素をもってきて、それが正に一九五一年の『源氏物語』を語る一要素であり得ることを指し示す。この視点は鋭く、示唆的である。

『修紫田舎源氏』という『源氏物語』

柳亭種彦作・歌川国貞画の『修紫田舎源氏《にせむらさきゐなかげんじ》』は三十八編からなる長編合巻で、文政十二年（一八二九）から、その艶美な摺付表紙が天保改革の奢侈禁止令に触れ、絶版になる天保十三年（一八四二）まで梓行され続けた。江戸末期の大ベストセラーとして知られる。そして、本作がよく『源氏物語』の翻案といわれることからも分かるように、天保年間から始まり、明治、大正、強いていえば昭和時代までの『源氏物語』の大衆的な「受容」の流れを根本的に方向づけた、極めて重要な作品として見ることもできる。実際、『田舎源氏』を介して初めて『源氏物語』に触れた読者、正確にいえばその雅やかな装訂と主人公である足利次郎光氏の豪華華麗なる生活への憧憬を通じて、『源氏物語』へのファンタジーを掻き立てられた読者の存在を、推定することができる。『田舎源氏』の後日談のひとつである『足利絹手染紫《あしかゞぎぬてぞめのむらさき》』第十四編（嘉永六年刊、一八五三）の序でも、作者の柳亭仙果がその現象に触れている。

爰《こゝ》に我《わが》師《し》一旦《ひとたび》湖月《こげつ》の光《ひかり》を千里鏡《とほめがね》に移取《うつしとら》れしより、頼朝義経《よりともよしつね》の外《ほか》に源氏《げんじ》の君《きみ》ある事を犬打孩兒《いぬうつわらんべ》まで知《しり》たるより、源氏不読《げんじよまず》の源氏知《げんじし》り数多《あまた》出来《いでき》たるぞいとめでたき

種彦が『湖月抄』を参照しながら創作した『田舎源氏』は「源氏不読の源氏知り」を生んだという。これは、近代、更には現代まで続く、現代語訳、歌舞伎上演、映画、ラジオドラマ、テレビドラマ、マンガ等の代替物を介した『源氏物語』の「受容」の基本的なあり方の先駆だった、と言えるであろう。また別の観点からは、『田舎源氏』がその十三年間の出版史に亘って一種の啓蒙的な役割を果たし、結果として『源氏物語』の代替物として機能するようになった、との見方もできる。

ここで問題となるのは、種彦・国貞の合巻『田舎源氏』が具体的にどのようにして八百数十年前にまったく違う歴史的文脈の中から生まれた王朝物語『源氏物語』の代替物として機能することができたか、という点である。この疑問に答えるのは容易なことではないが、図式的にまとめ

ると受容と作り替えという、ふたつの傾向が認められる。まず、一つには、種彦自身が『源氏物語』の特徴として認識した、粗筋、名場面、洗練された文体、等々の多様な要素を、なるべくそのまま本文に引き継ぎ受け容れようとする、現代語訳的ともいえる姿勢が伺える。例えば『源氏物語』の「明石」の巻に基づいて書かれた第二十編では、種彦が次のような説明を挿入している。

入道が長《なが》物語りは、娘《むすめ》を愛《あい》する人情を、尽《つく》して書《か》きしものなれば、うるさしとて省《はぶ》きなば、此巻《まき》の意に違《たが》はんかと、おほよそを俗言に引《ひ》きなほして綴《つゞ》りしが、絵様《ゑやう》の同《おな》じさまなるに、詮方《せんかた》なくて昔の事ど《ことゞ》も、語《かた》り出《い》づるに従《したが》ひて、その趣《おもむき》を描《えが》かしむ。

ここでは、明石入道が光源氏に向かって愛娘の明石の御方の話を延々と続ける場面を、合巻の基準では「うるさし」と見做している。しかし、なるべく原典の「意」に忠実であろうとする意識に基づき、種彦は、大胆にも「おほよそを俗言に引きなほし」て綴ることにしたのである。これこそ『源氏物語』を尊重するという意味で、「受容」を目指した一例と言えるのではないだろうか。

だが種彦の言う「此巻の意」をそのまま受け容れるために、あらゆるレベルで原典を作り替えなければならないのも明らかである。もちろん、「俗言に引きなほ」すこと自体、一種の「作り替え」であり、読者の挿画の楽しみを満足させるべく、光氏と入道が対面する場面を繰り返す代わりに、フラッシュバックを導入した視覚的趣向も、合巻の特質を巧く利用した「作り替え」である。さらに突き詰めて考えれば、入道が「娘を愛する人情」に注目し、その愛情を「此巻の意」、少なくとも「此巻の意」の重要な一部として想定していることも、すでに種彦の『源氏物語』解釈であり、「作り替え」である。

受容すること、そして作り替えること。このふたつの意識は、矛盾するようで意味が重なる。受け容れることとは、即ち、作り替えることに他ならない。そして、『田舎源氏』が『源氏物語』の代替物として機能したのも、実は、あくまで合巻のジャンルや形態としての特徴を素材にして、『源氏物語』への欲望を掻き立てる方法を、種彦が発見したからである。ジイドを以て一九五一年の『源氏物語』を語るように、『源氏物語』ではない要素を以て『源氏物語』の世界を作り替えたからである。従って、もし『田舎源氏』を『源氏物語』の翻案として『源氏物語』との関係で語るのであれば、原典との類似点を調べ、種彦と国貞が参考にしたと思しき『源氏物語』を題材とした視覚資料を調査するのと同時に、『源氏物語』にはない、『田舎源氏』独自の手法や特徴を『田舎源氏』から探り出し、そしてそれらの要素が、作り替えられる文化産物としての『源氏物語』の世界をいかに構成したかを調べる必要もあろう。

本稿では、特に『田舎源氏』の物質性（materiality）に注目する。つまり種彦の指示に基づいて丁寧に描かれた国貞の『田舎源氏』の挿画、特に合巻の書誌形態を活かした図様に着目し、

『田舎源氏』が、実際どのように『源氏物語』の世界を合巻として作り替え、『源氏物語』の代替物として機能したか、その可能性を考察する。

巻物から合巻へ

合巻というジャンルが黄表紙から発達したということは、周知の通りである。合巻が黄表紙から受け継いだ要素のひとつとして、見返し、挿画などで作者が草稿を準備する過程や、本屋に勤める職人が冊子を製造する過程を読者に意識させる工夫が頻繁になされる、ということが挙げられる。作者を始めとして、絵師、彫師などが用いる道具が描かれるのはその好例である。例えば、『偐紫田舎源氏』第十五編上冊の見返しでは、硯箱に入った文房具が描かれている（図1）。墨液を含んだ三本の筆（作者、版元、絵師がそれぞれ筆の柄に銘記されている）、作者の柳亭種彦の「三ツヒコ印」を象った水滴、「天保六未」と刊年を記される墨、「田舎源氏十五編上冊」と銘記される硯は、合巻の草稿を書き、本を製造する共同作業を非常に現実的な形で想起させ、読者に掌中の冊子の作られた形態としての特徴を意識させるのである。本の制作過程を視覚的に利用したもうひとつの工夫が、『田舎源氏』第一編上冊の見返しにも見られる（図2）。ここでは、紫式部が『源氏物語』を書く際に用いたとされる「江州石山寺什寶紫式部古硯」が模倣されている。『田舎源氏』を開いてすぐ目にする所に作者の道具である硯石を、しかも紫式部のものとさ

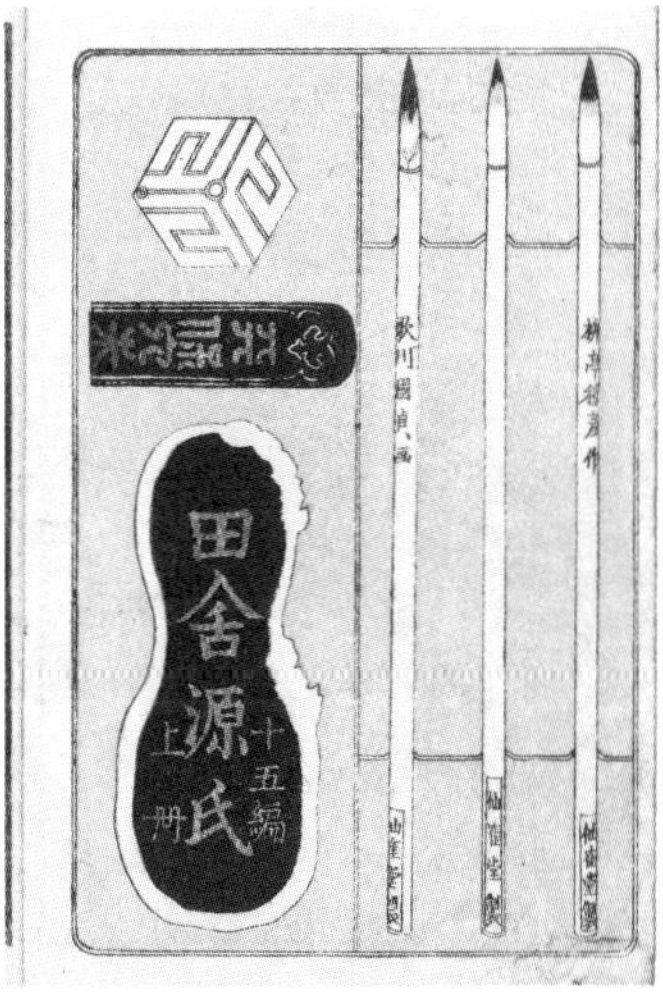
田舎源氏
十五編
上冊
歌川國貞画
柳亭種彦作

図1

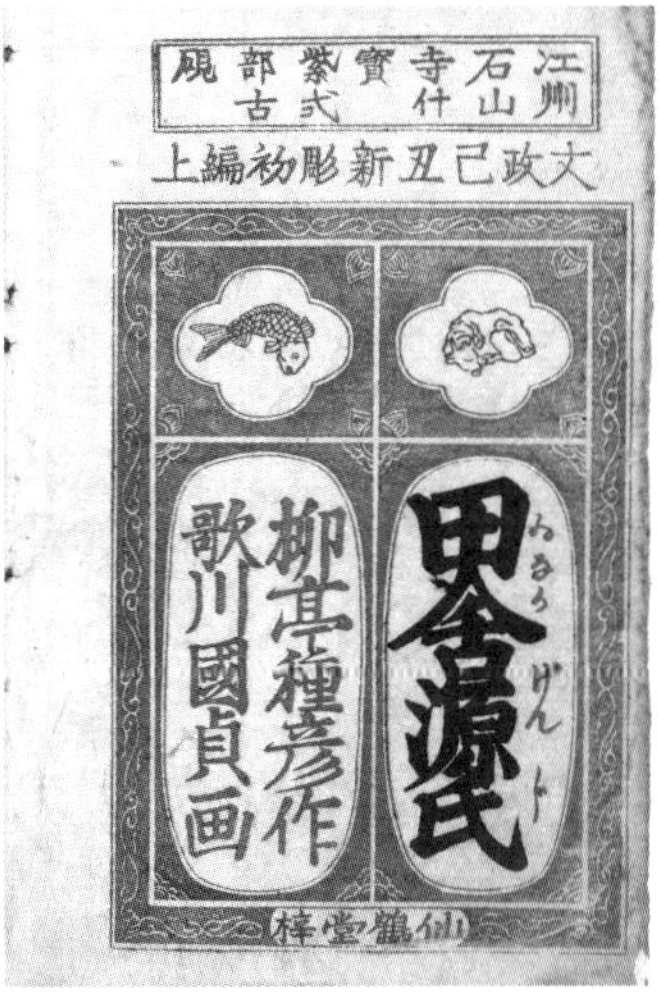
江州石山寺什寳紫式部古硯
文政己丑新彫初編上
田舎源氏《いなかげんじ》
柳亭種彦作
歌川國貞画
仙鶴堂梓

図2

れる硯石を描いているのだ。種彦（作品内では仮託作者の阿藤）が作者紫式部に自分を重ね合わせているのである。

ここで紹介した文具類はすべて、合巻を書く行為、つまり合巻の書く側の立場にスポットライトを当てたものである。図1の硯の趣向も、あくまで作者種彦の行為として『田舎源氏』を書くことと『源氏物語』という物語を書くことを重ね合わせたものであった。先程、仙果の引用から、『田舎源氏』が結果として『源氏物語』の代替物として読者に機能するようになった、という可能性を示唆した。種彦が作者の立場から源氏を意識した趣向は最初から見られるが、次第に読者もそのような受け止め方をするようになったのではないか。いくつかの例を通じて、『田舎源氏』の長い出版史において、書くという作者の視点からの『源氏物語』との繋がりから、いつの間にか、読むという読者の身体的行為に注目した繋がりが重視されるようになる傾向を指摘したい。

ひとつには、『田舎源氏』の出版史の後期に、巻物が小道具として描かれるのではなく、本文の枠として登場するようになるということが挙げられる。『源氏物語』の「絵合」の巻を取り入れた『田舎源氏』第二十五編下冊の見開きでは、本文が上下二本の巻物の上に描かれており、合巻を手にしつつも、絵巻を手で繰るという読書形態が重ね合されている。これは本を読む側に立った趣向である。『田舎源氏』という作品そのものが、読者から見て、豪華で貴族的な絵巻の書誌形態に象徴される『源氏物語』に取って代わるものとして、巻物の形態を以て、視覚化されているのである。図3は第三十編上冊の見返しであるが、まるで読者が『偐紫田舎源氏』の題簽が貼ってある巻物を繙き、読み始めるような錯覚を起こさせる図様となっている。表紙の下方に「三十へん上冊」とあり、巻物の本文（実は「たねひこつくるくにさだゑがく」云々、と書誌事項が記されているが）が一行だけ見える趣向である。さらに、図4は第三十七編上冊の見開きで、『田舎源氏』の話が正に『源氏物語』の「野分」の巻から「行幸」に移ろうとしている場面である。左の半丁には「みゆきの巻」という題簽がついた絵巻物の表紙と中身が描かれている。巻物の始まりに合わせ、本の半丁の半ばにして「よみはじめ」という言葉から、種彦の偐《にせ》「みゆ

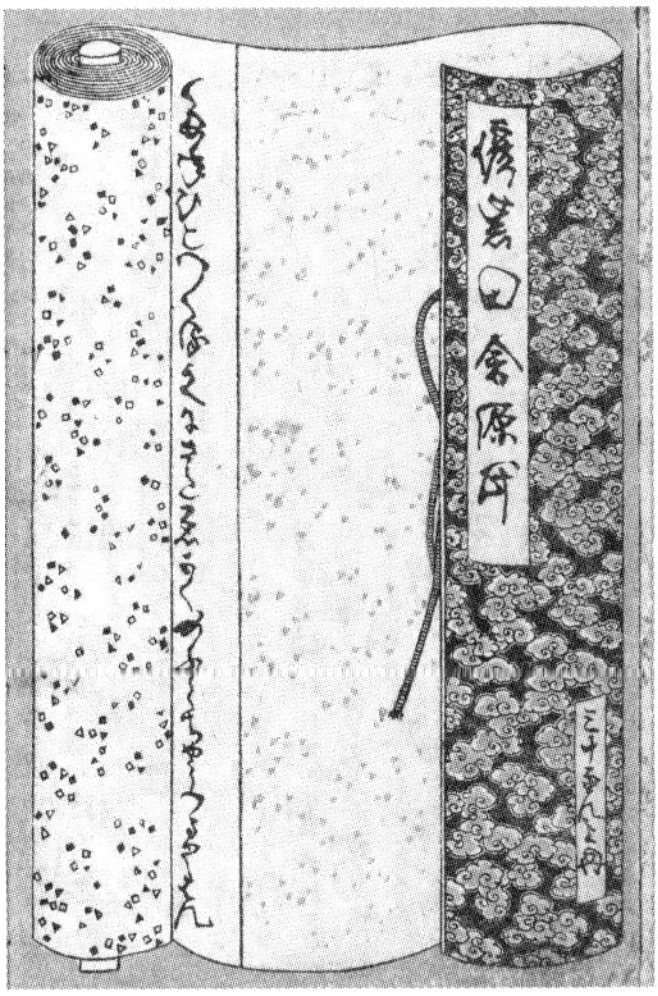

図3

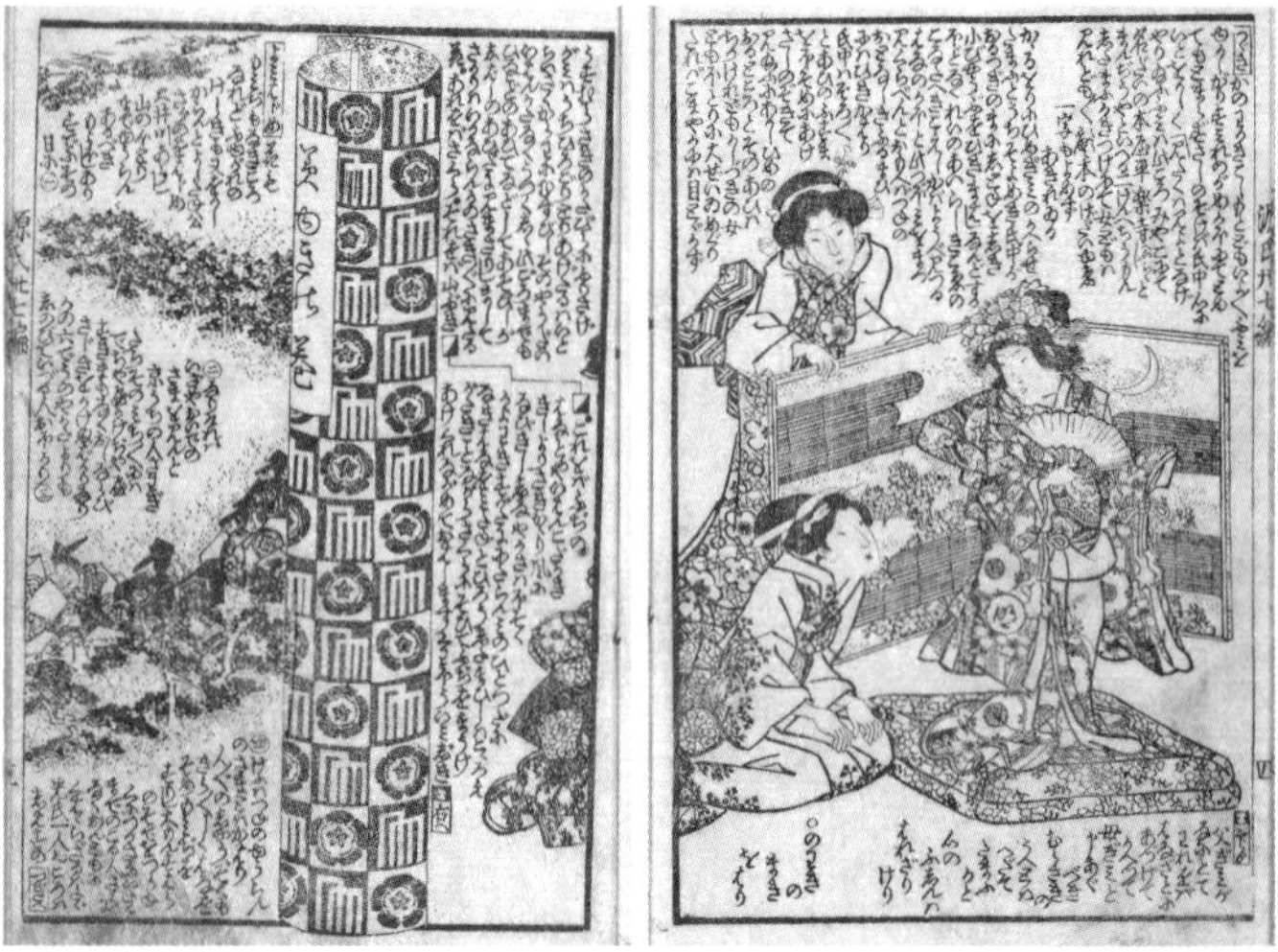

図4

きの巻」が始まっている。

先程、図1が『田舎源氏』という合巻を創造する共同作業を想起させ、図2が作者種彦の側から見て『田舎源氏』の『源氏物語』との関連性を仄めかしている、と指摘した。このふたつの図は、種彦自身の意識を反映しており、一方では合巻という読み物の形態に対する執着と、片方では『源氏物語』を合巻というジャンル、合巻という形態で書き換えようとする意欲を現しているのではないか、と思われる。これに対して、図3と図4という後期の編の図様に共通して現れているのは、多くの一般読者に『田舎源氏』を『源氏物語』の代替物として受け止めてもらえている、という意識である。別の観点から言えば、種彦が読者に向かい、『田舎源氏』は『源氏物語』の代替物として読まれるべき作品である、と、挿画を以て主張している、とも言える。前項で引用した仙果の言葉を借りると、「源氏不読の源氏知り」の誕生が、ここでは、すでに受け入れられているように取れる。

合巻を読む行為と『田舎源氏』の時空間

種彦や国貞の書誌形態へのこだわりがあったからこそ、『田舎源氏』という「もの」が文字通り『源氏物語』の代替物たり得たのではないか。最後に、種彦や国貞が、読者の作業としての丁をめくる行為と『田舎源氏』という本の物質性を結びつけ、巻子本にはあり得ない新たな空間世界を合巻において創出したことを論じる。合巻の読書という身体的行為を通じて、『田舎源氏』に疑似立体構造が与えられる工夫をしていることを指摘したい。

まず初めに、図5の『田舎源氏』第三十二編上冊の見開きを見ていただきたい。右の半丁が折り返され、本の喉に挟まってしまっているように見える仕組みになっている。これだけでも充分面白い構図だが、表面的な面白さ以上に、合巻の丁をめくる行為と、本の物質性を前面に押し出している点において大変知的で洒落た演出とみることができる。

折り返された丁によって見える一丁前の場面（見開きの右上）では、足利雲井之丞氏仲が小藤に宛てた文を小藤の甥である竹藤三作に手渡している。そして、見開きの左の半丁では、三作が小藤を訪れ、氏仲に託された文を届けている場面が描かれている。この見開きには、折り返された丁を通じて、ふたつの異なる時間と空間が描かれる。絵巻などで頻繁に使われる、異なる時間を同一の構図に描き込む「異時同図法」であるが、これは巻子本には決してあり得ない、合巻の書誌的形態を巧みに利用した異時同図法である。合巻では丁をめくることで時間と空間の変化が生じる。読者が合巻の丁を一丁ずつめくっていくという、実際の読書行為が作品内部に時間、そして空間を与えていることを、折り返された半丁は示唆している。読者と作品世界が、実は、本（合巻）を読むという実際の身体的行為を通して、繋がっている。英語圏で流通している言葉を使わせていただくと、この見開きはメタピクチャー（絵を観る行為自体、ここでは合巻を読む行為自体、をテーマにした図様）になっている。

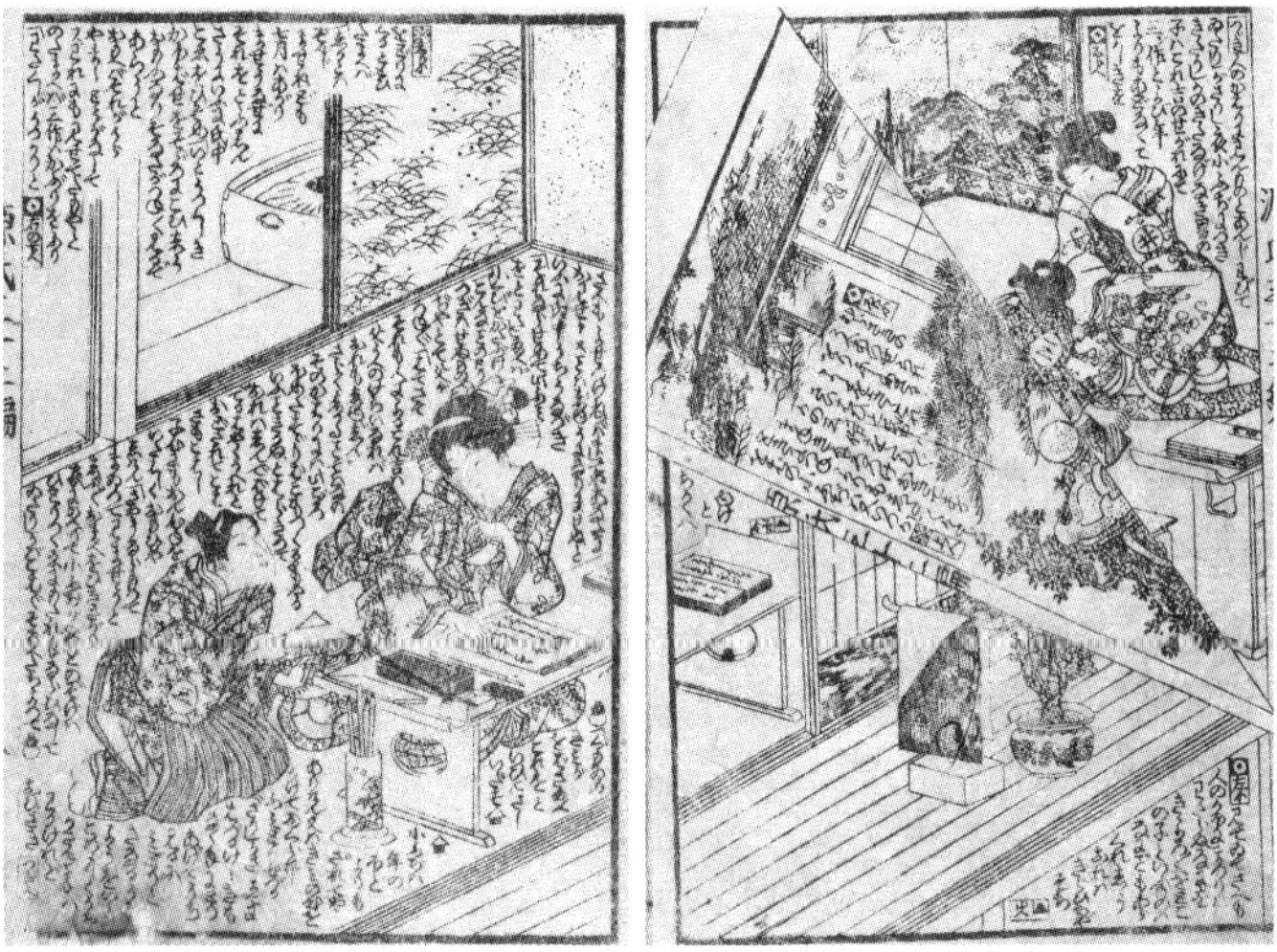

図5

『田舎源氏』には、多くの部屋、庭園、屋外の光景等が描かれている。それらは、もちろん実際には印刷された平面に過ぎないのだが、丁を繰る行為によって、立体的に立ち現れる工夫がなされている。種彦は『田舎源氏』で、同じ部屋を繰り返し違う角度から描いてもらい、丁寧に観ればそれぞれの絵がどのように繋がり、ひとつの空間をなすか、ちゃんと読者に伝わるようにしている。しかし、この疑似立体世界を成立させるためには、読者の介入が不可欠である。読者が自らの手を動かし、合巻の丁を繰るという物理的行為が、『田舎源氏』の世界に、もしくは『源氏物語』の世界に取って代わる『田舎源氏』の世界に、疑似の物質性、立体感を与えるのだ。作品の世界は、そのように構成されている。

最後に、図6、図7、図8を見ていただきたい。初編上冊にでてくる一続きの見開きである。図6では、床にまき散らしてある「魚《うを》の腸や、むさい物」に上着の裾を汚された花桐を後に残し、着替えを取りに行く侍女の杉生が見える。図7は図6と同じ廊下を九十度回転させた構図で、花桐が鍵をかけられた桐戸の前に立ち、義正が図6にも描かれている唐戸を開け、助けに来る場面を異時同図法的に描いている。図8では、杉生が図7にも見える杉戸の前に躓き、花桐に声をかけている。佐藤悟氏が嘗て図6と図7を取り上げ、歌舞伎の回り舞台を意識した工夫だと指摘したことがある。それは非常に納得が行く解釈だと私も思う。同時に、この一連の挿画もまた合巻の物質性を利用し、読者が丁を繰る行為によって場面が動き、時間の経過が感じられ、さらに描かれた廊下などの空間が創造されることに、注意を促したい。図6から図7へと、読者が

図6

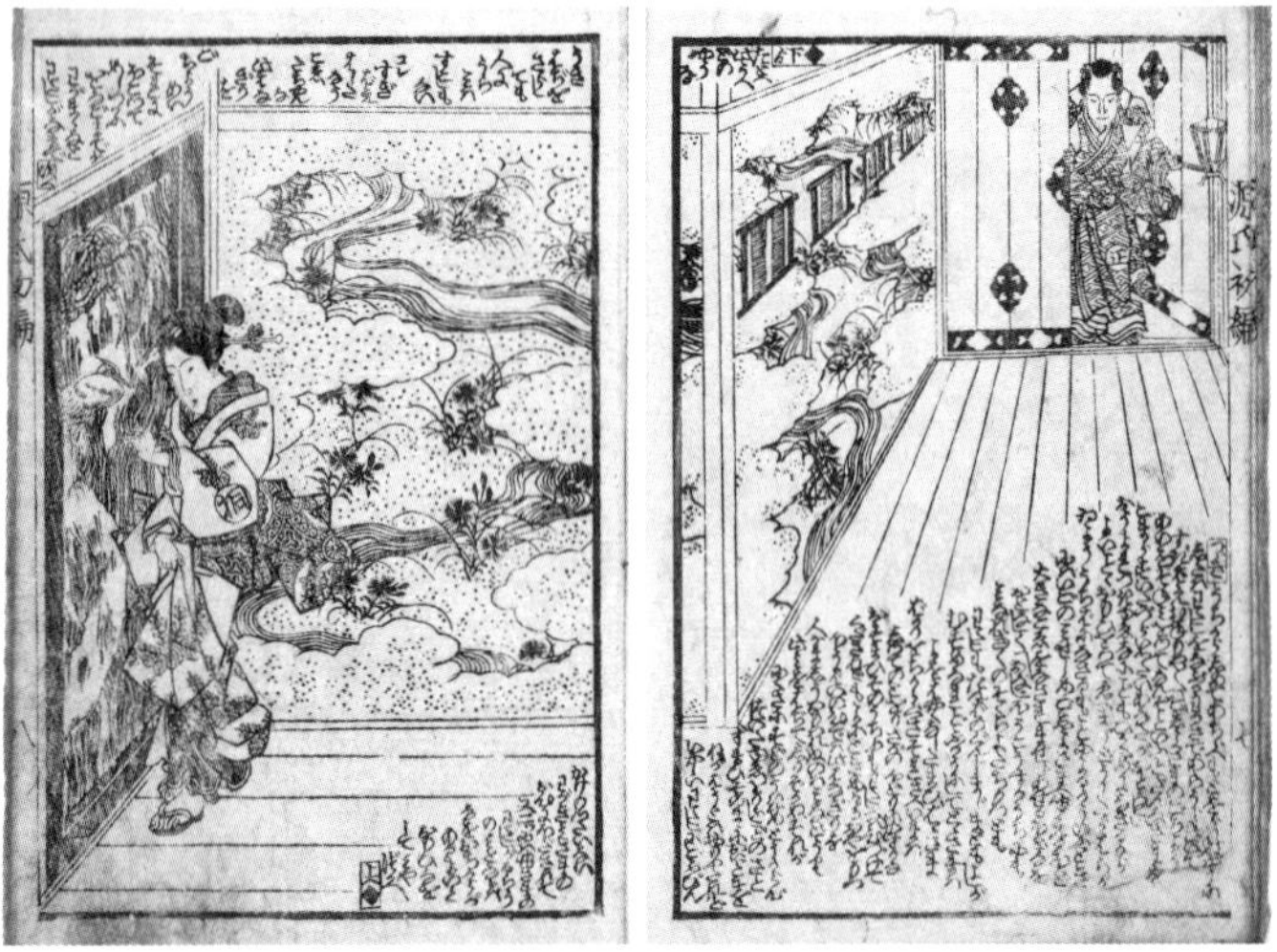

図7

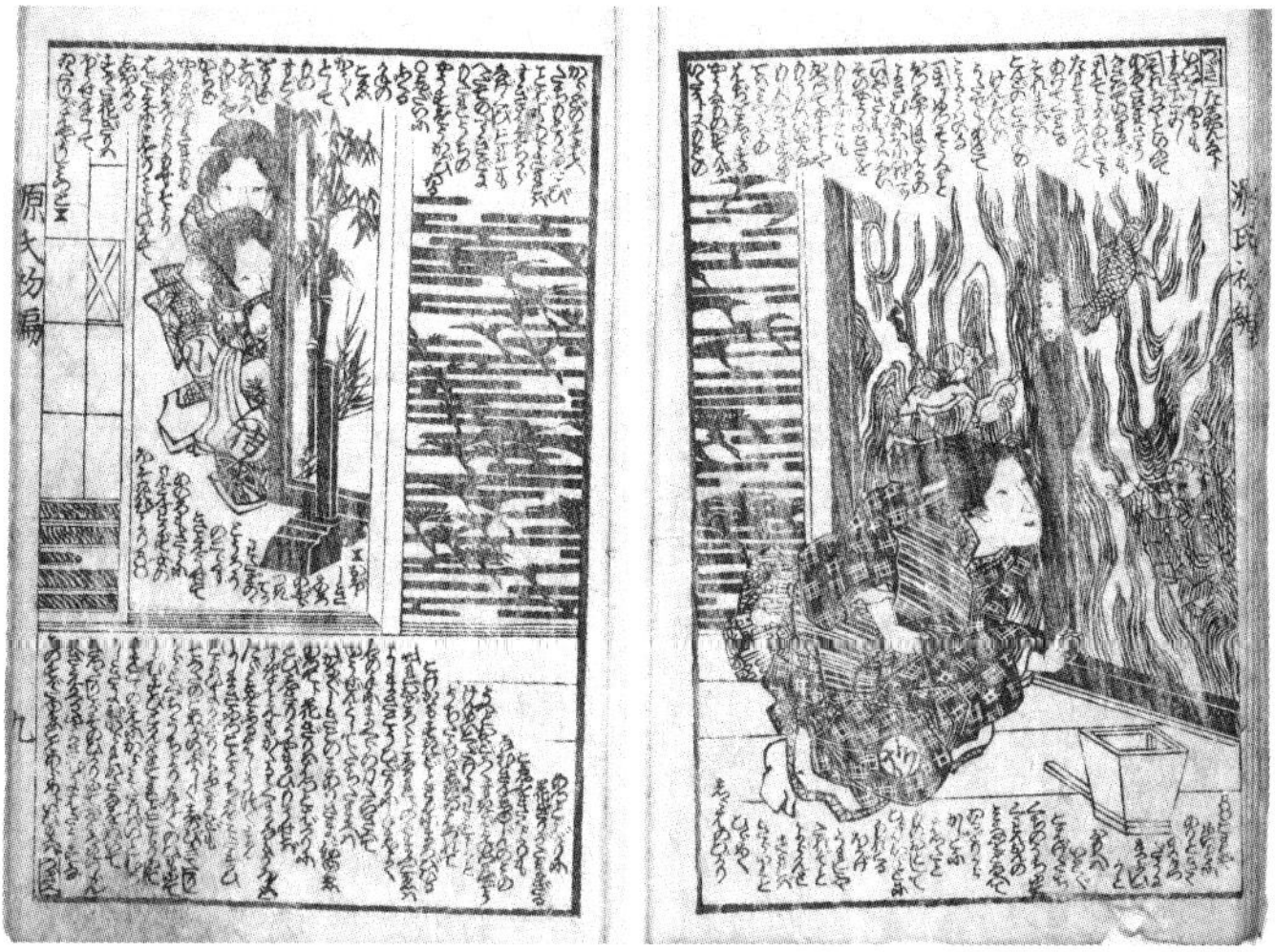

図8

実際に手を動かし、丁をめくって、初めて、舞台が回る。そして、さらに面白いのは、図7から図8へと丁を繰る時、一丁の厚みが、杉戸の厚みを立体的に体現することである。図8で、杉生が杉戸越しに花桐に話しかけていると同時に、一丁の紙を通して話しかけてもいるのだ。

『田舎源氏』が『源氏物語』の代替物として、具体的にどうやって当時読者を獲得し、機能することができたのか、という質問を提示した。そのひとつの方向性として、種彦が合巻という書物の物質性を前面に押し出し、一方では『田舎源氏』を『源氏物語』の、文字通りの代替物として印象づけようとし、また一方では、遠く『源氏物語』への憧憬を掻き立てるべく、本を読む行為と合巻の形態を活かして、作品内の豪華絢爛な世界に生命を吹き込む工夫をした、と論じた。これはもちろん質問に対する答えのひとつでしかない。それぞれの時代の『源氏物語』を形成する最大の要素は、本稿の『田舎源氏』のように、多種多様な非『源氏物語』であると考えている。

Ⅳ　エッセイ・時評・書評

［エッセイ］

足裏の感触

先日、私は素足で蛞蝓《なめくじ》を踏んでしまった。愛犬のミニーと庭に出てボール投げをしていたら、サンダルから足を踏み外し、踵でぐにゅりと潰したのだ。ぬめったものが潰れる感触に一瞬ぞっとする気持ち悪さを覚えた。しかし、足裏の蛞蝓にとって事態はずっと深刻である。夕露を嘗めながら秋の草陰を這う、季節外れの蛞蝓を、身丈も体重も何千倍もあろうこの私が踏み潰したのだ。踵を上げるとき、ほんの少しべたっとくっつくような抵抗があった。

ボール投げに戻っても、蛞蝓の感触がどこかに残っている。

ニューヨーク郊外で育った私は、小さい頃、春から秋にかけてずっと裸足で近所を遊び回っていた。今でも実家に帰るとよく裸足で裏庭に出て、家庭菜園からトマトやらアスパラガスやらを採ってくる。よそではどうか分からないが、家の近所では本格的な外出でない限り、夏は靴を履かないのが流儀である。だから蛞蝓を踏んづけたときの感じも、なるべく開けたくない小さな記憶の引き出しのなかに、私の世界の一部として保管されているのだ。しっかりぬめぬめと、いつもそこにある。

しかし、よく考えてみると蚯蚓の踏んだ記憶が小さな一部を形成している「世界」は、実家の近辺にだけ限られていた。その小さい世界を離れるときはいつも靴を履き、車か電車か飛行機に乗り、また別の世界に移る。

私が今（二〇〇六年）暮らしている東京の八王子では、庭に出るときはいつもサンダルを履く。もちろん、それは靴を履くか履かないかで屋内と屋外とを区別する、アジアに共通する靴文化のなかで生活しているからだ。そういった知識も、私の世界の一部を形成している。しかしこの頭だけの知識は、蚯蚓を踏んだときの強烈な感触ほど真に迫ってはいない。

違う地域に住む人々がどんな文化の中で生きているかを知ることは、とても大切に違いない。しかし、そんな知識が、どうも私には時折しっくりこないことがある。ほんとうは人々が文化のなかで生活するのではなく、逆に文化が人々のなかに息づくのではないか、と思う。それは、蚯蚓の感触が私の中に閉じ込められていたように、普段気がつかないほど小さな、夥しい記憶の累積として刻み込まれているのだ。

そんなふうに実家の近所という小さな世界のことを思い出していたら、蚯蚓を踏んだときの気持ち悪さも急に懐かしいものに思えた。

どこでもない場所から

何時間も空を飛んでいると、窮屈な機内の座席にも体が馴染んでくる。肘と脚の置き場に困らないわけではないが、畳三分の一くらいしかなさそうなこのスペースが、一時的にではあれ、自分の空間になるようだ。

今回は離陸後すぐ靴を脱ぎ、シートポケットには二冊の小説とチョコと「梅しば」を待機させ、飲み物もどんどん持ってきてもらう。飛行機が太平洋の上空を突き進んで行く轟音が話し声をかき消してくれるので、周囲の会話は気にならないし、隣に座っている妻としゃべっていても誰の迷惑にもならない。さっぱりと心地がよい、完結した世界である。

そして、ここは文字通り世界から切り離されている。成田を離陸してからＪＦＫに着陸するまでの十二時間、外は存在しないも同然であった。遥か一万メートル下に広がる海面も飛行機を包む外気もどこの国にも属していない。モニターで地図を確認すると飛行機のマークが刻々と日付変更線に近づいている。私の腕時計が示す日時は、あくまでも下界の、どこか別の場所の約束でしかないことを思い出し、地球の表面を規則正しく流れる時間からも解き放たれていることを実感する。

このどこでもない機内のなかの、自分の座席でしばらくぼーっとしていたら、今までの飛行機旅にまつわる、さまざまな記憶が蘇ってきた。高熱にもかかわらず、授業に間に合うように、パりから京都へ飛んだとき、あまりの具合の悪さに混乱して、日本語とフランス語をぐちゃぐちゃに混ぜた言葉でスチュワーデスに助けを求めてしまったことがある。相手はびっくりして、即座にビジネスクラスにアップグレードしてくれた。

隣の席に隣り合わせた八十二歳の日本人のお爺さんからウィスキーを勧められ、これもどうぞ、と自分のチョコを出したら、あっというまにぱくぱく食べ尽くされてしまったこともある。面白いお爺さんだった。

数年前、ニューヨークから東京経由で北京に飛んだ折に、五十代前半の中国人女性と隣り合わせになった。私が日本語の本を読んでいたら向こうから話しかけられた。声で、ではなくペンとナプキンで。曲がりなりにも漢字だけの筆談を続けているうちに、朝食になり、彼女がニューヨークで買ってきた蜂蜜を開けてくれた。私たちはそれを乾いたパンに塗って食べた。中国語で蜂蜜を「蜜糖《ミイタン》」というそうだ。

どこでもない空を飛ぶ飛行機で、初めての蜜糖。美味、と私が書いた。很好吃、と彼女が返した。

竹針の蓄音機

冬は音楽の季節だ、と私は思う。窓はぴったり閉じられ、ガラス越しに虫の音や鳥の鳴き声も聞こえてこない。春から秋までずっと道路で遊びまくっていた子どもたちも屋内へ消え、空気は澄み切って張り詰めている。部屋の外も内も単に静かというよりも、静謐である。かじかみ、籠りがちになる冬ほど音楽に没頭できる季節はない。

こんなとき、グレン・グールドが弾くシベリウス作「三つのソナチネ」をかけ、無心に最後まで聴き惚れる。音楽に北欧の情景を掻き立てられ、窓の外を呆然と眺めていると、陽射しに照らされた道向こうの屋根瓦は、東京ではなく、どこか遠い土地の風景か、と夢想してしまう。暖房がききすぎている中央線の車内に鮨詰めにされていても、佐藤聰明という作曲家の「ルイカ」をヘッドフォンで聴いていたら、コートの重さとか、マフラーの暖かさとか、まだ日没が早い空の色とか、すべてがこの音楽と共鳴しているような気がして、不愉快なラッシュ時の電車もその日だけは曲が終わるまで居心地がよかった。音楽はいつも聞き手をどこか遠いところへと誘《いざな》ってくれるから、身動きが取れない空間、季節ほど、効き目が強い。

ところで、北陸の小松という町に、私は以前ホームステイしていたことがある。ホームステイ先のお祖父さん、田中さんは趣味と言いながら素晴らしい作品を創る陶芸家・書道家で、私たちはとても気が合い、私は田中さんにいろいろなことを学んできた。芸術のこと、美学のこと、字のこと、昔のこと。そしてこの間、ちょっと顔を見に行った折に、たまたま話題が音楽の方に流れた。

戦時中、友人と集まり手巻きの蓄音機でジャズを流し、踊ったという。最初は使い捨ての鉄針を使っていたが、そのうち鉄針が禁止され買えなくなってしまったので、自分たちで竹針を作ったそうだ。竹針だと音は小さくなるが、雑音の少ない柔らかな音色を醸し出すという。竹の音に合わせて、弾圧を受けていた「敵性音楽」に夢中になり、レコードが止まるまで踊りつづけた若き日の田中さんを、私は想像してみる。

小松のどこで、どんなダンスを仲間と踊っていたのだろうか。そして、それはどんな季節であったのだろうか。

アルゼンチンの日

親友の結婚式に参加するために、アルゼンチンまで出かけてきた。

去年（二〇〇六年）の五月、この友人は日本での私の結婚式に出席するために、博士号の授与式まで返上してニューヨークから飛んで来てくれた。今度は、その彼が、ブエノスアイレスで式を挙げることになったのだ。東京からワシントン経由でニューヨークまで飛び、そこからふたたび大型飛行機に乗り換えてブエノスアイレスまで飛ぶと、総計で二十四時間くらい機内の狭い座席に押し込められていることになる。それでも、私はもちろん行くことにした。

アルゼンチンまでは、意識的にも距離的にもかなり長い道のりであった。東京とブエノスアイレスというとそれぞれ国の首都であり、世界的に有名な大都市であり、東京には築地がありブエノスアイレスではタンゴが踊られる、などの漠然とした知識は持ち合わせている。ニューヨーク、東京、パリ、ブエノスアイレスなどと羅列できるので、何だか同じ地平にあるように感じていた。しかし、二十四時間も飛行機に乗っていると、そんな感覚は消え去った。へとへとになった心身をもって、否が応でも東京とブエノスアイレスを隔てる距離を実感してしまう。

薄暗い機内を出て、明るい陽射しのなかに降り立った瞬間、私が今住んでいる八王子からこんなにも遠い土地のことを、当たり前だけど、知らないことを実感し思い知った。周りの人々は皆スペイン語で喋っている。客待ちのタクシー運転手の一人は、体操でもしているようだった。このタクシー運転手は時々体操をして、健康を維持するのだろうか。未知の目で勝手に想像だけが逞しくなる

結婚式は着いた次の日に執り行なわれた。ユダヤ教式の結婚式で、新郎が布袋に入ったグラスを足で思い切り踏んづけて割る儀式が一番のクライマックスであった。その儀式の歴史など知らない私にも、この瞬間はぐっときた。

ブエノスアイレスから戻ってきた目には、途中のニューヨークも東京も未知の場所に映った。尺度が少しずれると、出身地にも、現在住んでいる場所にもまだまだ未知の部分がある、ということに改めて気づかされる。何だか、とても楽しい気持ちになる。

NO RURE

私は言葉というものが好きで、海辺を散歩する人が波に濡れたきれいな小石を拾うような感覚で、折にふれては集める。名言とされるものではなく、他の人なら何とも思わない、ごく普通の言葉がなぜか心と耳をくすぐり、面白く感じることがある。そんな言葉には出会った頃の記憶が染み付いている。家に持ち帰った小石を、ガラスの鉢に沈め、飾ったとしても、ずっと海辺のものでありつづけるのと同じように。

先日、宴会の席でまたひとつの言葉を拾った。「私」という耳慣れた言葉が、日本語を最近勉強しはじめた人の口から、はっとするようないい響きで届いた。彼は「私」を「ワタジ」と発音していた。操れる語彙はまだあまり多くはないのだが、大変饒舌で、内容もとても面白かったのだが、何よりも彼の話し方自体に好感がもてた。東京ではもちろん、どんな地方を回ってもこんな抑揚と、踊るようなリズムにのせられた日本語は、なかなか耳にできないだろう。他人が真似しようとしても真似できない彼独自の日本語に、しきりに連発される彼独自の「私」に、私は何ともいえない温かみを感じた。

また最近久しぶりに訪れた京都で、今度は英語の言葉を拾った。昔住んでいた家を出て駅に向かう途中、トンネルの壁にNO RUREという緑色のペンキの落書きがあり、その二番めのRがその上から白いペンキでLに訂正されていた。几帳面な誰かが後から直したのだろう。ちゃんとNO RULEとなるように。

RをLに訂正しても、やはり緑色のRが白いペンキの下ではっきりと自己主張している。緑のNO RUREは、言葉の意味通り綴りの規則を無視した、英語の表現になっていた。後からスペルを訂正した人も、考えてみると「落書き禁止」という規則を無視している。訂正を施したというより、この人も落書きの共犯である。

緑と白の落書きは、まるで二人の他人が共作した詩のようなものだと思った。

道案内

今日はどこにも出かけないで、ずっと部屋に籠り、布団に寝転んで小説を読んだり、無心に天井を眺めながら外の物音を聞いたりしていた。注意してみると、本当にいろいろな音が耳に入ってくる。バイクのエンジン音、車がバックするときのピーピーという音、街を歩く人の笑い声、遠い飛行機の轟音、小鳥のさえずり。耳を澄ませ、それらの音を通して、浮かんでくる自分の記憶をたぐりよせていたら、だんだん不思議な気持ちになってくる。東京を離れて、さまざまな場所を思い起こし、どこにいるのか分からないような感覚だ。

信号が変わり、車が走り出す。その騒音に、なぜか砂浜を渡る波の音を思い出す。夏に親戚がみんな集まるサウスカロライナ州の海岸で、窓を開けっ放しにして寝ているときに聞こえてくる、あの波の音だ。急に思い出して、潮風の匂いが蘇ってくるような気さえする。そしたら、今度はバイクがルルルーンと轟き、その音で妹がアテネにひと夏借りていたアパートを思い出す。実家のニューヨークと違ってアテネはバイクの交通量が多く、午後になると太陽がこれでもかと強く照り、暑すぎたので、今日みたいによくベッドに寝転んでバイクの音を聞いていたものだ。

そうして見えないものの音に聞き入り、いろいろなことを思い出していたら、久しぶりに京都に住んでいたときの、ある夏の午後の記憶が浮かんできた。お能の『邯鄲《かんたん》』を観に行くことになっていて、能楽堂に向かっていたときだ。丸太町で信号が変わるのを待っていたら、脇にバスが止まり、バスのドアが開くあの独特な音がして、六十代後半くらいの白髪のおばあさんがゆっくり降りて来た。目が見えないらしく、白杖をついていたので、私は咳払いをして、自分がそこにいることを示した。すると、おばあさんが話しかけてきた。

「すみませんが、河村能舞台はこちらですか」

「はい、道を渡ればすぐそこですよ」

何年も日本のいろいろな土地に滞在してきて、日本人に道案内を乞われたのはその一回に限る。当たり前といえば当たり前だが、自分にとっては、特別な記憶である。今でも、能舞台を前にして、音のみで、あのおばあさんはどんな世界を思い描いていたのだろう、と考える。

［時評］

震災のメディア

毎朝、目が覚めるとまずテレビをつけ、何度も同じ言葉で繰り返される日本の現地情報に聞き入り、これ以上状況が悪化しないことを、念じ続けていた。

米国とカナダのケーブルテレビと衛星放送会社が緊急事態を受け、無料でＮＨＫを提供し始めたのは、確か地震の翌日、三月十二日からだったと思う。普段はテレビをめったに見ない私もまる一週間、取り憑かれたように画面にかじりつき、そのうちパソコンをテレビの近くに据え、日本国外の新聞、また時事関係のブログ等も同時進行で執拗にチェックしはじめた。オンライン上ではテレビより早く情報が更新され、報道のメッセージも視点も随分多角的である。

地震、津波、原発の事故。とにかく日本のことが心配で、最新の情報を手当たり次第集めた。仙台と同じくらいの緯度にある、米国コロラド州ボルダーという、地球の裏側にいながら、震災後の一カ月、私は一時的なメディア依存症に陥った。

その時、なぜか十年以上前のまるで違う報道の記憶を思い起こしていた。アメリカ元大統領ビル・クリントンの、ホワイトハウスの実習生との不倫疑惑をめぐる弾劾裁判の報道である。裁判は日々テレビに生中継で報道され、次の日の新聞にも弁護士の弁論が延々と掲載された。当時、私は毎日裁判の中継を見、新聞記事を最初から最後まで、むさぼるように読み耽った。共和党の政治的な芝居のために、国の運営が休止されたことが信じられず、報道から目を離すことができなかった。あろう事か、非現実が現実として、テレビ画面から垂れ流されている。

この時、私は滑稽な現実を、まるで一つの物語を読むように追いかけていた。

弾劾裁判が一種の喜劇だったとすれば、東日本大震災の被害、また福島原発の事故は、心臓が一転するような悲劇であった。東北の震災の映像の、現実であってはならない現実を受け入れようとしたとき、まるで逆の意味をもつ、パフォーマンスのような報道があったことを思い出していたのだ。

しかし何より、今回の震災の報道は、日本国外でもアクセスできるメディア媒体や報道の多様性によって、弾劾裁判時代とはまったく異質であることに気づかされた。弾劾裁判が展開されたのは、一九八八年から翌八九年にかけてである。新聞はオンライン版を手がけはじめた頃であり、カメラ付きの携帯電話も普及の一歩手前であった。グーグルニュースやユーチューブ、フェイスブックはまだ存在しておらず、ブログ、という造語もなかった。フェイスブックを通じて革命が広がることもあり得なかった。

言ってみれば九〇年代後半とは、世の報道機関がまだある程度統一した視点で、大きな物語を語ることができた時代であった。視聴者もメディアの提示する物語を享受する姿勢があった。

東日本大震災の報道、少なくとも海外にいて私が各国のテレビ、新聞だけではなくネット媒体からもかき集めた情報の特徴の一つは、視点の不統一、という点に尽きる。無数の一般人が携帯電話で捉えた地震と津波の様子が、そのままＮＨＫにも援用され、ユーチューブ、フェイスブック、ブログにもアップロードされ、震災の全貌が複眼的に捉えられていた。

日本の民主党政権が、震災への対応が不十分だったと非難されるのは致し方がないかもしれないが、その要因の一つは、政府が現実を、メディアを通じて、今後の政府の、ひいては日本国民の課題という統一した視点として提示しようとしたからではなかろうか。パニックを避けるために、震災をめぐる情報の流れに形を与えようとし、失敗した。もう九〇年代ではない。物語を一方的に提示できる時代ではないのである。そういう意味で、ニューメディアは中東の独裁者の問題だけではないのかもしれない。

震災後のニューヨーク・タイムズに、潰れた車に埋もれたまま亡くなった娘の頬を撫でる母親と、二人を眺める父親の写真が載った。ただただ涙が出た。そこには一つの物語として均《なら》すことができない個の感情があった。

（二〇一一年五月三一日）

政治家の作業服姿

東日本大震災が起きて、十日ほどたった時に、生放送のニュース番組でビートたけしが、いつまでも作業服姿でメディアに登場する国会議員に憤怒した映像を、ユーチューブで見つけた。「何の役にたつのあれ⁉ だったら現地行けっていうんだよね」という言葉が印象に残った。

なぜ日本の政治家は、非常事態になると、あの下ろしたての水色のユニホームに着替えたくなるのか。現場を意識したパフォーマンスだという考え方もあるだろうが、どうも私にはそうは見えない。あまりに違和感があり、パフォーマンス衣装というよりも、むしろその逆で、形式化した非常事態専用の普段着という解釈が妥当だと思われる。

政治家が自らの身形《みなり》にメッセージ性を込めようとする、いつもとは違ういでたちで有権者にアピールしようとすることはもちろんよくある。それこそ政治の王道ではないかという気さえする。言葉を飾り、身を飾り、とにかく人々を説得し、事を為す。自らの思想に形を与え、押し通そうとすること、それが政治であろう。だがどうも、例の作業服にはそういう積極的な演出がぬけ落ちているように見える。

＊

ニューヨーク市から出た元米国国会議員にまつわる面白い話を、数年前、当時の新聞で読んだ。

時は一八七五年。

子供の時分からギャング入りをし、腕っ節の強さを生かしてプロボクサーになった、ジョン・モリッシーという男が、ある時、政治家に転身する。国会議員として二期務めた後、ニューコーク市の政界に戻り、ボスの一人として君臨するようになる。荒くれ男で、労働者層に相当人気があったようだ。

当時、積極的に政治家を輩出し、少しずつ地盤を固めてきた市の富裕層と、政治から疎外される危機感を抱いた労働者層の確執が高まりつつあった。燕尾服に身を包む富裕層を、労働者層はその裾の形からツバメと嘲笑した。

そんな中、富裕層の支持を得て当選した新市長にモリッシーが挨拶《あいさつ》に伺った折、仏国の習慣に倣って、紳士なら誰もが肌身離さずに持ち歩く名刺なるものを持参していないということで秘書に追い返されるという事件が起こった。

数日後、モリッシーはいつもの質素な普段着から、わざと立派なモーニングに着替え、高級なキッド革の手袋をはめ、ぴかぴかの革靴を履き、市庁舎に姿を現した。

「お洒落市長殿にちゃんとお話ができるようにフランス語の辞書を買って参りましたぜ」

嘘ではなかった。脇の下にはフランス語の辞書まで挟んでいたのだ。

それは、新市長をちゃかし、労働者の不安や義憤に形を与える見事な政治芝居であった。

モリッシーのモーニングを皮切りに、新聞などでモリッシー派労働者の方が逆にツバメと呼ばれるまでになったそうだ。

それに比べて、官邸の作業服はどうか。今回の震災はもちろん、土砂崩れから洪水まで、災害が起きる度ごとに、党を問わず政治家が、ほとんど反射的に作業服に着替えてしまう。これはもはや、演出とは言えない。外向的な行為でもない。あまりにも無自覚で、個人の意志を超えた集団としての記憶、惰性が、彼らを突き動かしているように見える。

二〇〇九年、民主党が政権を取った際、妙なことに気付いた。自民党時代、世間ではとっくに廃れたはずの一九五〇年代風の黒縁眼鏡、安倍晋太郎、小渕恵三などが好んだスタイルのものを愛用しつづける政治家が与党には大勢いた。集団の記憶と習慣を細部でも再現するかのように。ところが、民主党時代になるとそれがぱっと消えたのだ。

作業服は、自民党時代の眼鏡以上に、一党の記憶を超えて、政界に強靭に根付く習慣なのか。演出ではなく、政治家に流通する常識、代々受け継がれてゆく政界のしきたり。惰性。

つまり、あの違和感を覚える政治家の作業服姿は、その中身が誰であれ、そこにあるのは、自覚的な政治パフォーマンスなどではなく、日本の政界が政治家に演じさせる役柄、いわば政治家の型の一つなのかもしれない。

（二〇一一年七月二五日）

ある書店をめぐる物語

先日のニューヨーク・タイムズで気がかりな記事を読んだ。マンハッタンの由緒ある独立系書店のひとつ、セイントマークス書店が経営難に陥り、三十五年近く店を構えてきたセイントマークス広場の賃料に対応できなくなっている、ということである。不況で売り上げが激減したため、七十歳近いオーナーらは給料を半分に削り、店員を何人も解雇した。それでもメドがたたない。月2万ドルの地代を値下げしてもらわない限り、閉店せざるをえないそうだ。

マンハッタンに住んでいたとき、私もこの書店で小説を買っていたので個人的な思い入れもある。だがセイントマークス書店閉店の噂は、個人の感傷では語り尽くせない、大きな喪失感と不安をもって受け止められた。

スーザン・ソンタグやアレン・ギンズバーグなど、ニューヨークがその文章に息づく多くの文筆家が、ほかの常連客に交じり熱心に本のページをめくり、衝動買いをしたりした本屋だ。単にその界隈の一画としてずっとそこにあった、というのとは少し違う。

あの空間は何十年も前から、そこにしかなかった。街の記憶が集積する場《トポス》として、市民の精神史の一部として。

そんな店がなくなれば、街の記憶、街の生命そのものに穴が開く。

考えてみると、米国のあちこちに、セイントマークス書店に似た由緒ある、文学史にも都市文化史にも残る、独特な本屋が点在する。あるいは、かつては存在した、と言わねばならない。絵本作家エドワード・ゴーリーが贔屓にしていた、今はなきマンハッタンのゴサムブックマート。シアトルにはエリオットベー書店が、サンフランシスコにはシティライツ書店がある。米国の読書好きなら、行ったことのない人でも、その名は知っているだろう。

なぜ、書店はここまで街の記憶を刻む特別な空間になったのか。

その理由は、おそらく本屋が担って来た役割にあるだろう。米国の有名な独立系書店には、いわゆるカウンターカルチャーを積極的に擁護してきた書店が多い。シティライツはギンズバーグの代表作となる「ハウル」を、発禁覚悟で出版に踏み切った。

カリフォルニア、バークリーの名店コディーズ書店はベトナム戦争時、反戦デモを支援し、デモの負傷者に対する臨時応急手当て所と化した。

書店は、社会運動に携わり、サロンのような役割を果たしてきた。

ところで、日本の書店には、少し違う味わいがあるように思う。その街の知的中核であり、社会的な場というよりも、独りでふらりと入って立ち読みしたくなる、そういう、無数の個人の記憶のなかに形を留めるスペースとでも言うべきか。

現在の日本で、社会の記憶を長期保存する場所としては、どんなところがあろうか。

カウンターカルチャーの温床として日本で思い浮かぶのはまず、ジャズ喫茶。時代の流れで多くのジャズ喫茶は閉店し、ロック喫茶、漫画喫茶に取って代わられたのだが、いくつもその役割を果たしつづけてきた喫茶店があり、朗読会や展示なども行われる。また何十年も相変わらず学生が煙草の煙を燻らせたり、ゼミの後で酒を肴に議論を続ける大学周辺の飲食店。

最近は、長年の熱気が染みついた赤絨毯の店や雀荘が、ウッド調のオープンカフェに変わったりしているが、ある時間の名残というのは想像する以上に重要なのかもしれない。消えてしまう、となれば、守りたい。

私はその後、熱心にセイントマークス書店の動向を追った。驚くことに、結果は資本主義の常識を覆すようなものであった。書店の地代引き下げの嘆願書がオンラインに設けられ、なんと四万四千人以上が署名を連ねたのである。さらに、それを見た地主のクーパーユニオン大学は不況で厳しい立場に立たされているのにもかかわらず、一年間だけ地代値下げを約束した上、セイントマークス書店に何千ドルものローンの支払い免除を言い渡したのである。

街の人々がなんとかセイントマークス書店を引きとどめた。来年の不安を孕みつつも、とりあえずのハッピーエンドである。

（二〇一一年十一月二四日）

二つのサムズアップ

今年に入ってから米国の新聞、テレビ、ブログは十一月に行われる大統領選挙でオバマ大統領の対抗馬となる共和党候補指名争いで賑わっている。政治家が満面の笑みでサムズアップしている場面を毎日のように目にする。

ミッション完了後のウルトラマンのごとく、いつから米国の政治家は親指を立てるこの奇妙なジェスチャーを常用するようになったのであろうか。「すべてオーケー、うまくいっているぞ!」という錯覚をなぜかくまで執拗に視覚に訴えつづけるのか。

私の印象ではその先駆はニクソン大統領であったと思う。皮肉なことにウォーターゲート事件の最中や、任期半ばにして辞任せざるを得なくなったとき、状況が悪化すればするほど、頻繁にそれを繰り返した。

その意味で、無闇矢鱈とメディアに放たれる政治家のサムズアップは本来、共和党の間でニクソンをはじめ、レーガン、そして誰よりも二代目ブッシュから受け継がれてきた伝統のように思われる。クリントン夫妻のように、この空虚で楽観的な演出をうまく活用できる民主党政治家はまだ少ない。

それはまさに今年の選挙戦を暗示している。二〇一〇年、米国の最高裁は、百年守られてきた企業団体等の政治献金に対する規制を大幅に緩和した。

専門家をも驚愕させたこの判決で、企業団体は一個人同様に表現の自由をもつという観点から、一般国民には不可能な膨大な経済力を駆使し、政治広報に関わることが可能になった。政治家に代わり、企業や、大富豪の政治広報集団が無制限に資金を政治活動に注ぎ込めるのだ。

しかも政治家には資金の出所は伝わるが、社会に公表する義務はない。

簡単に言うと、米国では、政治への資金の流れがほとんど見えなくなってしまったのである。その結果、大統領候補の指名争いの時点ですでに明確な役割分担が発生した。以前、それぞれの候補者は自分の名義で行う広報活動において競争相手を攻撃する際、その内容に自ら責任をもたなければならなかった。

今は違う。匿名の企業が政治家に代わり、事実にそぐわない、誹謗中傷の広告を作成したとしても、政治家自身に責任追及はされない。また、未曽有の発言力をもつようになった匿名の団体にも、責任追及を求めるのは大変難しい。

二〇一二年の米国選挙は、ある意味興味深い実験室と化すであろう。民主主義は責任から切り離された「表現の自由」、実のない演技にどこまで耐え得るのか。

そうとう危険な状況に陥っている米国の政治の世界で、無邪気に繰り返されるサムズアップにやるせなさを覚えるのは私だけではないはずだ。

一方、サムズアップといえば一つの感動的な逸話があった。一年ほど前、アリゾナ州の国会議員ガブリエル・ギフォーズがトゥーソン市のスーパーの前で集会を開いていた折、ある男性が突然乱射を始め、九歳の少女も含む六人を射殺し、十三人に重傷を負わせた。

ギフォーズは至近距離で頭を撃たれたが、銃弾が脳を通過したため、奇跡的に命は助かった。

四日後、ギフォーズの夫マークと友人の議員二人は病室のベッドを囲み、ギフォーズの手を握り、撫で、その手をギフォーズは握り返していた。

あるとき、事件以来ずっと閉じたままだったギフォーズのまぶたがわずかに動く気配があった。

「ガビー、目を開けて!」とマークは声をかける。

三〇秒後、ギフォーズはゆっくりと目を開けて、必死に焦点を合わせようとしていた。

そこでマークは言う。

「僕が見えているなら、サムズアップして!」

ギフォーズは、サムズアップどころか、手を頭の上に大きく振り上げたそうだ。

その日からギフォーズは少しずつ恢復《かいふく》し、今ではインタビューにも答えられるまでになった。

あの恐怖から一年、再び人前に立ち、ゆっくりとだが、自分の言葉で話している。その勇気と根性はどこから湧いてくるのか。彼女のサムズアップは奇跡の挑戦を可能にした。今、テレビや紙面に溢れる大統領候補のそのしぐさには、そんな血の通った思いを感じることはできない。


(二〇一二年一月二一日)

エレガントな日本野菜

三年前、私はアメリカの東海岸から、太平洋に面した、サンタバーバラという町に引っ越してきた。西海岸最大の都市であるロサンゼルスから車で一時間半ほどの、山と海に囲まれたリゾートのような町である。

ここの一番の魅力は、何といっても週二回中央通りで開かれるファーマーズマーケットである。もぎ立ての瑞々しい果物、オーガニックの野菜が何百メートルも並ぶ光景は圧巻であり、食材の発信地にいる、というときめきを覚える。

実際、カリフォルニアの農業生産統計は目を見張るものがある。この州の農産物で、生産量が全国一のものは、何と七十七種類だそうだ。そのうち全国生産量の九十九%を占めるものは十四種類。

しかも、これはメジャーな野菜や果物に限った統計であり、新種のものやちょっと目新しい食材は含まれない。

マイバッグを肩に、農業のスタンドを一つ一つ物色すると、マーケットではまだ全国的には一般化していない日本野菜もあちこちに登場していることに気がつく。

カブ、水菜、桃太郎トマト、とろけるように甘く濃厚なカボチャ、モロキュウにぴったりの、しゃきっとした日本のキュウリ。東京では見たこともなかった赤高菜というものもある。

スーパーではあまり見かけない、外国種の珍しい食材もマーケットには常に出回るので、これはそんなに珍しいことではない。中国料理でおなじみの白菜や青梗菜《ちんげんさい》はもちろん、タイ料理によく使われるレモングラス、最近ではフィンガーライムという、キャビアのようなつぶつぶがつまった柑橘系の果物もよく出る。しかし最近流行《はやり》の日本野菜は、どこか特別扱いであるように思われる。

白菜は、英語では通常チャイニーズキャベツ、またはアジアンキャベツと呼ばれる。レモングラスも誰かが作った英語の言葉。青梗菜のパクチョイは広東語由来の名前なので例外だが、大部分の舶来の野菜には英語の名称が与えられている。

アジアの野菜を専門的に栽培しているスタンドに立ち寄ると、空芯菜や菜の花に近いものが山と積まれているが、そこには商品名がない。農家の方に野菜の名前を尋ねてみると、「チャイニーズ・ベジタブル」と口ごもるのみである。

それに対し、西洋の赤かぶサイズに合わせたのか、異様に小ぶりな日本のカブにはローマ字でＫａｂｕというサインがある。水菜にはＭｉｚｕｎａというラベルが張られ、桃太郎トマトはしっかりとMomotaro tomatoesとなっている。Shishitoだって出ているときがある。

日本の野菜や果物に限って、外国名称が一貫して通されているのである。

これは、日系人や日本の食材に詳しい人が運営しているスタンドに限る現象ではないようである。メキシコ系の方がShishitoが大盛りになった箱を指さし「え、こいつ？　シシトーだよ。スペインのペッパーだ」と得意そうに説明するのを聞いたこともある。

お国柄を忘れられているような場合でも、なぜ日本食材だけ元の名称がかたくなに守られているのか。

恐らく、こういうことだと思う。ここ二〇～三〇年、日本の懐石料理が世界中の有名シェフに大きな影響を及ぼすようになった。それを受けて、九〇年代の後半からは、ユズ、ジュンサイのみならず、ワギュウ、クロブタなど、日本名の食材が、アメリカの高級レストランでもメニューに登場するようになったのである。

そして、高級感を帯びるようになったこれらの外国名の食材が、最近になって、店のメニューだけでなく一般家庭でも徐々に取り入れられはじめているのである。

材料名の意味や正式な発音、また料理の仕方が分からなくても、高級メニューを彷彿させる名がつくだけで、付加価値が生じる。実際、私は「ワギュウ豚肉」をスーパーで見かけたこともある。

日本の場合、いわゆるソフトパワーが「クールジャパン」という文句でマンガ、アニメ、ゲームなどの大衆文化の世界流通に結びつけられているが、日本食材はそれとは逆に、高級路線で入ってきたものが大衆に浸透を続ける、もうひとつの日本文化だと言える。

何とも奥が深い、フードパワーの文化力である。

（二〇一二年三月三一日）

クール・ジャパン10年

若手ジャーナリストのダグラス・マッグレイが、三カ月の日本取材を経て米国の外交政策専門誌に「日本のグロス・ナショナル・クール」という小論文を掲載してからちょうど一〇年がたつ。バブル崩壊後、逆に力を発揮しはじめた日本の文化力にスポットライトを当てたこの文章は現在でも十分読み応えはある。近年の日本政府の産業再生と文化外交のキーワード、魅力的な、かっこいい日本という意味の「クール・ジャパン」を考える上でも示唆的である。

グロス・ナショナル・クール、つまり「国民総生産」のモジリとしての「国民総かっこよさ」。一〇年前はポケモンや北野武の映画、今では朧げな記憶の彼方のパラパラダンスなどもその好例であった。「キティ・ホワイト」とフルネームを公開されたあの子猫も日本発祥のカワイイ趣味の具現化として年々人気を高めていた。

しかし、これらのグローバルな文化流行は、日本と海外の会社が提携し、時にはローカルの嗜好に合わせて商品を改変することで実現されてきた。当時、政治家や官僚が直接そのプロセスに関わっていたわけではなかった。企業が、あくまでビジネスのために、魅力ある商品を製造する過程の副産物として新しい「クール」を誕生させたのである。

ここに、文化政策の一環として政府が絡むようになる。二〇〇七年に当時の麻生太郎外務大臣の提案で国際漫画賞が創設され、一〇年には経済産業省が「クール・ジャパン室」を設置、「クール・ジャパン官民有識者会議」を開くことになる。

言うまでもなく、政府の目的は人口減少などの理由で潜在成長力の低下が懸念される日本経済の再生であるが、同時に日本文化の世界的浸透にも期待がかけられている。国際漫画賞のプレスリリースが「海外の漫画作家の日本文化に対する理解を一層高める」という目標を掲げていることからも、これは明らかである。

すると、マッグレイの言った「日本のクール」と政府の「クール・ジャパン」は、本質的にずいぶんとニュアンスが違うようにも思われる。

マッグレイの「クール」は、日本発祥の商品がまとうオーラを指すが、それは必ずしも「日本文化」を体現するものではなく、特に「クール」を国規模に結びつけるものではなかった。この種のクールは「国籍が曖昧である」。「文化的正確さは問題ではない。日本の商品にほのかに漂うクールな香りが重要なのだ」と書く。

それは、国境を超えるグローバル・ビジネスのなかで生まれる商品価値であり、その意味で生産された商品自体のクールさなのである。サンリオによるとキティ・ホワイトこと「ハローキティ」はロンドンの郊外に住んでいる。日本の猫ではない、でも、日本の猫でもある。それが、クール。それが、ビジネス。

これに対し、日本政府が推す「クール・ジャパン」には、どこか「文化的正確さ」が要されている。つまり商品に「日本」が投影され、国と文化がクールとして捉えられることが期待されているのである。また、十一年五月に発表された「クール・ジャパン官民有識者会議提言」に「日本流の自覚」とあるように、このクール・ジャパンという視点は国内にも向けられている。「クール・ジャパン」の裏には、どうも経済と愛国心とがせめぎ合っているようである。

このことを私なりに考えるきっかけがあった。米国の西海岸の大学で今学期、現代日本文学と映像作品を中心とした授業を担当しているのだが、そこで先日、アニメ監督の細田守の「サマーウォーズ」を上映した。驚くことに、私の学生六三人のうちの五人ほどしかアニメを普段から見ていなかったのである。

大学にはアニメクラブもある。しかし、実際に日本文学を学ぶ学生やアニメを映像の視点から分析し、論文を書く学生のなかに、とにかくアニメにクールだと入れ込み、同好会にも参加しているような学生は意外と少ない。

日本産のクールの香りを楽しむ若者を増やすのも重要だが、もう一歩踏み込んで日本を勉強したいという気持ちには、クールより根の張った関わり方が求められるようだ。それをすべて「クール・ジャパン」でひっくるめてしまうのは、どこか惜しいような気もする。

（二〇一二年五月二一日）

さらば、日本文学

一〇年以上前から私は日本の長編小説や短編集を英訳し、出版し続けている。米国で翻訳料だけで生活するのは無理なので、大学の教員を本業として授業、研究、教授会などの仕事の合間に翻訳する時間をつくるしかない。

よほど翻訳が好きでない限り、こんな年中無休の生活はお断りだろう。翻訳のどこがそんなに魅力的なのか。

翻訳は言語の運動のようなもので、しばらくやっていないとどうも頭や感覚が疼く。翻訳者自身を恍惚にする、一種求心的な知的充足は、確かにそこにある。しかし、それより遥かに強いのが、いわば遠心的な、いいものを第三者に伝え、それを分かち合いたいという欲求であろう。

実際、私が初めて翻訳を思い立ったのは、川端康成の「無言」という小説に深く感動し、米国の家族や文学好きな友人にどうにかそれを伝えるためであった。日本語ができない彼らとは分かち合えない、という心細さ、孤独を克服するために、翻訳を始めた。

そういう個人的経緯もあり、これから日本文学の翻訳、海外での流通がかなり減少するであろうことに、寂しさを覚えずにいられない。

文化庁が二〇〇二年に始めた現代日本文学翻訳・普及事業は、二〇一二年六月下旬の文部科学省版の事業仕分けで廃止になった。当事業の依頼を受け、松浦理英子「親指Pの修業時代」、川上弘美「真鶴」、古川日出男「ベルカ、吠えないのか?」という三冊の長編小説の英訳に携わった者として、細部に改善の余地はあるにせよ、いきなり廃止との決断に驚き、何げなく事業仕分けの会議をニコニコ動画で拝見した。

内容には目を疑った。廃止の決定はデタラメな数字に基づき、また、意見を求められた有識者も日本文学の海外への翻訳に関してはまったくの門外漢であった。事業代表者を務めた文化庁の人間も、直接業務に関わっていないためか、その仕組みや成果をちゃんと把握していない。

当事業は、海外にむけて翻訳されるべき作品を文学の専門家に選んでもらい、翻訳者に訳文を準備させ、海外の編集者を含めた丁寧な英文のチェックと推敲を通じて、最良の原稿を海外の出版社に売り込む、というものであった。

日本に比べ、米国では翻訳出版に二の足を踏む場合が多い。コストがかかる上に、村上春樹のように海外でも知名度がある作家を除き、売り上げが伸びないからである。当事業は出版社が赤字を出さずに日本文学を出版できるよう、一部を買い上げ、世界の図書館に寄付してきたのである。

今までこの過程を経て海外で出版された訳書の数は一二〇冊ほどだそうだ。私が大学で現代日本文学を教える際、教材に使う小説の三分の一ぐらいは、この事業で出版が可能になったものである。おかげで米国の学生にも今を伝える日本文学を共有できるような基盤ができつつあった。

事業仕分けに参加した有識者の一人は、データベースの統計の読み方を間違え、翻訳の「件数」を「冊数」として挙げた。短編も、重版も、同書の英国版や米国版なども一件として表示されるので、実際の出版数を大幅に読み違えた結果になる。

例えば、二〇〇八年に英訳された二〇冊程度の作品の数が、その有識者の計算では一〇二冊になってしまうのだ。

しかも、既に読まれている作家、娯楽系の作品など、民間でもある程度の成功を収めているものを除き、純文学路線の作品に限れば、何と英語圏では、この年、九冊しか出版されていない。そのうち五冊は当事業のものであった。

別の有識者は何度も海外の出版社が「血眼になって」日本文学の翻訳を出版したがっていると主張したが、村上春樹を例外として、そんなことは決してない。民間企業が自らがんばっているのはむしろアニメやマンガの方だ。つまり政府が今どんどん投資をしているクール・ジャパンである。

独自の味わいをもつ、すばらしい日本語作品は多い。日本文学を翻訳し、世界の読者にその良さをお裾分けすること、共有できるものにすることは、たとえ目先の国益に繋がらないとしても、大きな意味があるはずだ。見当違いな審査でこの事業が廃止になったことを、一納税者として非常に遺憾に思う。

（二〇一二年八月一日）

米大統領選と事実検証

米国大統領選挙もいよいよ終盤戦である。民主党、共和党の各党が大会を行い、それぞれの方針や目標を掲げる党綱領を採択した上で、大統領と副大統領の候補者を正式に任命した。後は四人の候補者と二つの主要政党、そして米国最高裁の判決により無制限の政治献金を許容された大富豪や企業が、選挙まで戦いを繰り広げるのみである。

四年に一度回ってくる大統領選挙前のこの時期には、まったく独特な雰囲気がある。激戦となる州を中心に、候補者が毎日のように演説を行うのだが、まるで祭のように楽しい光景がテレビで流れる。観衆が手作りのポスターを翳し、変な帽子を冠る。星条旗が爆発したような膨大な数の赤、白、青の風船が壇上と客席になだれ落ちる。

しかし、このイベントめいた演出の裏には、およそ楽観的ではいられない米国政界の暗澹とした現状がある。

例えば共和党の全国大会では、毎回毎回、声をそろえて数万人の参加者が熱狂的に「USA、USA、USA」を連呼する習慣が続いている。

民主党大会では、さすがにここまで極端ではないが、共和党が露骨に謳い上げる国家主義、米国の優越を正面切って否定するわけではない。いずれの党も、幼稚な米国至上主義を煽ることで有権者にアピールする必要がある、と判断しているようだ。そして残念なことにそれは功を奏している。

今回の選挙は、しかしとりわけ気がめいるものである。いつも通りの報道に加え、各メディアが日常的に大量の、いわゆるファクト・チェッキング、事実検証をする必要に迫られているのだ。政治家やその陣営の人々が発言するたびに、検証が始まる。

これ自体に問題はない。発言の趣旨、援用された統計などの真偽を第三者がチェックするのは妥当であろう。問題は、いつの間にか「事実検証」の機能する方向性が完全に逆転するという危機的な状況に陥っていることである。

一九三〇年代には米国の主要な新聞雑誌はファクト・チェッキングの専門家を抱えるようになった。正確な情報を伝えるのは自らの義務、民主主義国家における自分たち業界の存在意義である、という信念に裏打ちされ、メディアが事実検証の厳しさに誇りをもつようになったのである。

つまり本来、事実検証とは、発言する側が発言前に一度立ち止まり、発言内容の信憑性を隅々まで確認する、内省的な行為だったのである。

ところが今回の選挙では、事実検証は逆方向で行われている。政治家の演説後、発言中の具体的な情報を典拠となるもの、統計などと照合し、有権者がすべてを鵜呑みにしないよう真偽を計るのが現在の事実検証である。

実際、中立の立場から、プロとして検証を行い、両党の真偽を追求するウェブサイトがいくつか存在する。なぜか。その必要があるからである。政治家の言説は、現時点では特に共和党の発言は、大変捏造部分が大きくなってきている。

ピュリツァー賞を受賞した事実検証サイト、ポリティファクトによると、調査が行われた四〇三件のオバマ大統領の発言のうち二七％が、共和党の候補者ロムニー氏に至っては、一六三件のうち四二％が事実よりは嘘に近い内容であった。最低の格付け「真っ赤な嘘」に指定された発言の統計は、オバマ氏一％、ロムニー氏九％であった。

目を見張る結果である。しかし、お互いの陣営がポリティファクトなどの事実検証を援用し、相手を攻撃することはあっても、自分の発言を撤回することはない。

最近ロムニー陣営の世論調査監督が、反オバマ広告がまったくのでっち上げだと各方面から非難され、質問を受けることになった。「われわれは事実検証をする輩にキャンペーンのやり方を規定されない」との返答であった。

またさらに拍車がかかり、事実検証を行うサイトや由緒ある新聞が皆民主党寄りだとして、共和党支持者が同胞のために「事実検証の事実検証」を開始する始末である。

この共和党側の戦略がうまくいけば、民主党も将来、共和党と同じ方針に出るかもしれない。演説の後にふわふわと舞い落ちる三色の風船。これから言論の責任も、地面で軽く弾かれるようなものになってしまうのか。

（二〇一二年十月四日）

米大統領選という文化

四年に一回、米国は大統領選挙というフィーバーに浮かされる。二大政党が対面し、湯水のようにお金を使った政治葛藤劇を何カ月にもわたって繰り広げるのである。

選挙に関するデータがその圧倒的なスケールを物語る。両陣営両政党をはじめ、政治広報集団などが選挙にかけた総費用は議員選などを含めて、なんと六〇億ドル、円でいえば約四八〇〇億円に上る。六月一日から選挙当日の十一月六日までの間に、およそ一二〇万本の政治コマーシャルがテレビに流された。しかもこの統計は、地域限定の有線テレビやラジオに流されたものは含まないそうだ。

さらに、コマーシャルのほとんどが、オハイオをはじめとする、五〇州内七州の、いわゆる激戦州に集中していたという。

想像を絶する。

私も含め、多くの米国民はまるで鬼にでも取り憑かれたように、日に何度も最新の世論調査の結果を確認し、政治関係のブログを拾い読みしては一喜一憂する。友達と会うと必ず選挙が話題にのぼるし、応援する候補者の支持率が下がれば、眠れなくなる。アメリカの英語には「選挙病」という言葉があるくらいだ。

三回に及ぶ大統領候補者のテレビ討論会を肴に、毎度友人が討論会パーティーを催す。これは相当賑やかである。敵陣の候補者が何やら疑わしい発言をしたのに、贔屓の候補者が効果的に言い返さないと「おいおい、やっつけろよ、やっつけろ！　そこはこう応えなきゃ！」と画面に向かって叫ぶ人もいる。まるでアメリカンフットボールの試合観戦である。

これが米国の選挙文化。思うに、とても不思議なものである。近年、選挙は常に激戦になる。

有権者の半数弱は最初から頑として共和党に入れるつもり、またもう半数弱は民主党に入れるつもりでいる。異なる立場のグループは、それぞれが推す候補者やその政治広報集団にお金を寄付し、討論会パーティーなどで相手側を罵ったりするのだが、敗者が選挙後に敗北を認めた瞬間からすべてがスタート時点に巻き戻される。負けた側は「この国はもうおしまい」とぼやきながら、敵陣の大統領を受け入れるのだ。

言ってみれば、米国という国は、四年ごとに自らを切り裂くという儀礼によって、国としての統一を保っているようなものではなかろうか。国民が同じ価値観や世界観を共有する、というのではなく、相容れない価値観、哲学、世界観の、その「相容れなさ」自体を共有するのである。立場の分裂を再認識することで、不思議な連帯感が保たれてきた。

選挙の当日。

友人が選挙パーティーを企画してくれた。参加者はみなオバマ陣営。オバマ氏が勝利する確率は高いと言われてはいたが、万が一の悲劇に備えてアルコールとアイスクリームが大量に仕入れられていた。

この日、アメリカ大陸の津々浦々、相反する結果を望む六六〇〇万人の人々がテレビ画面にかじりついていた。オバマ大統領の再選が報道されはじめたのは十一時十二分であった。しかし、喜ぶには早い。なぜなら、共和党の候補ミット・ロムニー氏が十二時五五分まで敗北を認めなかかったからである。

その一時間半の間、私だけでなく全国の視聴者は、息を詰め、二〇〇〇年度の選挙を思い出していたはずだ。フロリダ州の集計結果が不明だったため、ブッシュ氏もゴア氏も敗北を認めず、結局一カ月後に米国最高裁判所が介入して、前者を大統領に認定し、実際には票数で勝っていたゴア氏がその判決を受け入れるまで米国が固唾を呑んで展開を見つめていた。

もし今回、ロムニー氏が敗北を認めなかったら、どうなったか。共和党の支持者はオバマ氏を拒否し、正統だとは思えない新政府がわだかまりのなかに生まれることになったであろう。

それでも敗北宣言に時間がかかった余波か、選挙結果が正式となった翌日から、「わが州は合衆国から脱退させてもらいたい」という請願書が全五〇州のロムニー支持者から提出されることとなった。

米国選挙は、勝敗の後の、敗者の潔さにもかかっている。パフォーマンスと文化としての民主主義によって、切り裂かれた国がなんとか修復されるのである。

（二〇一二年十一月二四日）

銃とクリームロール

「そりゃトゥインキーと一緒ですよ。なくなるとなれば、買いだめしたくなるものです」

米国テネシー州の牧師が、近所の鉄砲店でニューヨーク・タイムズの記者にインタビューを受けていた。銃弾を買いに来たところほとんど売り切れで在庫がない理由を、こう説明したのである。

トゥインキーというのは日本ではあまりなじみがないかもしれないが、米国では「消費期限が一〇〇年」などの都市伝説を生んだ人工的なお菓子のクリームロールである。製造元ホステス社が二〇一二年に倒産し、やがてトゥインキーの生産を終了することになった際、全米のトゥインキーファン？　が在庫を買い占めたことはまだ記憶に新しい。

牧師によれば、それとこの数カ月間、米国で銃や銃弾の売り上げが急激に上昇した現象とが基本的に同質のものであった。

果たしてそうだろうか。

私には、ふわふわのケーキに人工的なクリームを注入したお菓子が売れまくることと、戦場でも使われている半自動式ライフルや大容量弾倉が店の棚から消えるくらい売れることの類似性は、かなり希薄なように思う。

銃の蒐集家がいるのは知っている。自分で鹿を猟ったり、畑を荒らす猪を撃ったりする人がいるのも分かる。いや、銃弾を発射した瞬間、腕を走り抜ける衝撃に恍惚とする人の気持ちだって少しは想像できる。

しかし、それとこれとはかなり違う。現在、最もよく売れている銃のひとつは、二〇一二年、クリスマスを目の前に控えた十二月十四日、コネティカット州ニュータウンの小学校で起きた悲惨な乱射事件で二七人を殺したAR―15という種類だそうだ。禁止にでもされたら買えなくなってしまうから、今のうちに買っておこう、と多くのアメリカ人が店に走ったそうだ。

六歳、七歳の子供たち二〇人と大人七人の殺戮に用いられたばかりの銃を自分も所有したい、という気持ちは、八二年の歴史をもつ駄菓子の消失を懐かしむ気持ちに似ているとは思えない。

二〇〇七年に三二人の死者を出したバージニア工科大学銃乱射事件以来、死者が四人を上回る射殺事件は、米国でなんと一九回も起きている。

ニュータウンの悲劇の後、やっと今度こそ、銃規制へアメリカ社会も重い腰をあげるのでは、という微かな期待を私は抱いた。と同時に、期間一〇年間のいわゆる攻撃用武器販売禁止連邦法が、一九九四年に成立する背景となった事件を思い出していた。

服部剛丈さんという日本人留学生がホストブラザーと一緒にハロウィーンの仮装パーティーに出かけた際、家を間違え、射殺された事件である。当時高校生だった服部氏と私は同い年、誕生日は一六日しか違わないので、深いショックを受けたのを覚えている。

米国のマスメディアの報道を見ていると、近年ますます頻発している乱射事件をはじめ、銃規制を巡る議論、さらにいえば米国の「銃文化」そのものが、あくまでも国内の問題のように扱われるケースが多い。しかし、服部氏のこと、またニュータウンの事件が起きる二カ月前に長男の二〇周年忌を追悼し、米国に銃規制の立法を求める行事に参加されていた服部氏のご両親の深い悼みを思うと、これを米国内の問題としてだけ捉えることは不可能である。

二〇一一年の新学期に米国の大学と大学院に在籍している学生のなかには、七六万人以上の留学生が含まれるというデータがある。計算方法に問題があるようで、実際の数はこれよりも多いらしい。統計には小中学生、高校生も含まれていない。

バージニア工科大学で亡くなった三二人のうち、六人、二〇％弱は留学生だったそうだ。米国の銃文化は言い換えれば暴力に対する態度の緩さ、麻痺を体現している。甘いトゥインキーを買うことと、半自動式ライフルを何丁も自宅に置くことを延長線上に語る、倒錯した意識。悪人がいつやってくるか分からない、自分で自分を守れなかったら殺されるという妄想じみた世界観。

あるいは、米国が常にどこかで戦争をしていることも、この態度とどこかで通じているのかもしれない。

（二〇一三年一月二九日）

気候と人口

先日、ニューヨーク市郊外にある実家から母親がメールで写真を送ってきた。本文には「父が裏庭で撮影」という説明が付してあるばかりだ。

一見、白黒の写真かと見紛うほど、重い雪が庭一面を覆い隠していた。中央には大木の枝が二本、深い雪のなかに横たわっている。しかしあらためて見ると、枝に見えたものが、かつて裏庭いっぱいに枝を広げていた桜の大木そのものだと気がついた。積雪の重みでまるで安っぽい割り箸のようにぎざぎざと引き裂かれ、左右に倒れたのである。

あの見事な八重桜だ。

幼い私と妹が、「花見」という言葉を知らずに、花の下に潜ってピクニックを試みたり、満開の花の中をよじ登っていたあの八重桜。一九三〇年代の大恐慌の最中に私の実家となる家が建てられる前、今の土地が広い果樹園であった時分から、唯一果実を実らせない樹木としてずっとそこにあった、古木の八重桜。

地球温暖化で全世界の気候変動が激しくなっているという事実は、一応頭では理解していた。実家が去年の晩秋に化け物のような巨大台風に襲われ、二週間近く電気も暖房も熱水もない生活を強いられたのも、まだ記憶に新しい。

しかし、あの八重桜が一メートルを超える積雪によって見事に真っ二つに裂けたのを目にして、刻々と進む環境変化の影響力を、初めて身をもって実感することになった。

似たような感覚を覚えた人は米国に多いはずである。小さな出来事が集積し、昔から水面下で推し進められていた変動が静かに表面化し、形になる。

去年の米国大統領選で二大政党の候補者が口をつぐんで話題にするのを避けた「気候変動」という言葉が先日オバマ大統領の一般教書演説で取り上げられたのも、その証拠である。

どうも、この一年くらいの間で、靄にかすんで見えない深い動向や変化が、急に可視化してきているようだ。

八重桜と地球温暖化から話は少し飛ぶが、私が住む西海岸でもゆるやかに進行してきた変化が突如として表面化するような発見があった。

カリフォルニア州財務省が一月末に発表した報告書によると、今年半ばまでに白人と中南米系のいわゆる「ヒスパニック」が占める州総人口の比率が同等になるそうだ。年末までには、ヒスパニック人口が白人層を上回る見通しであるらしい。

カリフォルニアに住んでみると、スペイン語の地名、メキシコ料理店や「ボデガ」と呼ばれる中南米系のコンビニのみならず、ヒスパニック人口が高いことは一目瞭然である。それについては特に気に留めることはなかった。マンハッタンでも地下鉄の広告はかなりの割合でスペイン語で書かれている。ヒスパニック人口がそれだけ多いからだ。

しかし、市ではなく州のレベルで考えると、この人口比率変動は相当大きな社会変化を示唆している。すぐ近くのニューメキシコ州のヒスパニック人口も既に白人人口を上回っているそうだが、ニューメキシコの人口は米国総人口の一％にも満たない。カリフォルニアは合衆国の中で人口が最多であり、米国総人口の十二％ぐらいを占めている。

しかも、昨年に発表された二〇一一年の国勢調査局調査によると、白人の出産率が、歴史上初めてヒスパニック、黒人、アジア系の総出産率を下回ったそうだ。

これらの統計から、米国は少しずつ人種の多数派、マジョリティーが存在しない国になりつつあるのだと実感する。私のいる南カリフォルニアからは、今とは少し違う米国の未来図が見えてくる。

本当は、現在というのも未来図の一端であるはずだが、普段、その意匠は表面化されていない。最近見聞きした小さな出来事は大きな世の趨勢を語るように思えてならない。

日本でも、米国と似た変化が起こりつつある。夏の猛暑や大雨洪水も含め、気候の振幅は激しくなるばかりだ。新宿の人口は約一〇％が外国人。また総人口は世界に例をみないスピードで高齢化に向かっている。

日本でも脈々と進む変化が、いつどのような形で私たちの前に可視化されるのであろうか。

（二〇一三年二月二六日）

日本初の国際文芸祭

三月の頭に日本初の国際文芸祭が、三日間にわたって東京で行われた。どの会場も満席に近く、詩や小説の朗読を交えながらの座談会やトーク、講演など、イベント内容も非常に充実していた。

一言でいうと、大成功であった。世界的に見ても、なかなかない試みであったはずである。日本と海外の小説家や詩人をはじめ、多くの翻訳者、編集者、ブックデザイナーなどが自分や相手の作品を語り、文筆家としての心意気、旅の楽しさ、電子書籍時代の文学のあり方など、多様なテーマを深く掘り下げるのを聴き、こんなに濃厚で贅沢な時間はめったにないと何度も感じ入った。

と同時に、イベントの形式や全体のプログラムにも、考えさせられるところがあった。

今回の文芸祭は「東京文芸祭」ではなく「国際文芸祭」であった。確かにその通りである。日本の作家、翻訳家、編集者以外にも、米国と英国から多くの参加者が集った。もともとは南アフリカ出身で、現在はオーストラリアに帰化しているノーベル文学賞受賞者ＪＭクッツェー氏も、すばらしい朗読を二回披露した。

日本以外で活躍する参加者が多かったという意味では国際的に違いないのだが、外国からの参加者が英語圏に限られるとなると、ある意味それほど国際的ではないのでは、とも思う。本当は「日本・英語圏の文芸祭」と呼ぶべきではなかったか。

もし来年国際文芸祭が継続されるとしたら、英語以外の言語で書いている外国の小説家の参加があればさらにいいと思う。

これは誰もが感じることであっただろう。しかし、実は、ここで大きな難題にぶつかる。実際問題として多言語の作家を招こうとすれば、方法はふたつしかない。ひとつはそれぞれの作家の言葉と日本語との間を、そしてさらにフランス語、中国語、ドイツ語などの参加者の間を橋渡しする同時通訳をつけること。

つまり、国連会議のように同時通訳者を幾重にもはりめぐらさない限り、国際文芸祭は成立しえないのだ。これは予算的に無理があるだろう。

もうひとつの方法とは何か。さまざまな国々で活躍する作家を招待するが、日本語か英語のできる人間に限定する。それしかない。

日本語のできる外国人作家は、ほとんどいない。そうすると、外国の作家は、英語のできる人でなければならない。

日本語か英語か。やや狭い選択肢になるが、現実問題としては、これはおそらく致し方ない。英語が覇権をもつ現在、どこの国でも国際文芸祭はこのような形式をとらざるをえない。

実際、ニューヨーク市で毎年春に開催されるワールド・ヴォイセズ・フェスティバル、日本語に翻訳すれば「文芸祭・世界の声」では、ほとんどのイベントが英語のみで進行する。「世界の声」とは言いながらも、去年の参加者のうちほぼ七〇%は英語圏の作家であった。

そう考えると、今回の日本初の国際文芸祭は、それ自体非常に国際的な試みであったと私には思われるのである。

作家の出身地、拠点という観点からは、日本と英語圏に限った文芸祭であったが、英語という覇権的な言語で書く作家を日本に招き、日本語を基調とする場で文学を語ってもらうのは、ある意味英語の世紀における国際性のひとつのあり方ではないだろうか。覇権的言語空間を離れ、そこで対話が生じる。

国際性とは外の世界に赴くことだと解釈されやすい。しかし、日本を世界の舞台にし、日本語空間に人を集わせ、日本語で声を発信する、それこそ英語の覇権に対して働きかける、もうひとつの国際性なのではないか。

さらに言えば、日本の作家が世界に声を発信するだけではなく、日本の読者が世界の声にこれほど積極的に耳を澄ましている、という国際的姿勢を示す機会に、この文芸祭はなるだろう。思えば、ニューヨークの「世界の声」は英語圏の読者が、既になじんだ英語圏の作家の声に耳を傾ける、というかなり内向的な面が強い。

覇権的言語空間の外にいることには、別の強みがある。その強みを日本の国際文芸祭が提示してくれることを期待したい。

（二〇一三年三月二〇日）

経済政策と文学性

米国の中央銀行制度のトップを務める連邦準備制度理事会議長ベン・バーナンキが六月に記者会見を行った。日本文学の研究者である私は普段この種の会見は素通りすることが多いが、たまたま空港のテレビに映っていたので、見た。

要は米経済が軌道に乗りかけているとのことであったが、口調があまりに無味乾燥で面白くない内容であった。質疑応答も同様。一応ライブの言葉ではあるが、臨場感はまったく感じられなかった。

しかし、バーナンキの会見の最中、恐ろしいことが起きていた。株価が急転落し、会見が終わるころには、また少し回復していたのである。全世界の株主が一瞬にして多大な損失を被り、そして最終的には少し埋め合わせがあったのである。バーナンキのあのぱさぱさした会見がどうしてか、この変動を引き起こした。

経済学の門外漢である私には、バーナンキの口から流れ出た淡白な言葉の、どういうところが株価を変動させるほどの力をもつのか、分かりかねた。米経済への明るい見通し、楽観的展望がなぜ株価を暴落させたのか、不思議であった。

ただ、会見を聞いていて、既視感に捕らわれるような感覚があった。バーナンキが話す言葉の力は意外にもどこか文学の力に通じるところがあるのかもしれない、と、ふと思い当たったのだ。


小説を読むとき、読者はあられもない出来事を素直に受け入れ、実在しない街を往来する架空の人物に同調して、悲しいことやうれしいことに一喜一憂する。

もちろん、小説は現実ではない、ということを承知している。承知してはいるが、それでも小説の世界を、現実のように捉える。小説の言葉にも、あえて現実の重みを与え、同じ真剣さでつきあう。そうした夢うつつの混同は文学の醍醐味であろう。いや、実世界を楽しむ方法とも言えるのだ。

バーナンキの記者会見にも小説に似通うところがあったではないか。連邦準備制度理事会のメンバーたちがデータに鑑み、これからの経済についてひとつの仮想を練り上げ、議長にそれを公言させる。文学とはほど遠い、淡々とした論調で語ることで、逆に仮想の世界の現実感、信憑性が強まる。

連邦準備制度理事会は方針を改めたのではない、とバーナンキは何度も繰り返した。経済刺激策を従来通りつづける予定だ、と。だが、現実のその請け合いよりも、この先の米経済に対するメンバーたちの仮想の、ある意味ではフィクションに過ぎない未来図の方が投資家をゆさぶる。その仮想世界では刺激政策は当然緩められるのではないか。そして、実世界の株価が転落する。

最近、米国のメディアは名門大学ハーバードに勤める二人の経済学者が、ある論文で犯したおかしなミスを、別の公立大学の大学院生に指摘されるという珍事件でしばらくにぎわっていた。普通、学術論文にミスがあった、などというのはニュースのニの字にも引っかからない。今回の出来事が注目されたのは、緊縮財政政策を勧奨する論文がヨーロッパや米国の保守系政治家に大いに支持され、演説や議論などでしばしば援用されたからである。しかも、それ以前にもまた別のハーバード大の教授が発表した緊縮財政政策勧奨の論文が、同じように広く援用された後、内容の破綻を指摘されるということがあった。

こうして、名門大学の経済学者の、しかも同じ系統の研究成果が、完全に現実離れした仮説だということが連続して発覚したのである。

これはどういうことか。文学者の私にはよくわからないが、いろいろな記事や経済ブログを調べるうちに、どれもこれらの経済学者が描く未来予想図というのも、多分にお芝居や小説に通じる部分があることに気づいた。

緊縮財政政策というのは、基本的に、勧善懲悪や因果応報の論理に根付いているようだ。無理な借金をすると罰が当たる、貧乏な国や国民は高望みをしてはいけない。緊縮財政は物語における天罰の役割を果たす。

客観的な学問に見える経済学にも、実はそうとう小説的な要素が入っている。言葉や物語の力は、日々、実世界の株価を左右しているのだ。


（二〇一三年七月二二日）

「右派」と「左派」

以前から、少し不思議に思っていることがある。ニューヨーク・タイムズをはじめ、アメリカやヨーロッパの新聞が自民党に言及するとき、必ず「中道右派」の政党であると説明し、民主党を自民党ときれいな対をなす「中道左派」として位置づけていることである。

日本の政界に詳しいわけではないが、自民党も民主党もさまざまな理想や思想を内包しており、必ずしも明確な世界観に基づいた政党ではない、という印象をもっている。

かつては保守中道、中道左派といったスローガンを掲げて対抗した時代があったとはいえ、両党が目指す日本の未来図が根本的に違うというわけには、どうも私などには思えない。右と左という比喩で表現できるほど明らかな差異が、両党の間にはなさそうである。

もちろん、私が日本の二大政党の意義と、その相互関係を把握しきれていない可能性は多々ある。しかし、日本政界の内情とは関係なく、欧米各国の新聞が唱える「自民党＝中道右派」「中道左派＝民主党」というきわめて単純な、まさに左右対称の図式には、さらに大きな、根本的な問題があるように感じる。

思うに「右と左」「右派と左派」あるいは「右翼と左翼」とは、本質的には、相対的な概念でしかない。どこかに中間地点を想定しない限り、あるいは皆で同意して「中間地点はこのあたりにあるとしよう」と指定しない限り、右も左も存在しえない。

言い換えれば、右と左というのは、あくまでもひとつの社会、ある政界のなかでしか意味を持たないということである。万国に通用する、いわば普遍的な中間地点などはやはりあり得ないのだ。

米国では民主党に代表される左派と、共和党に代表される右派の違いは、従来、きわめて明確であった。左派が国民の生活をさまざまな局面で援助する、比較的大きな政府を目指すのに対し、右派は国民の一人一人が自分の生活に全面的な責任を背負うことを理想として、政府機能を小さくしようとしてきた。

左派が、企業とは金もうけを第一義とするため、社会の利益を守るために政府が規制をする必要がある、という立場を取るのに対し、右派は逆に自由市場であればあるほど、会社が社会の利益に貢献するようになる、規制はその原理の妨げでしかない、と主張する。

この二項対立が、米国の政界構造を形作ってきた。保守派とも呼ばれてきた共和党が過激化し、革新派だったはずの民主党が逆に政府古来の機能を守ろうとする、いわば実質的な保守と革新の逆転が起こりつつある現在においても、右と左の意味だけは依然として変わっていない。

ニューヨーク・タイムズの記者が自民党を「中道右派」と説明するたびに米国の読者は、自民党を米国の共和党の中道派に該当する政党だ、と位置づける。米国政党が長年の議論を経て社会の記憶のなかにその位置を定めてきた中間地点がそのまま日本にも当てはまるという誤認のもとに、日本の社会や政治を米国と同様に左右に分けて構想することになってしまう。

ひとつ、具体的な例を挙げる。安倍晋三首相が推進している経済政策、いわゆるアベノミクスは、米国の政界構造のなかでは、どうも左派の政策になる。例えば、アベノミクスは公共投資による経済政策を打ち出しているが、これは大きな政府の政策だ。リベラルの旗頭で、ノーベル賞まで受賞した著名な経済学者ポール・クルーグマン氏がアベノミクスに対する期待を表明しているのはそのことを物語っている。

しかし、クルーグマン氏は同時に、右派の安倍氏がなぜこんな左派的経済政策を行うことになったのか、よくわからないとも述べている。

簡単に言うと、自民党と民主党の関係を、米国社会を通した「右と左」で理解するのは、一種の誤訳でしかない。そして、どの国でもこのように世界は独自のフィルターを通して語られる。

普段あまり気に止めることがなくとも、新聞やテレビの国際ニュースのほとんどは、実は翻訳

で成り立っている。私たちが見ている世界は、誤訳に満ちているのだ。（二〇一三年十二月一日）

進む国際化　重国籍容認を

米国ニューヨーク市で生まれ育ち、コロンビア大学で学士と博士を取得した後、何と五六年間も同大学で日本文学を教えつづけたドナルド・キーン氏が、二〇一二年三月に日本の国籍取得が法務省に許可された。八九歳で日本国籍保持者、つまり日本人になった。

キーン氏が日本に永住し日本国籍を取る意思を表明したのが三・一一直後だったということもあり、東日本大震災がきっかけになったと多くの場所で報道された。そのことに感銘を受け、元気づけられた人も随分いたのではないか。

私自身も感銘を受けた。しかし、それは震災後の日本への愛着を示す姿勢にというよりも、八九歳のよわいにして余命を見つめ、大胆にその軌道を変えることを恐れないキーン氏一個人の決意に対する感慨であった。

周知の通り、キーン氏は第二次世界大戦で米軍通訳士官を勤めた。初めて日本に足を踏み入れたのは沖縄戦のときであった。情報収集のために日本兵の日記を英訳する仕事を担当したそうだ。「私が初めて親しくつきあった日本人はその日記の書き手でしたが、お目にかかったときにはもうみな死者でした」と本人はその経験を語っている。

キーン氏の日本国籍取得は彼自身の来歴から考えるとさらに意味が深い。日本や日本国民という視座からではなく、かつて日本とその国民を敵視した国の一個人が歴史を乗り越える、私的な決断。

実際、キーン氏が日本への国籍取得を思い立ったのは十一年一月に病気で三週間も入院し、命を落としかけたときである。もし回復できたらどう生きたいか、考えて心を決めたそうだ。

日本の国籍法によると、キーン氏のように二〇歳以後に「外国の国籍を有する日本国民」になった者は二年以内に、生まれたときに重国籍保持者となった者は二二歳までに日本政府に「日本の国籍を選択し、かつ、外国の国籍を放棄する旨の宣言をする」必要がある。

日本が重国籍を認めず、重国籍保持者に国籍放棄宣言をさせるのは「国籍唯一の原則」を採用しているからである。つまり世界中の人々は必ず国籍をもち、かつ唯一の国籍をもつべきだという立場を国が取っている。

「国籍唯一の原則」とは一九三〇年に固められたもので、なにより国家の都合を最優先したものである。近年、ほとんどの先進国はその原理を捨て、国籍を人権の問題として捉えるようになってきた。フランス、英国、米国などはその好例で、みな重国籍を認めている。

オーストラリアなどは重国籍がグローバル社会で活躍するためには必要だとして、積極的に推進しているそうだ。

　国際化が進むにつれ、キーン氏のように複数の言語や文化に生きる人たちは増える一方である。海外に滞在、居住している日本国民で税金や雇用などの関係で現地の国籍を取得する必要を感じる人もいる。両親が別々の国籍を有するため、生まれつき重国籍を保持する子どもも多い。

　私と日本生まれの妻の間に、今年一月に生まれた子どももやはり日米両国籍をもっている。家では日本語と英語で育て、近所にあるバイリンガルの公立学校に通わせ、日米両国の文化を大事にできる人間に育てたいと思っている。今も、ロサンゼルスの家には五月人形が飾ってある。

　「八九年もアメリカ人であった人が、アメリカ人をやめるのは不可能です。でも、いろいろな意味で私は日本人になってきました」と語るキーン氏もやはり気持ちの上では重国籍保持者に違いない。

　そういう人間の存在を認めて、日本政府も多くの先進国と同様に重国籍を容認する時期が、もうそろそろ来ているのではないか。そんな人たちに向かって「日本を選ぶか放棄するか」と迫るのがグローバルな二十一世紀においては、はたして国益につながるだろうか。

　実際問題として、日本が重国籍を認めていなくとも、多くの重国籍保持者にはあまり関係がないそうだ。米国も含め重国籍を認める多くの国は、日本政府が要求する国籍放棄宣言を効力のあるものとして認めていない。

日本の国籍法は、人々が国境を絶えず横断する現在において、結局日本国籍しかもたない日本国民にとって大きな足かせになっているように思う。

（二〇一四年四月二七日）

軍事化する米国社会

二〇一四年八月九日の正午、米国中西部のミズーリ州ファーガソンで悲惨な事件が起きた。高校を卒業したばかりで二日後に大学入学を控えていたマイケル・ブラウン氏が歩道を離れた路上を歩いていたために警官に呼び止められ、数秒後に射殺されたのである。解剖の結果、少なくとも六発の銃弾が命中しており、二発は頭部に当たっていたことが判明している。

一緒にいたブラウン氏の友人や現場に居合わせた目撃者の証言、そして警察が記者会見で伝えた警官自身の証言に相いれないところがあり、警官とブラウン氏の間に何があったのか、判然としない。ブラウン氏が手を上げていたのか、警官に襲いかかろうとしていたのかという肝心なことさえも確定していない。

はっきりしているのはブラウン氏が黒人で警官が白人であったということ。また、ブラウン氏が銃はおろか凶器となるナイフなど何も所持していなかったことだ。つまり、白人警官がまったく無防備な黒人青年に狙いを定め、その体と頭に六回も銃弾を撃ち込んだことになる。

ファーガソンは人口二万人ほどの小さな町だ。二〇一〇年の統計によると、住人の六七・四％を黒人が占め、白人はわずか二九・三％である。白人人口が八二・八％、黒人の人口が十一・六％という、白人が圧倒的多数のミズーリ州にあって、黒人が、いわば隔離された形で集中している地域である。さらに、市民のほぼ四人に一人が貧困ライン以下の収入で生活をしており、その大多数を黒人が占めている。

警察組織の人員構成を鑑みると、ファーガソンの抱える闇がさらに身に迫る。総計五三人の警官のうち黒人はわずか三、四人にすぎず、残りはみな白人だという。

ブラウン氏が死亡したその次の夜から、ファーガソンでデモが続き、時には怒りに満ちた参加者が警察と衝突を起こしたのも、このような町の背景を考えると、不思議ではない。

しかし、事件はさらに思いがけない方向に波紋を広げることになった。今回の一件は、米国が建国当初から抱えてきた人種問題と深く関係があるのは明らかなはずである。しかし、多くのメディアではそのこと以上に、まず警察への住民の抗議に対し、警察側がとった過剰な対応が大きく取り上げられる傾向があったように思う。

確かに、その光景はすさまじかった。昔ながらの「おまわりさん」とは似ても似つかない重武装した警官が軍用の装甲車に乗り、群衆に向かって催涙ガスや、スタングレネードと呼ばれる非致死性手榴弾を発射している写真を見ると、それは戦場を見るようであった。町が混乱状態に陥っているのを利用して商店への略奪を行う人や警察に暴力を働きかける人がいたとはいえ、警官の対応はあまりにも高圧的であった。

しかし、マスメディアが異様な光景として問題視し、「警察の軍事化」と報道した事態は、実は白人にとっては異様な光景でありながら、多くの黒人の目からは、むしろ日常茶飯事の現実に映ったのではなかろうか。

つまり、多くの白人が重武装の警官をニュースや新聞で目にし、「警察は社会の秩序を保護するためにあるのではなく、われわれを抑制するためにあるのだ」と驚いた。初めて警察組織が体現する「権力」に恐怖を覚えたのかもしれないが、この恐怖こそが多くの黒人が警官を見るたびに心をよぎる、日常的な感覚なのではないだろうか。

軍事化した警官と一般の市民、特に白人市民との力関係は、実は一人の無防備な黒人青年を射殺した警官とその無防備な黒人青年の力関係と何ら変わるところはない。

警察の軍事化を問題にする以前に、そのことをあらためて考え、いつか、ひょんなことで警官に撃たれてしまうかもしれないという恐怖を、誰も感じないで済む社会をつくり上げる必要がある。

そして、そのためには、警官もまた周囲の人間がみな銃、ヘタすると軍用の突撃銃などを持っているかもしれない、という前提で行動をしないで済む社会をつくる必要がある。今回の事件で垣間見えた警察の軍事化は、米国社会そのものの軍事化が顕在化した一例にすぎないのではないか。

（二〇一四年九月八日）

孤独系ホラー映画ブーム

一〇年ほど前から、かつて存在しなかった種類のホラー映画が静かに巷を賑わせている。それは孤独系ホラーとでも呼ぶのがふさわしい作品群である。

二時間前後の上映時間の大半が、いわば人間界の日常から遠く隔離され、完全に孤立した、しかも危険きわまりない状況にある主人公に充てられる。人間が究極の孤独にどう耐え、生き抜いていこうとするかを詳細に描くことで、従来の派手なホラーとは違う、きわめてリアルな恐怖を観衆におこさせる。この新種の作品の醍醐味は、その生々しい孤独の感覚にある。

設定はさまざまである。この系統の映画の嚆矢と思われる二〇〇三年の「オープン・ウォーター」では、ダイビングに出かけた夫婦が迎えのボートに見落とされ、サメの多い沖に取り残されてしまう。一三年の「オール・イズ・ロスト～最後の手紙～」でも、一人でインド洋を旅している老人が遭難し、嵐に巻き込まれる。〇九年の「月に囚われた男」と一三年の「ゼロ・グラビティ」は宇宙が舞台で、一〇年の「フローズン」と「127時間」はスキーリフトに取り残された三人、また岩に挟まった登山家の話である。

これらの映画が一つのジャンルとして把握されているかどうか定かではない。しかし、ここまで設定の似通った映画がこれだけつくられると、やはり一つの文化現象としてひとくくりに捉えてよいのではないか。そこで、勝手に孤独系ホラーという名称で総括させていただく。

これらの孤独系ホラー作品を振り返ると、面白いことに気がつく。それは、この種の映画の登場と展開とが、ちょうどソーシャルメディアの出現と発展と時期が重なっている、ということである。

フレンドスターというサービスが米国で開始され、たった三カ月で三〇〇万人以上のユーザーを獲得したのは〇二年。翌年にはマイスペースとリンクトインが、〇四年には、今では世界最大規模の企業の一つになったフェイスブックがハーバード大学の学生に限定されたサービスとして開始される。ミクシィが日本で始まったのもその年だ。

人とつながること、いわゆる「友人の輪」がどんどん広がっていくことを謳うこれらのオンラインサービスが普及してゆくのとちょうど時を同じくしている。人とのコネクションが完全に分断される恐怖を疑似体験する孤独系ホラーが続々と産出されたことが、単なる偶然だとは思えない。

そもそも十二万ドルの低予算で作られた「オープン・ウォーター」が予想外にヒットし、全世界で五九〇〇万ドルの総利益を上げたのも、そこには現代人の心に触れる、何らかの社会現象につながる要素があったことを物語っているだろう。

しかし、去年の暮れに孤独系ホラー映画の意味を、少し違う角度から考えさせる大事件が起きた。十一月のソニーへのサイバー攻撃事件である。

日本でも広く報道されたように、ハッカーがソニー・ピクチャーズエンタテインメント関係者の個人情報やメールを始め、未公開映画など、多くの情報を流出させたのだ。

この事件は、前代未聞としか言いようがないのだが、思えば一四年は大手企業を相手に前代未聞のハッキング事件が次々と起きた年であった。欧州中央銀行、ｅＢａｙ、ホームディポ、日本航空、ＪＰモルガンなど、挙げれば枚挙に暇がない。しかも、ソニーのサイバー攻撃に対して、米連邦捜査局は北朝鮮関係のハッカーの仕業だと主張しているが、実のところこれらのハッキング事件の犯人が誰なのか特定できているわけではない。

今や、全世界の総人口の約三分の一がフェイスブックのユーザーとして、この大企業にさまざまな個人情報を託し、どんどん「友人の輪」を拡大させている。まるで一昔前の、旧型ホラー傑作「リング」のビデオのように増殖を続けている。

言ってみれば、この一〇年の間、私たちはソーシャルメディアという海に自ら飛び込むようになった。一四年とは、実は水面下の足元を大きな何かが泳いでいるのではないか、と私たちがうすうす気が付きはじめた年のようである。ひょっとして、この一五年は、実は孤独よりももっと恐ろしい何か、その存在がどんどん意識される一年になるのかもしれない。（二〇一五年一月二四日）

普通のジャパン

今学期、勤め先のＵＣＬＡ（カリフォルニア大ロサンゼルス校）で日本のアニメを論じるゼミを担当することになった。

日本文学を専門にしている私はアニメに特別な興味を抱いているわけでもないし、学生のほうがアニメに関しては自分よりはるかに詳しいのはよくわかっている。教えるというより、逆に熱心な見巧者《みごうしゃ》に弟子入りさせてもらい、こちらも新たな勉強をさせてもらうつもりで第一講に臨んだ。

しかし、実際教壇に立ってみると、学生のアニメに関する分析力や知識熱には感心しつつも、それ以上に、いわゆるポピュラーカルチャーの分野で日米関係がいつのまにかここまで大きく変動していたのか、ということに深く驚かされた。

簡単にいえば、大学生にしても大学院生にしても、受講者全員にとって日本のアニメとは普通にそこにあるもの、まるで空気のように自らの人生を取り巻く一種の「共通文化」になっているようだ。この意識変化は私にはきわめて意外であった。

日本国内のメディアではマンガやアニメをはじめとする日本のポピュラーカルチャーが今やアジア、ヨーロッパ、北米などを含め、世界的なブームになっていると報道されることがある。しかしどうやらブームという言葉は現状を形容するのに妥当ではないように思う。

私がゼミを通じて感じたアニメの人気はむしろブームなどとは正反対の状況を示している。台風の後の、高潮が引いた後の静かな砂浜のような、何とも日常的で、落ち着いた存在感なのである。

そして実は、ブームに浮かされることにくらべ、地に足のついた普通さ、ありきたりな存在感というのは、はるかに画期的なものなのだ。

私自身が初めて日本のアニメを見たときのことをよく覚えている。

一九九〇年代初頭だった。大友克洋の「ＡＫＩＲＡ」を友人に勧められ、ビデオを貸してもらった。友人の父親はインド人、母親は日本人で、自宅では日本語を使用していた。ビデオテープはおそらく日本語学校から回ってきたものだろうと想像する。

友人はマンガも読まず、少なくとも私の知る限りでは「ＡＫＩＲＡ」以外の日本のアニメを見ていたわけでもない。日本のアニメの熱狂的なファンがいる、ということは聞いたことがあったように思うが、それは自分たちとは関係のない世界の話、サブカルチャーの一端だと思っていた。

今回のゼミを担当することになり、やはりあのときと同じような感覚で、米国の日本アニメファンを一種のメジャーからは外れたサブカルに位置づけていた。いわゆるアニメオタクが受講者の大半を占めるのではないかと予想していた。

しかし実際の受講者は、私の当初の予想を裏切った。子供のころにはアニメをよく見たが、最近は見ないという人がほとんどである。学生たちにとってアニメはブームではなく、懐かしいものだという。

しかも、それは学生の出身地と関係なく、皆が共有する感情だということが、毎回の議論から明らかにされた。カナダ人もフランス人も韓国人も中国人も、アメリカ人が懐かしいという作品に、いうなれば共通文化として親しんできたのだ。

近年、英語圏における日本文学研究や日本文化研究が危機に瀕している、とよく言われる。本当はそうではない。

米国においては日本に対する関心が九〇年代にピークに達し、それ以来日本経済の停滞の影響でずっと下り坂である、という印象をもつ人が多い。しかし、九〇年に比べて、米国で日本語を勉強している学生の数は約六〇％上昇してきている。同じ期間で、フランス語を勉強している学生は二一％減っている。ドイツ語にいたっては二八％減少しているという。

どうやら、日本は世界の若者にとって従来とはまるで違う「近い」存在になってきているようだ。そして、それは「クールジャパン」よりも「普通のジャパン」という文句で形容したほうがふさわしいような距離である。

（二〇一五年五月十一日）

迷彩模様の流行

毎年、自分の勤務先であるカリフォルニア大学ロサンゼルス校が夏休みに入ると、私は東京に飛び、二カ月ほど早稲田大学のアパートに滞在しながら図書館通いの研究生活に突入する。

普段ロスで生活している私は、普通に街を歩くだけでその年の、もしくはその夏の東京に関してさまざまな変化や情報を感知する。服の流行など、へたすると現地の人たちさえあまり意識していないことまで、旅人の目には際立つこともある。

二〇一五年、私には目についてしょうがないが、周りの人に尋ねても、あまり意識していなかったと返される、やや地味な流行が巷をにぎわせている。

軍服の定番、いわゆる迷彩模様の流行である。

もちろん、迷彩模様は洋服の定番デザインなので、その使用自体が目新しいというわけではない。ただ、東京の街で、ここまでの頻度で迷彩模様が目に飛び込んでくるのは、少なくとも私には初めての経験である。おなじみの茶と緑だけではなく、ブルー系や白地にポップな色彩を配置した短パンやスカート、ハイヒール、野球帽、ドレスシャツ、サングラスなどが、街を歩くと数分ごとに視界をチラチラする。

いつもなら、迷彩模様の流行はそこまで気にならないと思う。しかし今年の夏はいわゆる安全保障関連法案が衆参両院で議論され、それに反対する国民が、三年前の反原発以来最大とも言われるデモを国会前で展開させた夏である。

この安保法案は数の力でおそらく成立することになるだろう。そしてそう遠くないうちに日本の自衛隊もどこかの戦争に参戦し、迷彩服を着た一人の自衛隊員が、戦後日本の初めての戦死者になる日が来るのであろう。

目の前に、私と同じように早稲田の図書館に向かってせかせか歩いている大学生がいる。二〇歳前後の男の子が何気なく履いてきた迷彩模様のショートパンツを目にして、未来の亡霊を見るかのような、悲しい気持ちにさせられる。

今シーズンの迷彩模様の流行が近ごろの政治と無関係であることはおそらく間違いないだろう。

しかし、もっと長い目で見て、そもそも兵隊さんや軍用車が敵軍から隠れるために発明され、一〇〇年ほどにわたって品種改良されてきた迷彩服がどのようにしてその元来の目的と機能性を離れて、日常のファッションとして人気を集めてきたかを考えると、これはあるいは戦後日本の平和主義とは完全に無関係ではないのかもしれない。

私など、洋服の流行にはそれほど明るくないのだが、迷彩ファッションの可能性を先駆的に探求してきたブランドのなかに日本の会社が多かったことくらいは知っている。

A BATHING APE(ア・ベイシング・エイプ)がその最も顕著な例だろうが、迷彩模様を大々的に使用してきた日本の会社は他にも多い。N.HOOLYWOOD(N.ハリウッド)のように迷彩模様を基調としたコレクションを一時的に発表した会社もあれば、例えばatmos(アトモス)などのように迷彩模様をブランド・イメージそのものに組み込んできた会社もある。

これらのデザイナーが、どんな意図で迷彩模様をブランドに取り入れてきたのかは明らかではない。戦争で実際に着用されたさまざまな軍服を切り刻み、ごちゃまぜにして縫い合わせることで新しい普段着に変身させていくNEEDLES(ニードルズ)のやりかたなどには、一種の政治性やスタンスを感じないわけではない。A BATHING APEにも、ストリートウエアらしい挑発的な姿勢がうかがえる。

米国がほぼ恒常的に戦争に関わりつづけていることもあり、地元のロスで迷彩模様を着ている人は、銃が好きだとか、米国の軍事力に奇妙な愛国心を覚えているとか、あるいは逆に暴力との関係性を無効にするために敢えて挑発的にファッションに取り入れている、という場合が多いように思う。

今年夏の東京の迷彩ファッションには、軍事力への憧憬《しょうけい》などはもちろん、「敢えて」という政治的意識もどうも感じられない。迷彩模様が水玉やストライプ、夏の爽やかな色彩の服に紛れて、まさしく迷彩服らしく、その姿を静かにひそめている。

（二〇一五年八月十五日）

変体仮名あぷり

先日、カリフォルニア大学ロサンゼルス校と早稲田大学が「変体仮名」と呼ばれる日本の昔の文字を、ゲーム感覚で独習できるスマートフォンアプリを共同リリースした。無料だということもあり、すぐに日本国内の新作教育アプリにおいて一位にランクインとなった。

変体仮名は、今でも蕎麦屋や寿司屋の暖簾、和菓子の包装などに装飾として使われているので目にする機会は意外にあるのだが、研究者は別として、大抵の現代人は読むことができない。それでも多くの人々がアプリをダウンロードし、日本の貴重な財産とも言える平仮名の原型を再発見しようとしているのは何ともうれしい。

私自身が、この「変体仮名あぷり」を思いつき、さまざまな専門家と一緒にその開発にいそしんできたので、今回のリリースには格別の思い入れがある。しかしそれよりも、従来は専門家だけで守られてきた知識や技術を別の形でより広く伝達していける方法の存在を確認できたことに何より希望を見いだしている。

数年前から、日本国内の日本文化研究が将来どうなるか、研究の基本的な方法論や技術がこれからもちゃんと継承されてゆくのか、危機感を覚えるようになった。

その理由は、いわゆる少子化問題を前にして日本の大学が行わざるを得ない、グローバル化に向けた改革である。

子供の数が減れば、大学に進学する学生数も減り、それに伴って学費による収入も減る。経営が行き詰まらないように教員やその研究費をはじめ、さまざまな方面でのコスト削減を行うか、新たな収入源を探るか、またその両方を同時に実行するしか道はない。

教員の数を減らし、研究費をカットすることは大学の存在意義に反するので、新しい収入源を模索するのが最良の方法であるのは明らかであろう。しかし、その市場をどこに求めるか。答えはひとつしかない。外国である。

留学生が増えれば、日本の大学は本来のミッションを遂行しつづけながら、ある意味では以前よりも開かれた形で日本の大学生・大学院生に国際的な教育を提供することができるようになる。今や、このビジョンはほぼ常識となっており、日本の多くの大学は世界中から優秀な教員や学生が集まる国際的な場に転換すべく改革を推進している。

しかしそこには問題もある。入学が留学生数を増やすためには、まず世界語としての英語で行う授業数を増やす必要がある。そのためには外国人の教員、または外国の大学院で学位を取得した教員を当然増やさなければならない。早稲田大学を例に挙げると、外国人、または外国で学位を取得した教員の人数を二〇一五年度の七六〇人から、一〇年後には一三八〇人まで引き上げることが目標のひとつに掲げられている。

この中には文学をはじめとして、日本文化を教授する学者ももちろん含められる。海外の優秀な学生は日本の大学への進学を検討するのであれば、海外の一流大学と同等の教育を受けられることを前提に、何かプラスαの経験を期待するはずである。そのプラスαは他でもない日本文化というコンテンツであるはずだ。

これまで海外で日本文学研究の博士号を取得してきた者には、日本の大学院生に要される細かい言語解読の技能は求められてこなかった。変体仮名やくずし字を読む能力などのかわりに理論に精通することに時間が費やされてきた。

大学改革が進行するうちに、細かい言語解読の技能など、これまで当たり前に大学で受け継がれてきた日本固有の知が途絶える危険もある。

知は一端途切れれば修復が不可能である。大学という場が、何世紀にもわたって蓄積、伝達されてきた日本の知識や技術を守り次世代につないでいく砦《とりで》でなくなるのであれば、今度はテクノロジーなどを通じてもっと広くそれを引きうけてゆくしかない。

今回の「変体仮名あぷり」は、大学改革の先にある未来を見据えた、先駆的な実験のひとつだと考えている。

（二〇一五年十二月四日）

他文化をどう尊重するか

ライブでもテレビでもバスケットボールを観戦したことのない私が、ここしばらく、バスケ観連のブログや記事を集中的に読みあさっている。きっかけは、二人の選手がソーシャルメディアで巻き起こした議論である。

トランプ政権になって以降、スポーツ界を始め、ハリウッドやカントリー音楽の業界などで浮上した事件が、米国が抱えるさまざまな深刻な問題を考える議論に次々と飛び火している。長い間テレビ番組に出演していた米国大統領が、ツイッターの乱用などで政治と政府の業務をエンターテインメントに貶《おとし》めてしまった今、ショービジネスに携わる者も、政治や社会問題に積極的に物申さねばならない、と土俵を拡張している感がある。

要するに、米国政治の現状があまりにもひどく、トランプ政権への反発があまりに広く深く根を張ったため、いつもなら俗世を忘れ、純粋な楽しみに身を投じられる遊びの領域にまで、強固な抵抗の意思が表れ、政治問題が前面に出るようになってきたのだ。

今回、私の目をひいたささやかな出来事は北米最大のバスケットボール機構NBAの選手を中心に展開したものである。

まず一石を投じたのはジェレミー・リン。NBA初の台湾系米国人選手である。ロサンゼルス郡南部の出身で、ハーバード大を卒業してからプロ入りを果たした。二〇一二年二月に驚異的なプレーを次々と繰り広げ、尋常ではないという言葉の「インサニティー」から「リンサニティー」と呼ばれるブームまで引き起こした、世界的に注目されているスターである。

きっかけは、頻繁に髪形を変えてきたリン選手が十月に披露したドレッド姿である。髪を絡ませてロープ状にするこの髪形は、ジャマイカを中心に起きた「ラスタファリ運動」の参加者・賛同者に愛用されたため広く知られるようになり、特に米国では黒人文化に根づいた、象徴的なスタイルとして認識されている。

リン選手に反応したのはケニオン・マーティン元選手である。リン選手より十歳年上の黒人で、今はもうリタイアしている。マーティン元選手にとってドレッドは黒人文化と不可分であり、リン選手がはじめてこの髪形でバスケットボール会場に登場した数日後、それを批判するビデオをオンラインで公開した。

「誰かがあいつに言ってやる必要がある。おまえが黒人になりたいっていうのはわかったよ。でもおまえの名字はリンだぜ」と彼はいう。

ドレッドは黒人のもので、アジア人のおまえにはその真意が通じるはずはない。格好いいと思っているからやっていいわけではない、と。

これに対し、リン選手はとても丁寧な返事で応じ、しかし黒人のマーティン元選手の漢字の刺《いれ》青《ずみ》を取り上げ、自分のドレッドが問題なら、その刺青はどうよ、と挑戦した。

リン選手の髪形と二人のやりとりはさまざまなところで取り上げられ、他文化をどう尊重するか、かなり大きな議論に発展した。リン選手を支持する人も多かったが、興味深いことに、自らの政治的な姿勢を左寄りと自覚している論者の多くが、マーティン元選手の態度には顔をしかめつつ、彼の肩をもったのである。

現在の米国では右寄りの政治家、一般人の中に白人至上主義や移民への嫌悪が蔓延《まんえん》しているのは周知の通りである。これに対し、左派は「他者の尊重」を重視する姿勢をますます強く推している。今回の議論で浮上したのは、両対局の立場には、意外にも重なる部分もあるということであった。

黒人文化は黒人にしか理解できない、黒人だけに許された権限である、という、文化的正統性を重視した考え方は、尊重の域を超えた、排他思想に陥る危険がある。それは不本意ながら、メキシコとの国境に巨大な壁を建設するという荒唐無稽な提案に通じるものではないか。

文化の存続のためには、ある程度、他者、部外者の参入が必要である。他者にとっても魅力的で開かれたものであってこそ、文化は「声」を持てる。米国の左派まで文化の正統性に固執し、人種ごとに線引きを行う世の中になっては、現政権への抵抗どころか、間接的に白人至上主義に加担してしまう恐れさえある。

（二〇一七年十月二六日）

卑劣に対して高潔を保つ

今では、もう大昔の遠い外国の話のように思えてしまう、二〇一六年七月二五日、米国大統領選挙の最中の出来事である。ミシェル・オバマ大統領夫人が民主党大会でヒラリー・クリントン氏を支持する演説を行った。オバマ夫人の人気に加え、大会初日のテレビ視聴率最高の時刻であったこともあり、全米の注目を浴びての登壇となった。

一貫して雄弁なスピーチは、多くの人に感銘を与えたとして絶賛されたが、その文言のなかに後々まで人々の記憶にとどまりそうな一句があった。

When they go low we go high

英語原文がシンプルなだけに、日本語に直訳するのは難しい。前後の文脈をくみながら意訳するなら「卑劣な行為に対して高潔を保つ」のような内容になるのではないか。米国初の黒人大統領であるバラク・オバマは米国籍を有していないなどという人種差別的妄言を唱え、女性蔑視や体の不自由な方への侮蔑に満ちた言動を続ける卑怯《ひきょう》で下品な人間を前に、我々は決して同じレベルに落ちて対抗してはいけない、と宣言したのである。

はっきり言葉にしなくとも、共和党大統領候補ドナルド・トランプ氏を念頭においた発言であることは自明であった。なんという頼もしい、力強い弁舌であったか。

しかし、大統領選挙を経て、不覚にもトランプ政権に転じた現在、どうもその言葉は、あの時ほど心には届かなくなってしまったようである。

ドナルド・トランプ氏がまだ当選しそうにもない、あやしい、冗談のような大統領候補者でしかなかった頃のことである。トランプ氏が米国全土を巡り、各地で内容の希薄なダラダラとしたスピーチを行うたびにその観客は同じ文句を連呼しつづけていた。

Lock her up! Lock her up!

対抗馬のクリントン氏を牢屋《ろうや》にぶち込め、ぶち込め、との意味である。自分が当選した場合、本当にクリントン氏を牢屋に入れるぞと、トランプ氏も断言していた。政府の仕事のメールを個人のサーバーを経由して送受信していたという理由で。

トランプ氏が当選して数日後、一応、民主主義国家である米国ではその発言は不適切だろうと誰かに耳打ちされたのか、もう自分はクリントン氏を訴追することに興味がないと、将来の大統領は、少なくとも一時的には引き下がることになった。

しかしここで面白いことが起きる。選挙中、ＦＢＩ（米連邦捜査局）が内密にしていたロシア政府による大統領選挙への介入やトランプ陣営のロシアとの癒着疑惑に関する捜査の存在が公にされてしまい、トランプ氏は、本人も証言したように、その捜査を中止させるためにFBIのジェームズ・コミー長官を解任したのである。司法省捜査を妨害するのは立派な犯罪なので、この件でトランプ氏は弾劾され、最悪の場合には入獄させられる可能性も浮上してきた。

牢屋にぶち込めという合唱を受け、そうすると宣言した人が、逆に牢屋に入れられてしまう。見事な皮肉である。もしそうなった場合、あの時は高潔を唱えたミシェル・オバマ氏も、心の中で、それ見たことかと、ほほ笑んでしまうのではないだろうか。

志を高く保て、とオバマ夫人は有権者に訴えた。その態度は正しい。だが、志の高潔を守るにはその高低の違いを皆が認識していなくては意味がない。その高低はあくまでも相対的な概念なので、例えば卑怯で下品なやり方に徹する政治家の、内心の後ろめたさによってしか、志の高さの意味は保証されないのである。

現在の米国では、善悪や上品・下品の基準が狂ってしまった。例えば、訴追されるわけがないとFBIの長官に言われたクリントン氏と、少なくとも捜査妨害くらいは犯していると思えるトランプ氏。同じ立場ではないはずだが、トランプ氏と彼を支持する共和党は、どうもそれを同じように見せることに成功しているようだ。

今の政権には後ろめたさなど、微塵《みじん》もないのであろう。志の高低を測る基準が消えてしまっている。そしてそのことが、錆《さ》びのように米国の民主主義を侵食し始めているのだ。（二〇一八年三月二日）

〔書評〕

『「源氏物語」英訳についての研究』緑川真知子著

十年程前に『源氏物語』の翻訳に関する論文や研究書を集中的に読んだ時期がある。その時の印象では、いわゆる現代語訳に関しては刺激的な論考が多いのに対し、日本語以外の言語への翻訳（つまり外国語訳）を扱ったものは、単純な文化比較に陥る傾向があるように思われた。古田拡氏等の共著『源氏物語の英訳の研究』はその一例である。研究対象の英文のみならず『源氏物語』の原文の誤読も多く、根本的なところで翻訳研究とは何か、方法論として何を目指したものなのかという自覚が薄いように感じられた。英訳を論じているようでありながら、表層的な文化観・言語観を頼りに、原文と訳文、つまり日本語と英語の相違の再確認に紙数が費やされている印象を受けた。

翻訳研究、特に複数の「国語」に跨がる翻訳研究には、必然的にこのような危険性が潜むようである。実際、『源氏物語』の原文と仏訳を論じた『物語構造論』という、相当読み応えのある、示唆に富んだ研究書の著者である中山眞彦氏にも、『源氏物語の英訳の研究』と同様の傾向が認められる。勉誠社版『源氏物語講座』第九巻所収の「仏訳源氏物語」という論文に「賢木」

から二箇所を引用し、原文と仏訳を比較する件がある。比較の内容そのものは鋭く、説得力があるが、最終的には「[仏訳のような]読み方は、日本の側にはない」または「なんと[仏訳の]『源氏物語』から「あはれ」が消えるのである」という結論が導かれ、ふたつのテキストが「日本の側」と「フランスの側」を代表するものとして扱われているのである。ここでは詳細を省かせていただくが、中山氏が「日本の側にはない」と主張する「賢木」の当該文に対する読み方は、実は、円地文子の現代語訳にも見られ、与謝野晶子の『新々訳源氏物語』に至っては、なんと仏訳とまったく同じように「あはれ」を消滅させているのである。中山氏の述べる「日本の側」は一種の文化的幻想のように思われる。

原文と訳文というテキストを比較検討すること自体は、ふたつの「国語」・文化について何も教示してはくれない。その比較が自他の差異という固定観念の再確認以上の意義をもつためには、まず原文と訳文の特異性を見極める必要があろう。具体的に言えば、専門家は『源氏物語』を「日本の側」を代表する標本として扱うのではなく、紫式部が平安朝の貴族社会という政治・言語・経済・性差・文化の文脈の中で練り上げた物語として読解するように、訳文をも、一人の翻訳者が特定の歴史的な文脈の中で執筆したテキストとして吟味する必要があるのである。訳文に関していえば、それは要するにどんな人物が、どの時代に、どのような目的で、どういう訳文を準備したかを丁寧に調べることを意味する。

緑川真知子氏の『「源氏物語」英訳についての研究』は、徹底してこのような立場に立脚し、厳密な方法論を貫いているという意味で、『源氏物語』の研究のみならず、日本における翻訳研究、またアーサー・ウェイリーという重要な翻訳家の研究においても極めて大きな達成といえる。『源氏物語』の翻訳に関する研究書として、現時点では他に類を見ない本である。本書は緻密な文献学的アプローチに裏付けられており、過剰な分野の細分化に陥ることなく、日本における日本文学研究の本来の強みを存分に発揮している。淡々と細かい分析を展開させる濃い文章を丁寧に読み進める中で、様々な問題を考えさせてくれる力作である。

本書は三部だての構成をもつ。第一部「『源氏物語』翻訳研究の位置付けと方法」では、まずは全編の方法論・理論的立場を説明し、先行研究を紹介しながら、現代語訳を中心に、そもそも原典に「忠実」であるとは何かという問題を考察する。次の、五章から構成される第二部「ウェイリー訳『源氏物語』の諸相」は、二〇〇ページにも亘っており、本書の中核となる部分である。第二部、第一章では、数少ない資料を頼りにウェイリーの翻訳観を探り出し、また小説家ヴァージニア・ウルフの手による有名なウェイリー訳の書評を取り上げる。残りの四章では英国のダラム大学図書館にウェイリーが寄付した蔵書から発見された、ウェイリー自身による書き入れのある『全訳王朝文学叢書』の第八・九巻が主な分析の対象となる。第二章は書き入れの信憑性・概要・内容を鳥瞰的に紹介する。第三章では、『源氏物語』のウェイリー訳の特徴として知られる省略の傾向を、予め本文を咀嚼した上で細かく計算された手法であることを調査をもとに実証する。第四章では、『源氏物語』訳に見られる省略の性格を確認するために、ウェイリー訳の『枕草子』『虫めづる姫君』『西遊記』における省略と比較し、他書に関しても省略が丁寧に、計算的に行われている、という結論を導く。そして第五章ではウェイリーが「若菜」上下の英訳において、驚くほど細かいテキスト「操作」（本文移動等）を行っていることを検討する。最後に、第三部「『源氏物語』翻訳の諸相」ではウェイリー訳をその他の英訳『源氏物語』の文脈の中に位置づけ、特に和歌の英訳を、和歌英訳の歴史的な変遷の中で考察する。また、それぞれの英訳の散文中の心中表現、談話標識等に対する姿勢にも検討は及ぶ。巻末には索引と参考文献一覧と一緒に「『源氏物語』五十四帖巻名英訳一覧表」「ウェイリー訳「若菜」上下の省略部分一覧表」と「ウェイリー全書き入れ一覧表」、そして最後に「Coming to Terms with the Alien: Translations of *Genji Monogatari*」と題する英文論文が所収されている。

緑川氏は「緒言」の中で、本書の主な目的を「原典回帰」と「受容」という言葉で説明している。原典回帰は「原典の再構築という意味ではなく、原典の理解と解釈の深化によってより原典に近づくというぐらいの意味で使う」と付け加えた上で、この二点は「二つの相矛盾する方向を持っている」、即ち「『受容されたものへ』向かう方向とそしてその分析の結果として『原典へ』と立ち帰るという二つの方向性」をもつ、と指摘する。確かに、本書に展開される厖大な数の英文の分析を通して『源氏物語』の原文の特性に気付かされるところは多々ある。しかし、筆者の正直な感想を述べさせていただくと、本書の意義は、原典回帰や受容史への貢献というよりも、むしろ本格的な翻訳研究、何よりもウェイリーという人物とウェイリー訳『源氏物語』の研究としての価値にある。緑川氏の方法論は、厳密に言えば「原典から英訳へ、そしてまた原典へ」よりも「訳文から原典へ、そしてまた訳文へ」を志向しているように思う。そして、この志向こそ、あるいは緑川氏の英文の微妙なニュアンスを汲み取り、訳文そのものを直視しようとする真摯な態度こそ、先行研究が陥りがちであった安易な言語・文化比較から、本書を解き放っているように思われる。

本書が『源氏物語』の英訳を研究対象とするため、日本語の古典を専門とする研究者の中には英訳の分析を十分咀嚼できるか不安を覚える方もいるかもしれない。しかしそれは杞憂である。『源氏物語』の英訳の中から様々な例文を取り出し、ここまで丁寧に、ここまで注意深く、ここまで繊細に、辞書の定義だけでは説明し切れない、ごく細かいニュアンスまで解き明かす著書は、他に例をみない。そして、緑川氏は「緒言」の冒頭に「本書は［中略］英語を母語としない、『源氏物語』を専門とする人間によるものである」と断り、また本文中に「現代の日本人である我々」という言い方をしていることからも分かるように、本書は主に日本の読者を想定して書かれている。しかし、英語を母語とする読者なら当たり前のことを、必ずしも英語が読めるとは限らない読者層のために解説しているのではない。英語を母語とする筆者も、調査の結果のみならず、緑川氏の英文そのものの分析から収穫したところは多い。

先程、緑川氏の研究の方向性を「訳文から原典へ、そしてまた訳文へ」と表現したが、次のように言い換えることも可能であろう。緑川氏は研究対象である英訳を、あくまで訳者の目線で捉え直そうと努めているのだ、と。翻訳という作業は「原文ありき」であるのは言うまでもないのだが、訳者にとって、最終的には訳文自体が最も重要な文学作品である。研究者が翻訳を分析・評価する際、訳者の立場を想定することができなければ、大きな誤解に陥る恐れもある。十年程前、筆者が『源氏物語』の英訳に関する著述を読みあさった際、英語にはそもそも敬語が存在しないのだから『源氏物語』が英訳できる筈がない、という論文に出会ったことがあった。翻訳者の言語的立場を前提として、緑川氏はロイヤル・タイラー氏による最新の『源氏物語』英訳に関し、この問題に触れ、「厳密な呼称翻訳の区別は、［中略］日本語の敬語表現の英訳文による書き換えという機能を担い、つまり英訳では失われる日本語の敬語体系を補う役目を果たしていると思われる」と指摘する。このような鋭い分析は、本書の随所に見られる。

緑川氏は、大変鋭い読者であり、徹底した研究者である。本書の中枢と言える第二部では、ウェイリーが残した僅かな書き入れを極めて緻密な分析を通して、かの有名な英訳『源氏物語』が誕生した過程を、朧げながらも、私たちの前に展開させる。もちろん重厚な本書を通読するには、ある意味、集中力と気力を要する。しかし、その過程で、私は何度か、ウェイリーの英訳に注ぎ込んだ熱意に肉薄するように思う瞬間があった。それは良質な研究書だけが喚起できる静かな感動である。

（武蔵野書院刊）

『小さな天体―全サバティカル日記―』加藤典洋著

昔住んでいた、ニューヨークのアパートの話である。築八十年のビルの基礎が沈下し、古い板張りの床に歪みが生じていた。慣れると気にならない程度だが、奥の寝室の床にビー玉をそっと置くと、ころころと気紛れに右往左往しながら、細長い廊下を伝ってリビングまで転がり、ようやく壁際に落ち着く。ビー玉の小さな旅を目で追っていると、普段はあまり意識しない、そそくさと生活している空間がこんなにも面白い形をしていることに気づかされた。

加藤典洋氏の『小さな天体』は、まるであのビー玉の軌道のようである。一年間のサバティカル休暇の間、デンマークのコペンハーゲンと米国のサンタバーバラを半年ずつ拠点にして、いくつもの国や州のさまざまな土地を転々としながら、見てきた風景、建築、絵画、食べてきたもの、経験したことと思ったことを逐一ていねいに綴る。この日記には、およそ秩序や外枠となる物語というものはない。何かをやろうと思い立ち、目的に向かってまっすぐ進み、成し遂げる、そんな格好いい話は、この本には出てこない。そのかわり、言葉が通じぬ、誤解が生じる、予定が狂う、期待が現実に裏切られる、あるいは逆に現実が期待を遥かに凌ぐ、そんな経験の連続である。そして、旅人は失敗のなかで意外な収穫を得ることもある。そんな、小さな天体の表面をとことこ、のこのこ駆け回る、加藤氏の旅に付き合ううちに、朧げながら、大きな世界が背後に広がることに、読者は気がつくのである。

もちろん、この世界は、加藤氏の目と、鋭く独特でいて、どこかとても温かい文章を通して立ち現れる場所である。加藤氏が生き、描出する、面白い形をした世界である。コペンハーゲンでの滞在が始まり二ヶ月しか経たないうちに、加藤氏はスリに遭い、現金のみならず、クレジットカード、身分証明書、運転免許証、住民登録カードなど、全て喪失する。一度は日本に帰国しなければならない、とその手配を全部済ませたところで、今度は帰国が不必要であることが判明する。そして白紙の状態で、疲労を癒すためにカフェを訪れるのだ。

お気に入りの郵便通信博物館に立ち寄り、そこの屋上テラスのテーブルでビールを飲んでしまうのが、現代版「喜界ヶ島の俊寛」である。

隣のテーブルの思い切り色の濃いビールを指して、あのとってもダークなのを私にも、と俊寛は頼む。すると島人が答えるには「あれはビールではない」と。色濃いものはコークであった。

思わず顔がほころぶ、そう、ここは喜劇の世界、鬼界ヶ島ならぬ喜界ヶ島の出来事である。滞在中、加藤氏を狙うかのようにこんな失敗はいくらでも起きる。これも加藤氏が自分らしい「へマ」として面白く書き連ねる失態のひとつに過ぎない。そして、日常の可笑しさを汲み上げながら、そこには、この日記の核心を貫く、とてもきめの細かい感受性が見え隠れする。

外国に住んでみると、つまり、一時的にではあれ、外国に引っ越し、浅くてもその時間だけそこに根を張るのであれば、外国でも自国でもない、二重写しのような世界に足を踏み入れることになる。未知の習慣や、知らない言語で話しかけられるという経験が、少しずつ当たり前になるのはもちろん、反対に自分の体に馴染み、着古して来た世界が、今度は見間違えるほど違ったものに感じられることがある。

この日記はそうした、他所では飲めない特別な地ビールと、どこのコンビニでも買えるコークの区別がつかなくなる、という、居心地がいいのか悪いのかも曖昧な、どちらにしてもとても貴重なステート・オヴ・マインドに色濃く染められているのである。

外国と自国が重なって見えるのは、外国にいるときが多い。しかし、帰国しても、そんな裸の目の冒険は続く。自国もまた、少し外国めいてくる。そこで、この日記に何回も登場するEさんという人物が（実はこれは私なので、この書評を書かせていただいていること自体、やや烏滸《おこ》がましいのだが）、加藤氏に日本に戻ってからも、二週間だけ日記を書き続けるのが面白いのでは、と提案する件がある。東京での生活を、外国と自国を二重写しで捉えるようになった目で、もう一度描き出すのだ。

しかし、その後、東日本大震災、津波、福島第一原発事故が続けざまに起こり、加藤氏のサバティカル記録の、本としての意義は、大きく変わったように思う。
日記の最初の方に、加藤氏が東京から配送した書類が、コペンハーゲンのアパートに届く場面がある。当時、何気なく書かれたであろうこの個所は、本としてまとめられた今、随分違う響きをもつ。第一章の「コペンハーゲン日記」の終わり近くに同じ本がまた箱に詰め込まれ、第二章の「サンタバーバラ日記」の中へと配送され、そして第二章の終わりの方では、またしても荷造りされ、第三章の震災後の「帰国日記」の中へと、再送される。それが、二〇一〇年四月一日に、加藤氏と奥さんの「Aさん」がまだ地に足がつかないような気持ちで生活を開始したコペンハーゲンのアパートに届く書籍が辿る運命である。

　小さな天体を一周する、一年間の長旅の出発点も、到着点も、どちらも同じ東京であったはずだが、実際、一周すると、戻ってきた場所は一年前と同じではなかった。いや、正確に言うと、三・一一以前という「そちら側」から書き始めた加藤氏にとってはそうだった。『考える人』に連載されていた当時、この「コペンハーゲン日記」をほぼリアルタイムで読んでいた読者にとってもそうだったであろう。しかし、今この『小さな天体』として読むとき、加藤氏が一番最初に書いた言葉「はじめて見るコペンハーゲンは、荒涼とした感じ。」の、その前にあって書かれない、飛行機に乗り後にする「東京」または「日本」が、もうすでに、現実の加藤氏が二〇一〇年三月三十日に後にした東京または日本とは、決定的に違っていることを感じざるを得ない。

　文章の向こうに、その二つの東京、二つの日本が、ちょうど「とってもダークな」ビールとコークのように、自国と他国、いや、自国ともう一つの自国として二重写しになっている。

その事実は『小さな天体』に、どこかひっそりと影を落としている。それでも、最初から最後まで、こつこつと描かれるのは外国でも自国でもない、曖昧な世界のなかでの日常生活のすばらしい平凡さ、もの可笑しさ、ほろ苦さ。

二〇一一年三月二十二日に、加藤氏はこのように書いた。

日本ではこれから、思いもしないことが起こるだろう。でもそれらのことを、この「平和ぼけ」の一年の日々の延長で、地続きに、書いてみたい。（中略）いつも平時との回路を保っていたいと思う。

このころと、思わぬ方向に転がるこの旅の記録には、その非常時と、平時とを繋ぐ回路、悲劇と喜劇との回路が確かにそこにある。読後、そんな感覚が体に残る。

（新潮社刊）

『それでも三月は、また』谷川俊太郎著ほか

机に、二冊の本がある。一冊は『それでも三月は、また』という日本語の本で、もう一冊は、『March Was Made of Yarn』という英語の本である。東日本大震災と福島第一原発事故を巡り、日英米で同時に刊行された作品集である。十七人の小説家と詩人、英語版にはさらに漫画家の西岡兄妹も参加し、日本語版では二人の、英語版では十一人の翻訳家が携わっている。編集を担当したエルマー・ルーク氏と辛島デイヴィッド氏を加えると、総勢三十人くらい、さらに、三つの大手出版社から多くの人間がこの書物の出版に関わったことになる。

相当おおがかりな企画である。エンターテインメント路線の人気作家の作品は別として、このように複数の国と言語で同時刊行される本というのは、ほとんど例がない。

しかし、企画の大きさに比べ、この本は、いい意味で、スケールが小さい。手の届く所にある日常を描く姿勢は、すべての作品に一種の統一感と、深みを与えている。

二〇一一年三月十一日を3・11と呼ぶのが定着した。本書の帯にも「作家・詩人十七人は、3・11後の世界に何を見たのか?」という問いかけがある。言うまでもなく、3・11は、二〇〇一年九月十一日、米国の東海岸に起きた同時多発テロの略称、9・11との類似から生まれたものである。ふたつの悲劇は、それぞれの国と国民、また世界に、大きな衝撃を与えた。ふたつは歴史を揺さぶる出来事として、引き合いにされて当然なのかもしれない。しかし、出来事としての本質、意味はあまりにも違う。

そしてその違いは、それぞれの事件に対峙する作家や詩人の姿勢にも、現れているように思う。

9・11を扱った小説がぼちぼち現れるようになったのは、確か二〇〇三年あたりであったと記憶している。当時でも9・11を巡る芸術、文学はすぐには作られない、作れないだろう、とよく言われていた。まったくその通りであった。ようやく水面に浮上したとき、それぞれの作品は、事件の前後で時代がどう変わったかを、大きく捉えようとしていた。

3・11の場合は、全く違う。本書に収録された作品でも、谷川俊太郎氏の詩「言葉」は五月の頭にはすでに『朝日新聞』に掲載されていた。川上弘美氏の「神様　2011」の初出は『群像』の六月号。そして、明川哲也氏の「箱のはなし」や阿部和重氏の「RIDE ON TIME」など、現実から一歩離れた寓話的な物語も、マクロな視点ではなく登場人物の生活の雰囲気などの細部を伝えるものである。二〇一七年に大津波が「首都から伊豆辺りまでを嘗め尽くした」後の日本を描いた多和田葉子氏の「不死の島」も同様である。

9・11を巡る小説に時差があったのに対し、3・11では早い時期から、たくさんの、しかも時代の変遷などではなく、日常に焦点を当てた作品が生まれているのは興味深い。

その理由のひとつとして、それぞれの事件の空間的、時間的規模があると思う。9・11は、遺族にとっては永遠の悲劇であり、世界的衝撃であり、イラク戦争を筆頭とした悪事が展開されはじめる、歴史的転換点と捉えられる。しかし悲劇の出来事そのものは一日に集約されていた。

その一日の意味を理解するために何年もの時間がかかったのである。

3・11は、一日の出来事ではない。むしろ現在進行形である。被災そのものは何十年続くか計り知れない。だからこそ、3・11とは何だったのかではなく、今、現在、3・11とは何なのかについて、作家や詩人が考え、感じ、とにかく何かを書きつづける必要があるのである。

『それでも三月は、また』を読んで、私は、3・11以後の日本を俯瞰するような視点、未来像など、そんなマクロな視野を獲得したわけではない。むしろ、今何が起きつつあるかはまだ把握できないでいる、今後、これから何十年先、震災の影響で、被災地はもちろん、日本も世界もどう変わっていくかが見えないでいる、そういう不安と、それでも日常は今まで通り続く、そういう現在が、それぞれの作品に形をとどめているのである。

本書を語るために、佐伯一麦氏の「日和山」に特に注目したい。震災後の仙台の様子、津波で家を流され、家族と一緒に町の体育館に避難している友人との会話、津波の最中に起きたことなどを、淡々と、しかしどこか見守るような視点で綴った、血の通った文章である。そのなかに津波が残した風景を描写する箇所がある。

巨大な汐をかぶった湿土に、折り紙のように潰れた車。原形はとどめているものの、救助隊が車の中を捜索した結果、人がいなかった、無事だった、という印の白いバッテン、逆に車の中に人がいて、亡くなっていたことが確認された、という印の赤いバッテンのついている車。金色の細工物のスプーン。根っこごと流された大量の防潮林の松の木。アダルトビデオ。農業大事典。額に入った先祖の写真。すっかり緑の芽が伸びてしまった箱入りのタマネギ。座布団。蒲団。誰かがいままで座っていたかのように、田んぼの中にちょこんと置いてある椅子……。

日常が流されている、と私は思った。

こんこんと続く名詞の連なり、体言止めの文は、これ以上縮めることのできない、主人公やプロット、物語が蒸発した後に残留した結晶のようなものである。仙台の、二〇一一年三月の、ある日の悲惨な出来事が残した、今という現実の結晶。

数ページ後、語り手は友人と一緒に日和山に登り、昭和八年三月三日の地震と津波の記憶として建てられた戒石が倒されているのを発見する。七十九年前の被害をカタカナと漢字混じりの古語体で刻むその石碑もまた、その当時、未来に今を語り続けていくために建てられた、現実の結晶であった。

佐伯氏の文もあの戒石の碑文のようなものである。『それでも三月は、また』に収録された詩と文章は、どれもそうだ。紙に印刷された、石碑。これから七十九年後の人間がこの作品集を手に取り、何を思うのであろうか。日常を語りながら、どこか大きなものにこの本は繋がろうとしている。３・１１から一年、その意味を問う作品集というよりも、これは未来のために現在を記

録する本である。　（講談社刊）

『燃焼のための習作』堀江敏幸著

堀江敏幸氏の『燃焼のための習作』はそうとう奇妙な小説である。雷雨に降り込められた二人の登場人物が、とりとめのない話を続ける。やや退屈なようで、文体は妙に馴染みがよく、最後の数頁にたどり着くところで、どこか地下深いところから、おもいがけず清水がじわりと湧き上がるように、平凡きわまりない雑談の底から、切実で生身の喪失感が立ち現れる。ありふれたフルカラーの映画からすーっと色彩が引き、一度陰影のはっきりした白黒を通すと、今度は逆に何気なく見ていたフルカラーの痛ましいほどの生々しさ、脆さが際立つような読後感である。そうとう奇妙で、見事な小説である。

「やや退屈なようで」、と書いたが、どうもこの小説の最後で、読者を待ち伏せでもしていたかのように唐突に襲いかかる感動は、その単調さとは切っても切れない関係にありそうである。退屈なくしては得られない類いの急展開なのだ。

枕木という人が、運河沿いの古いビルの四階に探偵事務所を開いている。探偵映画のような、いかにも寂れた雰囲気の事務所でネスカフェを何杯も何杯も飲みながら、熊埜御堂氏という依頼人の話に耳を傾け、質問をし、自らの仕事の思い出話を語る。外は、探偵モノに定石の荒天で、死体がいつ、どんなふうに登場するかと期待はふくらむばかりである。風雨はどんどんとひどくなる。「雷が鳴る。黒雲のわずかな隙間から稲光が漏れ、そのあとにまた数秒遅れて雷鳴がとどろく。枕木は腕時計を見た。」小説が題名に冠する言葉が初めて紹介される場面などはさらにドラマチックである。「手がかりになりそうな言葉はわずかに記されていましたけれどね」と枕木はいう。「どんな言葉かと問おうとして声が出ない様子の熊埜御堂氏に、枕木は探偵映画の主人公のように思わせぶりな表情をつくり、稲妻にまた頭皮を照応させながら言った。燃焼のための習作。」どんどんどんどん、と効果音さえ聞こえてきそうな場面だ。

しかし、殺人どころか、事件といえる程の出来事も最後まで起こらない。枕木と、熊埜御堂氏と、そして途中から事務所に戻ってきたアシスタントの郷子さんとがお互いの話に聞き入りながら、そういえばと記憶の糸を辿り、何気なく相手の話に割り込んではまた会話を譲る、いわば流動的な物語を堂々巡りに展開する小説なのである。「自分は飽きもせず、ここでなにを聞き、なにを話しているのか。雨夜のなんとかにしては、色艶に欠ける」と枕木もさすがに自問するのであるが、確かにこの作品は「小説」というよりもむしろもっと原始的な意味での「物語」に近い側面があるのかもしれない。つまり、退屈を凌ぐためにあれこれおしゃべりをする、お話をする、そんな意味での物語。

何気ない、何も起こらない、平凡な物語の連なりから、なぜ深い感動が呼び起こされるのか。思うに、言葉というのはどんな文脈にでも何回でも使い回せる道具のようなものであり、それによって我々のコミュニケーションは成立している。しかし同時に言葉は、その場限りの意味、その場限りのニュアンスをもつ、一期一会の存在でもありうる。「包丁」という言葉はどの台所にでも登場しうるが、探偵小説のなかでは、それはそこらの日常的道具とは違う、特定の一丁だけ、つまり犯人がぐさっと被害者の首筋に突き立てたものを指したりするので、文字が目に入った瞬間、それだけでぞっとさせる力がある。

もちろん、どんな文脈においても言葉は常にこのふたつの側面、いわば普遍性と具体性を具有しているのだが、文脈によって「その場限り」のニュアンスの強弱は変わる。そして、その場限りの意味が強くなればなるほど、言葉の鋭さ、感情に切り込む力も強力になる。人間の名称としての名前よりも、具体的な相手との来歴を内包する綽名の方が感情豊かなのは、まさにそのためであろう。

一見ごくありふれた世間話や思い出話、つまりどちらかというとありきたりな言葉で構成されているように見える『燃焼のための習作』は、実は一期一会の、とても私的な糸で縒られているのだ。三人の登場人物が特定の文脈と結びついた言葉によって次第に親密に繋ぎ止められていく過程を、この作品はゆっくりとていねいに描くのである。「熊埜御堂氏」という名前自体、あまりにも珍しいため、ほとんど綽名のように、個人を特定する。また、熊埜御堂氏が枕木に相談をもちかける「事件」の発端に、妻と離婚して連絡が取れなくなった熊埜御堂氏が息子の友人のお母さんに伝言を頼みに伺うという件がある。そもそものとき、なんと枕木は隣の建物に居住しており、熊埜御堂氏と隣人の会話の一部始終を壁越しに聞いていたことが明らかになる。つまり、熊埜御堂氏にとって、一生忘れられない「事件」の始まりは、熊埜御堂という名前を通じて枕木の記憶にも留められていたのだ。「なにしろめずらしいお名前ですし、状況が状況でしたから、忘れることができませんでした」と。

小説の最後に、熊埜御堂氏が隣人に依頼した伝言の返信が紹介される箇所があり、その言葉を枕木はこう語る。「似たような事例を、たくさん見てきたし、殺してやるとか、死んでやるとか、いままでありがとうとか、あとから分類しやすい台詞じゃなくて、相手のことをよく知ってなければ言えないことが胸に突き刺さるんだ、きっと。」ありふれていても、特定の文脈の中で光を放つ言葉。枕木がゆさぶられるのはこの点である。使い回された、くたびれた世界に血が通う。

この小説がもつ力は、三人の登場人物がざあざあ降りしきる雨のなか、少しずつ歩み寄るうちに、単調であったはずの言葉が次第に具体的でプライベートな意味を露わにすることにある。しかし、ここにはもうひとつの深層がある。どうも、枕木、熊埜御堂氏、郷子さんは、自分たちが『燃焼のための習作』という物語のなかでしか生きていない、生きられないことを、知っているように思われてならない。自分たちもまた、その場限りの存在に違いない、と。だから枕木は探偵という設定をこなし、「探偵映画の主人公のように思わせぶりな表情をつくり、稲妻にまた頭皮を照応させ」るのだ。だから二人は、異様な執拗さで、延々と話を続ける。だから、熊埜御堂氏が言う。「どうしてだか、今日はこういうことを次から次に思い出すんです、話しておかないとどうにも気持ちが収まらなくて。」小説が閉じる前に、話せるだけ話をしなければならない。なんでもない、世間話のようなありふれた言葉に、限られた紙数で必死に命を吹き込もうとする、物語の人間という生に肉薄するのである。

（講談社刊）

『沈むフランシス』松家仁之著

近ごろの日本文学に果たして「主流」といえる傾向があるだろうか。仮にあるとしたら、松家仁之氏の『火山のふもとで』はそこから枝分かれして、のどかでじんわりと心に入り込むような風景にせせらぐ傍流のようであるとでも形容しようか。デビュー作とは思えない、波ひとつ立たない水面をカヌーで悠々と漕いでゆくような、肝の据わった小説である。第二作の『沈むフランシス』は、同じ川の水を汲んでいて、しかしある意味で方向性が違う。そんな印象を受ける。

第一作は建築事務所に就職することになった若い男の視点から、その事務所の中心である「先生」がなしてきた仕事や、これから建てようと設計案を練り上げている建物を、ていねいに描く。永続する、あるいは永続しそうなものを建てることを専門とする人たちが、時間の流れに少しずつ押し流されてゆく姿が、鮮明に記憶に残る作品である。第二作もまた永続性と一過性とがテーマのひとつになっているが、頑丈な建築物を建てるのではなく、一過性を象徴するともいえる音、ある場所、ある瞬間に響いた音を録音し、コレクションしている人物が、主人公の一人である。そして空にむかって伸びてゆく建物とは違い、土のなかへ掘り下げてゆく、水のなかへ沈んでゆくイメージが繰り返し登場する。第一作には鳥のさえずりが絶えず梢から聞こえてくるのに対し、第二作では魚が水面の下からこちらを見上げていたり、黒曜石の石斧が土のなかから現れたりする。

その石斧は、一見、たんなる小道具のようであるが、実はこの作品の重要な鍵になっている。先ほど第一作と第二作は方向性が少し違う、と書いたが、その違いはスケールにあるのかもしれない。小説の長さは『火山のふもとで』の半分であるが、『沈むフランシス』は竪穴住居が建築の最先端だった時代まで視野に入れながら、さりげなく、とてつもなく長い、人間の歴史を遥かに超える時間と、そのなかで生きてゆくものたちの脆さと強靭さを描く。

『沈むフランシス』は、やや奇妙な出来事から始まる。最初の二ページには川を流れる死体が、トンネルのような真っ暗なスペースに吸い込まれ、やがてドーム型天井の建物に流れ着く過程が描写される。この死体は、だれのものかは途中で判明する仕組みになっているが、実は――こんなことを書評に書いてよいのか分からないが――その人物はストーリーにはほとんど、いやまったく関係がないのである。つまり、小説にとってはどうでもいい人物の死が、小説の冒頭をどんと牛耳っており、その後のすべての出来事に死の影を落とし、まさか死者が蘇り、いきなりゾンビ小説に豹変するのではないだろうか、と思わせるような死者の視点を物語に組み込んでいるのである。

この冒頭を読み、ふと頭に浮かんだのは、見ようによってはゾンビ小説の先駆ともいえる別の小説の、こんな冒頭だった。

> 彼《か》の人の眠りは、徐《しづ》かに覚めて行った。まっ黒い夜の中に、更に冷え圧するものゝ澱《よど》んでいるなかに、目のあいて来るのを、覚えたのである。
>
> した　した　した。耳に伝うように来るのは、水の垂れる音か。

折口信夫の『死者の書』の冒頭である。何十年も前に死んで塚穴に葬られていた大津皇子、滋賀津彦が暗闇のなかで蘇り、目醒めてしまう瞬間を描いている。滋賀津彦と、俗に中将姫と呼ばれている藤原南家の郎女とが、身体的にか霊的にか、曖昧でありながら、結ばれてしまうという展開である。水が滴る音をはじめ、不気味な擬音語を通してさまざまな音が響きあう小説でもある。

もちろん『沈むフランシス』の冒頭に登場する死体は、滋賀津彦のように蘇ることはない。この小説のふたりの主人公、撫養《むよう》桂子と寺富野《てらとみの》和彦もゾンビとは無縁である。しかし、読んでいるうちに、あるいはこのふたりは生きているからゾンビではない、というより、ほの暗い場所にいてただ蘇ることを拒んでいるだけのようにも感じられる。

桂子が東京を離れ、十二歳から三年ほど北海道の、安地内村というところに移り、郵便配達人として働きはじめたところから、小説ははじまる。そのうち村の小さな水力発電所のメンテナンスを仕事としている和彦と懇親になり、頻繁にその家を訪れ、一緒に食事をし、録音された音のコレクションを聴き、そして性的関係をもつようになる。ふたりの間に愛情のようなものが生まれる気配はあるが、お互いに距離を取り、お互いに深入りしないように気をつけ、温度の低い関係を保ちつづける。そして最後に、太古の昔からずっと流れてきた川が氾濫し、人間が作った、か弱い、悠久のなかの短い時間を象徴するような水力発電所がそれに飲み込まれてしまう。桂子がその事実を和彦より少しだけ早く受け入れるところで、小説は幕を閉じる。

話の大筋は、だいたいこのようであるが、細部には色々な工夫が、ヒントが隠れている。そのひとつとして桂子が何度か見る悪夢がある。「桂子は真っ暗な生暖かいトンネルのなかにいた。」とはじまるその悪夢の内容は、冒頭の死者に重なる。また、安地内村の老人は彼女にこう告げる。

「冬眠ってね、いったん死ぬことなのよ。引きかえしてこられるし、行ったきりでは終わらないんだけど、でも死ぬことと同じ。（中略）あなたは冬眠中にいちど、起こされたようね。かわいそうに。」

車に戻ると、桂子は泣き出す。「自分が泣いているのを、知らない人が現れてここで泣いているかのように、不思議な気持ちで見ていた。」

別の箇所では桂子は「気持ちがからだを離れ、そのままふわりと伸びて広がり、あたりに散ってゆく」ように感じる。いわば遊離状態である。和彦に関しては「三万年前に生きていた技術者の血が流れこんでいたとしてもおかしくはない」と桂子は思う。

ふたりは、滋賀津彦と中将姫のように、生身なのか死霊なのか曖昧な、太古の昔から在りつづけたモノ、あるいはそういうモノを宿した、現代の人間であるように描かれている。

死者の蘇りというのが、いってみれば時間の流れに、必死に、徹底的に逆らおうとする執念の現れであるとすれば、桂子と和彦は、いわばアンチ・ゾンビのようなものなのかもしれない。時間という大河を、人間レベルを遥かに超えた、大自然のスケールで捉え、限りなく無に近い小さな自分の無力をそこに認め、受け入れ、あえて逆らわず、ふたりで屈みながら、蘇り生きることを諦めるのである。

（新潮社刊）

あとがき――過去を抱きしめ、未来を寿ぐ

いつも不思議に思う。一九九三年九月、大学に入学して日本語の勉強を始めたのは十七歳のときだった。しかし、その当時の自分は、英語だけの世界に生きていたモノリンガルな人間であり、今、当たり前のように日本語入力機能をオンにしたノートパソコンで、わざわざ取りつけた日本語用のキーボードをカチャカチャさせながら、このあとがきを書いている自分は、そのときにはまだ存在していなかった。日本語の私はゼロ歳ですらなかった。

日本語の「自分」（あるいは日本語にも生きる「自分」）は、いつこの世に生を受けたのか。もちろんはっきり特定できるようなことではないが、少なくとも日本語の学習を始めて数年たってからではなかろうか。英語の自分と日本語の自分とのあいだに、二十年ほどの年齢差があるという計算になる。そして、二十年も若い日本語の自分が、その存在、その自我が芽生える以前の、英語のなかにしか居場所がなかった自分のことを記憶している。自分自身がまだ存在しなかったころのこと、自分が誕生した過程も、私は思い出すことができる。

この本には、二〇〇六年一〇月から現在に至るまで、私が日本語で著してきた文章、日本語で行ってきた対談の、すべてではないが、ほとんどが収められている。国際交流基金の雑誌『遠近』（現在では『をちこちMagazine』と改題され、オンラインのマガジンになっている）から突然のご依頼を受け、なにがなんだかわからずに書いた「足裏の感触」という短文は、ひとに読んでもらうことを意識して、苦心しながら練り上げた、私の最初の日本語の文章である。

『遠近』の編集者に「コラムを書かないか」と連絡を受けたときのことを、よく覚えている。なぜ、こんな依頼が自分にきたのかわけがわからなかった。相手がなにか勘違いでもしているのではないか、人違いをしているのでは、と思った。日本語でコラムなんて書けるわけがない、断るしかない、とも思った。しかし、まだ可能性として先が見えていない仕事を頼まれると、ほんのちょっと躊躇してから、結局引き受けてしまう悪い癖が、自分にはある。失敗のリスクを十分に咀嚼したうえであえて私に白羽の矢を立ててくださった方がいる。できるか自信がないという理由で、その方の期待と親切をないがしろにするのは、かえって申し訳ない、と心が傾いてしまうのだ。

それ以来、嬉しいことに、いろいろな方面から文章を頼まれる機会に恵まれた。自分は学者をやっているので、学術的な原稿を書くのは当たり前だが、日本語で最初に依頼された専門的な文章は、意外なことにお能に関するシンポジウムのための発表原稿だった。大学時代の先生によって謡曲と能の面白さに目覚めさせられ、立命館大学の修士課程に在籍していたころにもときどき能楽堂に通っていたとはいえ、自分は能楽研究に携わっている人間ではない。

そのように、この本は、まだ書くということに自信のない人が、あまりよく知らない事柄について、手探りで言葉を探しながら、かなり背伸びをして書いてきた文章を集めたもの、ともいえる。あるいは、もう少しポジティブに言えば、いろいろな方々に後押しされ、またそのご意見を仰ぎながら、自分には書けそうにないさまざまなジャンルやテーマの文章を、少しずつ、曲がりなりにも言語化してきた、その成長の過程が、ここには形になっているのである。

ゲラとして自分の原稿が送られて来て、初めて最初から最後まで読み通したとき、気恥ずかしく感じる箇所がたくさんあるだろうと予想したが、そうではなかった。むしろ、今の自分を少し恥かしく感じる。十年前、何者かになろう、成長しようと必死に背伸びをしていたあの自分は、どこにいってしまったのか。今の自分が怠けているわけではないが、昔のように向こう見ずに一生懸命走り出そうとしているわけではない。この本のページを繰りながら、薄々としか覚えていない記憶のなかの自分が、それぞれの文章の内側から、こちらを睨み返してくるようだ。

とはいいながら、今の自分の目線から昔の文章に手を入れることには、特に抵抗はなかった。作品によって、かなり書き換えたものもある。しかし、書き換えても、それは依然として昔の自分が宿る文章に変わりはない。それだけは書き換えられない。

二〇一七年十二月に、ノーベル文学賞を受賞したカズオ・イシグロ氏が、ストックホルムでノーベル文学賞記念スピーチを行った。そこで、日本、正確に言えば生まれ故郷の長崎を五歳で後にしたイシグロ氏が、大人になるまでずっと心のなかで温めていた幻想の「日本」を舞台に初期の作品を書いたことについて、こんなことを述べていた。

私はいま確信しています。「私の」日本という特異な場所はひどく脆い。外部からの検証を許さない。そんな感覚があって、それがノーフォークのあの小部屋で私を駆り立てたのだと思います。私がしたことは、あの場所の特別な色彩や風習や作法、その荘重さや欠点など、その場所について私が考えていたすべてを、心から永久に失われてしまわないうちに紙に書き残すことでした。私は自分の日本を小説として再構築し、安全に保ちたかったのでしょう。今後はいつも1冊の本を指差して、「そう、この中に私の日本があります」と言えるように。

（『特急二十世紀の夜と、いくつかの小さなブレークスルー』早川書房、土屋政雄訳）

この文章を読んで、ひとつ感じたことがある。ものを書くとき、私たちはときに、筆の力を尽くして、大事なものを書き留め、保存しようとする。しかしまた別の場合には、一度も立ち入ったことのない、しかしなんとか足を入れたいと渇望する空間に入っていくために筆をとる。死んでいくものの形見を抱き、これから生まれてくるものを寿ぐ。文章は、消えゆく過去とまだ未踏の未来を、ときには同時に立ち上げてくれる。

この『てんてこまい』という著述集は、一人の日本語の書き手がおぼつかなくも成長していく有様を、そのそれぞれの段階を、標本のようにピンで留めたようなものだといってもよいだろうと思う。内容はなんとも雑多である。そのとりとめのなさを生かしたいと言って、勇敢にも手を差し伸べ、本書の企画を提案してくださった五柳書院の小川康彦氏、そしてこの本の一部としてここに寄せ集められる以前に、これらの文章を依頼してくださった方々、読んでコメントをくださった方々に、心からお礼を述べたい。最後に、私が書いたものをいつも誰よりも先に読み、誰よりも厳しいコメントをくれる妻の嶋崎聡子に、感謝。

二〇一八年六月　　著者

初出紙誌一覧（本書収録にあたり、改題・改稿したものがある）

Ⅰ　翻訳論

マイケル・エメリックでございます　「早稲田文学　秋号」二〇一四年八月

透明人間、翻訳を語る　「新潮」十一月号　二〇一〇年十月

翻訳は言語からの解放　柴田元幸との対談　「群像」三月号　二〇一一年二月

おかえりなさい、ミスター高橋　「現代詩手帖特集版　高橋源一郎」二〇〇三年十月

二十年後にも美味しくいただける高橋源一郎　「文藝」夏季号　二〇〇六年四月

村上春樹、東アジア、世界文学　国際シンポジウム「東アジア文化圏と村上春樹――越境する文学、危機の中の可能性」基調講演　二〇一三年十二月　早稲田大学総合人文科学研究センター

Ⅱ　文学論

能にとって詩とは何か　『能の翻訳―文化の翻訳はいかにして可能か―』二〇〇七年五月　法政大学国際日本学研究センター

漱石ロココ　「モンキービジネス」vol.11　二〇一〇年十月　ヴィレッジブックス

もじのとし　東京／文学　文字の都市―世界の文学・文化の現在10講　二〇〇七年八月　東京大学出版会

文学と金 ふたつの視点　「文学」二〇一四年五、六月号 二〇一四年五月 岩波書店

Ⅲ『源氏物語』考

翻訳以前『源氏物語』が世界文学になった時　「平安文学の古注釈と受容 第3集」二〇一一年五月 武蔵野書院

末松謙澄と『源氏物語』　『交響する古代 東アジアの中の日本』二〇一一年三月 東京堂出版

翻訳と現代語訳の交差点 世界文学としての『源氏物語』　源氏物語国際フォーラム集成：源氏物語千年紀記念 二〇〇九年三月 源氏物語千年紀委員会

偐紫田舎源氏 こたつ向け読書案内　「モンキー ビジネス」Winter 二〇〇九年一月 ヴィレッジブックス

柳亭種彦『偐紫田舎源氏』の可能性　「国文学 解釈と鑑賞」五月号 二〇〇八年四月 至文堂

Ⅳ エッセイ・時評・書評

［エッセイ］

足裏の感触　「遠近」第十三号 二〇〇六年十月 国際交流基金

どこでもない場所から　「遠近」第十四号 二〇〇六年十二月 国際交流基金

竹針の蓄音機　「遠近」第十五号 二〇〇七年二月 山川出版社

アルゼンチンの目　「遠近」第十六号 二〇〇七年四月 山川出版社

NO RURE　「遠近」第十七号 二〇〇七年六月 山川出版社

道案内　「遠近」第十八号 二〇〇七年八月 山川出版社

［時評］

震災のメディア／政治家の作業服姿／ある書店をめぐる物語／二つのサムズアップ／エレガントな日本野菜／クール・ジャパン10年／さらば、日本文学／米大統領選と事実検証／米大統領選という文化／銃とクリームロール／気候と人口／日本初の国際文芸祭／経済政策と文学性／「右派」と「左派」／進む国際化 重国籍容認を／軍事化する米国社会／孤独系ホラー映画ブーム／普通のジャパン／迷彩模様の流行／変体仮名あぶり／他文化をどう尊重するか／卑劣に対して高潔を保つ

共同通信社配信 二〇一一年五月三一日～二〇一八年三月二日

［書評］

『源氏物語』英訳についての研究』緑川真知子著　「国文学研究」第164集 二〇一一年六月 早稲田大学国文学会

『小さな天体―全サバティカル日記―』加藤典洋著　「新潮」十一月号 二〇一一年十二月

『それでも三月は、また』谷川俊太郎著ほか　「新潮」五月号 二〇一二年四月

『燃焼のための習作』堀江敏幸著　「新潮」九月号 二〇一三年八月

『沈むフランシス』松家仁之著　「新潮」十一月号 二〇一三年十月

マイケル・エメリック［Michael Emmerich］

一九七五年ニューヨーク生まれ。コロンビア大学で博士号を取得。現在、日本文学研究者、翻訳家、カリフォルニア大学ロサンゼルス校アジア言語文化部准教授。

二〇一五年、第二十五回早稲田文学新人賞の選考委員となる。日本語以外を母国語とする選考委員としては初めて。『源氏物語』『伊勢物語』などの古典から現代文学まで幅広く研究。

主な著書に『The Tale of Genji: Translation, Canonization, World Literature』がある。

主な翻訳作品に高橋源一郎『さようなら、ギャングたち』、松浦理英子『親指Pの修業時代』、川上弘美『真鶴』（二〇一〇年度日米友好基金日本文学翻訳賞受賞）、古川日出男『ベルカ、吠えないのか？』他多数。

てんてこまい　文学は日暮れて道遠し

著者　マイケル・エメリック

二〇一八年七月二五日　初版発行

発行者　小川康彦　発行所　五柳書院　〒一〇一―〇〇六四　東京都千代田区神田猿楽町一―五―一　電話〇三―三二九五―三二三六
振替〇〇一二〇―四―八七四七九　http://goryu-books.com　装丁　大石一雄　印刷　誠宏印刷　製本　鶴亀製本

五柳叢書 105
落丁・乱丁本はお取替えいたします。
©Michael Emmerich 2018 Printed in Japan